VERHEIRATET MIT DEM KRAMPUS

EIN ALIEN FÜR JEDEN FEIERTAG

MARINA SIMCOE

Dieses Buch ist ein Werk der Fiktion. Namen, Charaktere, Orte und Vorfälle sind ein Produkt der Fantasie der Autorin. Schauplätze und öffentliche Namen werden für atmosphärische Zwecke verwendet. Jede Ähnlichkeit mit tatsächlichen Personen, lebend oder tot, oder mit Unternehmen, Firmen, Ereignissen, Institutionen oder Orten ist völlig zufällig.
Illustrierte Ausgabe
Verheiratet mit Krampus ist eine Science-Fiction-Romanze. Sie enthält grafische Beschreibungen von Intimität. Für erwachsene Leser gedacht.

KAPITEL 1

DAISY

„Daisy! Wie geht's dir, meine kleine Schwester?" Das Bild von Lilys Gesicht füllte den Bildschirm des Kommunikationsgeräts des Raumschiffs, das ich benutzen durfte.

„Ähm... mir geht's tatsächlich super." Ich zog meine Schultern zurück und streckte meinen Nacken.

Körperlich schmerzten und krampften meine Muskeln noch ein bisschen nach dem fünfmonatigen Kälteschlaf. Zum Glück war meine Reise fast vorbei. Ich war gestern aufgewacht und musste nur noch einen Tag auf diesem Raumschiff verbringen, das mich zum Land Voran auf dem Planeten Neron brachte, der Heimatwelt meines potenziellen zukünftigen Ehemanns.

Emotional fühlte ich mich sogar noch besser. Voller Erwartung. Begeistert. Sogar glücklich. Vielleicht war das die Nachwirkung all der Medikamente und Impfungen, die ich in den letzten Stunden seit dem Aufwachen bekommen hatte, aber es fühlte sich so gut an, wach zu sein.

„Mir geht's super, Lily." Ich warf eine Strähne meines Haares über die Schulter zurück und bemerkte, wie schlaff und glanzlos es geworden war. Ich sollte mein Haar vor der Landung morgen waschen und locken.

Mein Herz hüpfte vor Aufregung bei dem Gedanken, endlich Colonel Grevar Velna Kyradus zu treffen, den Mann, mit dem ich vielleicht den Rest meines Lebens verbringen würde. Bei dem Gedanken bekam ich eine Gänsehaut.

„Bist du bereit für die Landung?", fragte Lily.

„Und wie! Ehrlich gesagt kann ich es kaum erwarten." Ich wippte sogar ein bisschen auf dem Stuhl. Das Warten auf morgen fühlte sich sehr nach Heiligabend an, meiner liebsten Zeit im Jahr.

Ich holte tief Luft, um mich zu beruhigen. „Wie geht's dir, Lily? Wie geht's allen?"

„Ach, das Übliche." Sie winkte ab und strich eine Strähne ihres Haares aus dem Gesicht. Mittleres rotblond, ihre Haarfarbe war die gleiche wie meine. Im Gegensatz zu meinen langen und noch vom Schlaf verfilzten Locken war Lilys Haar jedoch ordentlich geschnitten und zu einem tadellosen Bob frisiert. „Max und ich arbeiten. Die Kinder sind in der Schule. Mom und Dad sind gerade in den Urlaub gefahren... Aber erzähl mir mehr über den Flug. Du bist weiter weg als jeder andere in unserer Familie je war, Schwesterherz."

Eigentlich war ich weiter weg als die *meisten* Menschen von der Erde je gewesen waren. Der erste Kontakt mit den Voraniern vom Planeten Neron hatte kaum vor einem Jahrzehnt stattgefunden. Es hatte einige Besuche von politischen Delegationen und wissenschaftlichen Missionen zwischen unseren Planeten gegeben, aber ich war die allererste normale Person, die diese Reise machte.

„Fünf Monate sind eine lange Reisezeit", fuhr Lily fort.

„Nun, ich habe den größten Teil davon verschlafen." Ich lachte.

Ich hätte die Wahl gehabt, während der Reise wach zu bleiben. Die sieben Mitglieder des Erde-Neron-Verbindungskomitees, die mit mir reisten, blieben wach, aber sie hatten Arbeit zu erledigen. Ich wäre nur fünf Monate lang auf dem Schiff herumgewandert, voller Vorfreude auf meine Ankunft. Jetzt hatte ich weniger als einen Tag zu warten und fühlte mich bereits von Nervosität und Aufregung geplagt.

„Wir sind alle so stolz auf dich, Daisy", schwärmte Lily.

Meine Wangen wurden warm vor Freude, als ich das hörte. Normalerweise war Lily der Stolz der Familie gewesen, und das zu Recht. Meine ältere Schwester war aufs College gegangen, hatte nach dem Abschluss einen gut bezahlten Bürojob bekommen, einen tollen Kerl geheiratet und hatte die zwei süßesten Kinder.

Nach einem Vierteljahrhundert auf dieser Welt hatte ich nichts davon erreicht. Die Bäckerei, in der ich direkt nach der Highschool angefangen hatte zu arbeiten, schloss, als die Besitzerin, Ms. Goodfellow, in Rente ging. Ich war wieder bei meinen Eltern eingezogen und arbeitete seitdem als Babysitterin für verschiedene Leute.

Ich liebte die Arbeit mit Kindern. Sie hatten die unheimliche Fähigkeit, einen Menschen seine Sorgen vergessen zu lassen. Allerdings wurde es mit zunehmendem Alter schwieriger, mit der Tatsache umzugehen, dass ich keine Karriere, keinen Partner und keinen eigenen Platz in der Welt hatte.

Als die Bewerbung für das Verbindungsprogramm öffentlich gemacht wurde, bewarb ich mich aus einer Laune heraus. Die Möglichkeit, zu einem anderen Planeten zu reisen, unter einer außerirdischen Rasse zu leben und eine neue Kultur kennenzulernen, reizte mich. Ohne Freund, Job oder auch nur eine Wohnung hatte ich nicht viel aufzugeben. Die Position in der Bewerbung wurde als „Potenzieller Ehepartner" angegeben. Und ehrlich gesagt sprach mich auch die Aussicht auf eine Romanze, die nicht von dieser Welt ist, an.

Niemals im Leben hätte ich gedacht, dass ich aus Tausenden von Bewerbern ausgewählt werden würde. Ich hatte einen langen Auswahlprozess mit mehreren Runden erwartet, aber die Antwort kam eine Woche nach Ablauf der Bewerbungsfrist.

Als ich meinen Namen als ausgewählte Kandidatin sah, fühlte es sich an, als hätte ich endlich etwas erreicht.

„Hat er dich schon angerufen?", fragte Lily.

Mein Lächeln verschwand.

Colonel Kyradus, mein „Potenzieller Ehemann", hatte überhaupt keinen Kontakt zu mir aufgenommen. Es gab keine Nachrichten, keine Anrufe, keine Kommunikation, nichts.

Ich richtete meinen Rücken kerzengerade auf und klebte das Lächeln wieder auf mein Gesicht.

„Der Colonel trifft mich bei der Landung, und ich werde in weniger als vierundzwanzig Stunden da sein, also..."

„Hmm." Lily presste ihre Lippen zusammen. „Es ist ziemlich seltsam, findest du nicht, Daisy? Würde ein Mann nicht begierig sein, mit seiner Braut zu sprechen? Er hat dich nicht einmal gesehen, außer auf dem Bewerbungsfoto."

„Nun, es ist keine typische Situation. Ich bin kaum seine Braut..."

Ich dachte noch nicht über mich als Braut oder Ehefrau nach, obwohl die Papiere, die ich unterschrieben hatte, den Titel „Ehevertrag" trugen.

Die Geburtenrate der Voranier lag historisch gesehen bei etwa einem Mädchen zu zehn Jungen. In alten Zeiten bestand ihre Familie aus einer Frau mit mehreren Ehemännern. Seit alle technologischen Fortschritte und kulturellen Entwicklungen stattgefunden hatten, war die voranische Gesellschaft schließlich zur Einpartnerehe übergegangen. Jetzt hatte eine Frau nur einen Ehemann.

Da Frauen so selten waren, heirateten die meisten Männer nie. Allerdings konnte jeder gesunde Mann allein eine Familie haben. Künstlich befruchtet trugen die verheirateten Frauen die Babys der unverheirateten Männer aus.

Mehrlingsgeburten waren die Norm. Infolgedessen hatten die Voranier keine Probleme mit der Bevölkerungsreproduktion. Nachdem sie eine gesunde Geburtenrate in ihrem Land erreicht hatten, sorgten sie sogar für das leichte Bevölkerungswachstum, das zur Unterstützung ihrer Wirtschaft erforderlich war.

Sie waren nicht an menschlichen Frauen als Gebärmaschinen interessiert. Wissenschaftler hatten festgestellt, dass Menschen und Voranier ohnehin genetisch nicht kompatibel waren, um sich fortzupflanzen. Obwohl die beiden Spezies physiologisch durchaus Sex haben konnten.

Da Voran letztendlich hauptsächlich von alleinerziehenden Vätern bevölkert wurde, stellte ich mir vor, dass die Rolle einer menschlichen Frau sowohl die einer Begleiterin als auch die einer Kinderbetreuerin sein würde.

Und das ließ mein Herz schmelzen.

Der Colonel hatte zwei kleine Jungen, fünfjährige Zwillinge, und ich konnte es kaum erwarten, sie kennenzulernen. Ich hatte noch keine Bilder von ihnen gesehen.

Als ich aufwachte, hatte ich gehofft, dass während meiner fünf Monate Schlaf irgendeine Art von Kommunikation vom Colonel gekommen wäre. Es war nichts da, und ich konnte nicht anders, als enttäuscht zu sein.

Ich verbarg es jetzt vor Lily und lächelte breiter als je zuvor. Es gab keinen Grund, meine Schwester zu beunruhigen.

„Ich werde seine ganze Familie bald genug kennenlernen."

Ihre besorgte Stirnfalte glättete sich nicht.

„Ich hoffe, Voranier sehen in Person besser aus", seufzte sie.

„Lily!" Ich warf die Hände in die Luft. „Du kannst ihnen ihr Aussehen nicht vorwerfen. Soweit wir wissen, sind sie reizende Leute."

„Ich weiß, ich weiß... Sie sehen nur so furchterregend aus."

Wir alle hatten die Aufnahmen der offiziellen Treffen von Voraniern mit unseren Politikern und die Videos von wissenschaftlichen Expeditionen nach Neron gesehen. Außerdem hatte ich ein Foto von Colonel Kyradus. Es war eine Kopfaufnahme von ihm, die ich zusammen mit dem Bestätigungsschreiben vom Verbindungskomitee erhalten hatte.

Der Colonel war definitiv nicht jemand, den ein Mensch als schön bezeichnen würde. Oder gutaussehend. Oder auch nur angenehm anzusehen. Zusätzlich zu den typischen voranischen langen Hörnern und dem struppigen, anthrazitfarbenen Fell waren seine blutroten Augen, nun ja... „furchteinflößend". Eigentlich sogar erschreckend.

Als ich sein Bild zum ersten Mal sah, blieb mir der Atem in der Kehle stecken, und mein Herz rutschte mir in den Magen. Ich versteckte das Bild eine Weile in einer Küchenschublade, weil ich Angst hatte, es in meinem Zimmer aufzubewahren oder es anzusehen, besonders nachts.

Im Laufe der wenigen Wochen, die ich brauchte, um mich auf die Abreise von der Erde vorzubereiten, hatte ich mich jedoch an das Bild gewöhnt und es sogar als Hintergrundfoto auf meinem Handy.

Das Aussehen des Colonels bedeutete nichts, hatte ich entschieden. Hinter furchteinflößendem Äußeren konnten die erstaunlichsten Persönlichkeiten stecken. Genauso wie viele gutaussehende Männer sich als echte Arschlöcher entpuppten, sobald man sie besser kennenlernte. Ich musste es wissen, ich hatte meinen Anteil an hübschen Freunden gehabt, die sich als echte Arschlöcher herausstellten.

Obwohl ich gerne mehr Bilder oder Videos von ihm und seiner Familie bekommen hätte, ängstigte mich das Bild der flammendroten Augen des Colonels nicht mehr.

Ich hatte alles gelesen und angesehen, was ich über Neron, die Voranier und ihre Kultur in die Hände bekommen konnte. Leider war es nicht viel. Sie hatten mir allgemeine Informationen zur Verfügung gestellt, aber ich wollte etwas Persönlicheres, das mir eine Vorstellung von dem Mann, seiner Familie und seinem Zuhause vermittelte, die alle eines Tages auch meine werden könnten.

„Lily, sein Aussehen ist mir ehrlich gesagt egal. Ich bin sicher, der Colonel ist ein netter Mensch, und wir werden uns wunderbar verstehen", sagte ich und sprach meinen Wunsch laut aus.

„Daisy, er müsste schon ein echtes Arschloch sein, um sich *nicht* mit dir zu verstehen", sagte Lily in ihrem üblichen großschwesterlichen, vernünftigen Ton. „Du bist ein Schatz, Liebling. Jeder liebt dich."

Ein warmes Gefühl breitete sich in meiner Brust aus. Das war die Bestätigung, die ich brauchte. Alles würde gut werden. Zwischen Menschen, selbst wenn sie von zwei verschiedenen Planeten kamen, ließ sich alles regeln.

„Aww, Lily. Danke." Ich legte meine Hand neben ihr Gesicht auf den Bildschirm und vermisste sie und den Rest meiner Familie jetzt. „Ich liebe dich so sehr."

„Ich liebe dich auch, Süße. Und mach dir keine Sorgen", fügte sie hastig hinzu. „Du wirst das großartig machen. Du bist super umgänglich. Ich werde auf deine Nachrichten warten."

Man hatte mir gesagt, dass ich wöchentlich schriftliche Nachrichten an meine Familie schicken könnte und zu besonderen Anlässen mit ihnen per Video kommunizieren dürfte.

„Ich werde jede Woche schreiben", versprach ich.

Lily machte eine Pause. Ihr Wunsch, positiv zu bleiben, kämpfte eindeutig mit dem Bedürfnis der großen Schwester, zu warnen und zu schützen.

„Wenn etwas schief geht oder etwas nicht funktioniert...", begann sie.

„Es wird schon gut gehen", versicherte ich ihr. „Im schlimmsten Fall käme ich in einem Jahr einfach zur Erde zurück. So oder so wird es ein Abenteuer sein."

So aufgeregt ich auch war, den Bestätigungsbrief zu erhalten, ich hatte darauf geachtet, den Ehevertrag sehr sorgfältig zu lesen, bevor ich ihn unterzeichnete. Es gab eine Bedingung, die besagte, dass beide Parteien das Recht hatten, die Vereinbarung aus irgendeinem Grund nach dem ersten vollen Jahr der Verbindung aufzulösen.

So wie ich es sah, war dies eine einjährige Beschäftigungsmöglichkeit auf einem anderen Planeten, mit der zusätzlichen Möglichkeit für eine Romanze, was es umso aufregender machte.

„Oh, ich habe fast vergessen, Daisy." Lily wirkte plötzlich uncharakteristisch aufgeregt. „Da ist dieses Video, das kurz nach deiner Abreise an dein E-Mail-Konto hier geschickt wurde. Ich habe das Komitee gebeten, es an dich weiterzuleiten. Es ist vom Colonel..."

„Ein Video? Vom Colonel?" Eine neue Welle der Aufregung überkam mich. Er hatte mir also doch etwas geschickt. Ich hatte es nur verpasst, weil ich bereits an Bord des Raumschiffs gegangen war.

„Ja. Ich kann nicht glauben, dass ich es fast vergessen habe, aber es sind jetzt fünf Monate vergangen, und es ist mir entfallen... Es tut mir so leid."

„Ist schon gut." Ich winkte ihre Entschuldigungen ab. „Ich kann es jetzt gleich ansehen."

„Ja, nun." Sie biss sich wieder auf die Lippe. „Viel Glück, Daisy. Sei vorsichtig, okay? Und komm so schnell wie möglich da raus, wenn etwas schief geht..."

Wir verabschiedeten uns, und ich versuchte, nicht zu sehr über die Gründe für die Sorge im Gesicht meiner Schwester nachzudenken. Stattdessen ließ ich mich von der Aufregung über das endlich erhaltene Video überwältigen.

Ich meldete mich schnell am internen System des Schiffes an und fand den Ordner mit meinem Namen. Er enthielt alle

Informationen, die ich bisher über Voran gesammelt hatte. Die weitergeleitete Videodatei war auch da.

Das Video brauchte einen Moment zum Laden, und ich stand von meinem Platz im Kommunikationsraum des Schiffes auf, um meine Beine zu strecken. Ab und zu warf ich einen Blick auf den Fortschrittsbalken und ging im kleinen Raum auf und ab.

Das Schiff war riesig, mit einer privaten Kabine für mich. Mein Bett war bequem genug, aber ich freute mich darauf, bald den Boden eines Planeten unter meinen Füßen zu spüren.

Ich wünschte auch, ich wüsste mehr über mein Ziel. Während ich darauf wartete, dass das Video geladen wurde, fragte ich mich, was darin zu sehen sein würde.

Ich hoffte, dass dies ein Heimvideo des Colonels sein würde. Vielleicht die Geburtstagsfeier der Zwillinge? Oder ein Familienausflug? Vielleicht ein Abendessen mit dem Colonel und den Jungen. Ich würde gerne eine Feiertagsfeier sehen.

Mein Lieblingsfeiertag war schon immer Weihnachten. Oma und ich hatten früher gebacken und frühzeitig dekoriert, als sie noch am Leben war. Ich habe sogar ihren Lieblingsschmuck mit nach Neron gebracht. Da ich dieses Jahr Weihnachten fern von zu Hause feiern würde, wollte ich etwas bei mir haben, das mich an meine Familie und an Oma erinnerte.

Ein Klingelton kündigte an, dass das Laden des Videos abgeschlossen war, und ich eilte zurück zum Bildschirm.

Es wäre schön, den Colonel in einer ungezwungenen Umgebung zu sehen. Das einzige Bild, das ich hatte, zeigte ihn in der Ausgehuniform der voranischen Armee. Darauf starrte er direkt in die Kamera. Vielleicht war das der Grund, warum seine Augen so außergewöhnlich rot wirkten? Niemand sieht auf offiziellen Fotos gut aus, oder? Ich hatte meinen Anteil an unbeholfenen Bildern und benutzte oft hübsche Filter, wenn ich Fotos von mir in sozialen Medien postete.

Das Video begann.

Innerhalb von Sekunden erkannte ich, dass dies keine Familienfeier war. Das erste Bild, das erschien, war das einer Metallwand. Dann verletzte ein kreischendes Geräusch meine Ohren. Die Wand spaltete sich und ließ einen hellen Lichtstrahl ein.

Die Landschaft eines unbekannten Planeten füllte den Bildschirm – leuchtend roter Sand und unbekannte, üppig grüne Vegetation.

Die Kamera musste am Körper von jemandem befestigt gewesen sein, da das Bild wackelig war und vom schweren Atmen der Person, die sie trug, begleitet wurde. Als sie sich drehte, kam ein voranisches Militärflugzeug ins Bild. Es schien einen Unfall erlitten zu haben. Es lag auf der Seite, seine glänzende Metallhülle zerquetscht und verbeult.

Eine Gruppe dessen, was ich zunächst für graue Felsbrocken auf dem roten Boden gehalten hatte, begann, sich auf die Person mit der Kamera zuzubewegen. Als sie näherkamen, wurde deutlich, dass die Dinge lebendig waren.

Sie näherten sich der Kamera, ohne langsamer zu werden, und bewegten sich bedrohlich näher. Mehrere dünne Auswüchse ragten aus ihren großen, unförmigen Körpern. Der nächste Fleischklumpen stürzte sich nach vorne und stieß die Kamera ab. Sie fiel zu Boden, das Bild brach in Streifen und Punkte auseinander, bevor es vollständig verschwand.

Im nächsten Moment setzte das Video aus einem anderen Blickwinkel fort – eine Kamera vom beschädigten Schiff musste sich eingeschaltet haben. Die Gruppe grauer Klumpen griff einen riesigen Voranier-Mann an, der im Vergleich fast klein wirkte.

Nackt bis zur Taille kämpfte der Voranier heftig. Sein Fell, feucht von Schweiß und Blut, klebte an seinen hervortretenden Muskeln, während er die grauen Fleischklumpen mit seinen Fäusten schlug und mit seinen Hörnern an ihnen riss.

Mit einem tiefen Knurren versenkte er seine Finger, die mit langen schwarzen Krallen versehen waren, in einen der Klumpen, die ihn angriffen. Mit gefletschten Zähnen in einer erschreckenden Grimasse riss er das Fleisch auseinander und tränkte sich dabei im pulsierenden Blutstrom seines Feindes.

Die Kamera zoomte auf sein Gesicht, als er seinen Kopf nach hinten neigte und ein ohrenbetäubendes Brüllen ausstieß. Die Nahaufnahme der roten Augen des Colonels ließ keinen Zweifel daran, dass es tatsächlich mein „potenzieller Ehemann" war, der dort draußen lebende Wesen mit bloßen Händen in Stücke riss.

Vor Schock gelähmt starrte ich noch lange auf den Bildschirm, nachdem das Video geendet hatte.

War das der Mann, mit dem ich leben musste? War das sein Verhalten auch zu Hause? Ein Schauder durchfuhr mich. War eine liebevolle Ehe mit jemandem wie ihm möglich? Konnte ich überhaupt ein Jahr in seiner Anstellung verbringen?

Seine armen Kinder...

„Daisy. Geht es dir gut?" Eine Berührung an meiner Schulter holte mich aus meinen beunruhigenden Gedanken. Nancy, eine der Erdvertreterinnen im Verbindungskomitee, blickte mich besorgt an.

Versunken in den Schrecken, der sich in dem Video abspielte, hatte ich nicht bemerkt, wann sie den Raum betreten hatte.

„Mir geht's gut...", murmelte ich, das albtraumhafte Bild des brutalen Ausdrucks des Colonels in meinem Kopf eingefroren. „Es wird mir gut gehen... Oder?"

KAPITEL 2

DAISY

„Bist du bereit, Daisy?", fragte Nancy.

Wir standen am geschlossenen Ausgang des Schiffes, umgeben von der restlichen Erddelegation, alle warteten darauf, dass sich die Tür öffnete.

„Klar." Ich nickte und beobachtete, wie ein breiter Wandabschnitt des Schiffes sich öffnete und nach unten glitt, um eine Rampe für unseren Ausstieg zu bilden.

Mit schweißnassen Handflächen strich ich über den ausgestellten Rock meines weißen Kleidchens mit Punktmuster und richtete das rote Seidenschal, das ich als Stirnband trug. Ich umklammerte fest die Griffe meiner bonbonroten Hartschalentasche, in der ich das Weihnachtsschmuckstück meiner Großmutter aufbewahrte.

Nach dem Video gestern Abend war es mir schwergefallen einzuschlafen. Als ich heute Morgen aufwachte, konnte ich die Dinge jedoch in einem neuen Licht sehen.

Dieses Video zu schicken war das Gegenteil einer romantischen Geste. Offensichtlich erwartete der Colonel keine Romanze und wollte sicherstellen, dass ich solche Erwartungen auch nicht an ihn hatte. Das würde auch erklären, warum er vorher nicht versucht hatte, mich zu kontaktieren und kein Interesse zeigte, mich besser kennenzulernen. Er suchte nach einer Kinderfrau, nicht nach einer Freundin. Mein Status als Ehefrau wäre nichts weiter als eine Formalität, etwas, um das Gesetz zu umgehen, da es noch kein interplanetares Beschäftigungsabkommen zwischen Voranern und Menschen gab.

Der lange Ehevertrag, den ich unterschrieben hatte, deckte jede politische und rechtliche Frage meiner Einwanderung nach Voran ab, enthielt jedoch kaum Bestimmungen über die eigentliche Natur unserer Vereinigung oder sogar meine Lebensbedingungen. Es las sich definitiv wie ein Arbeitsvertrag.

Meine Erwartungen anzupassen hatte mich etwas beruhigt. Ich hatte ein besseres Verständnis für meine Rolle im Haushalt des Colonels gewonnen. Die Kinder würden mein Haupt- und einziger Fokus sein, hatte ich beschlossen. Der Gedanke, sie kennenzulernen, wärmte mein Herz.

Trotz seiner wilden Natur könnte der Colonel dennoch ein fairer Arbeitgeber sein. Ich würde ein Jahr lang auf seine Kinder aufpassen, die neue Kultur kennenlernen und ein spannendes interplanetares Abenteuer erleben. Vielleicht würde ich auch neue Freunde finden.

Fakt blieb, ich war dabei, auf einem völlig neuen Planeten zu landen, auf dem ich noch nie zuvor gewesen war. Meine Aufregung würde sich nicht verflüchtigen, egal was passierte.

„Die Stadt Voran liegt im nördlichen Teil des Landes", flüsterte Nancy mir ins Ohr, während wir die Rampe hinuntergingen in einen riesigen Raum unter einer Glaskuppel. „Der Winter hier dauert fast sechs Monate."

„Ich weiß", flüsterte ich schnell zurück. All das stand in den Informationen, die das Komitee bereitgestellt hatte. Ich hatte sie bis zum letzten Buchstaben studiert. Ich wusste auch, dass der

Sommer hier genauso lange dauerte wie der Winter, während Herbst und Frühling jeweils nur eine Woche währten.

Die Stadt befand sich gerade mitten im Winter. Dennoch brauchte ich nicht einmal einen Pullover, da das Schiff mit der Glaskuppel verbunden war. Der düstere Winterhimmel erstreckte sich über uns. Doch die Luft unter dem Glas fühlte sich warm an. Der Boden war aufwendig mit Steinwegen, ordentlichen grünen Sträuchern und bunten Pflanzen gestaltet.

Ich atmete die duftende Luft ein, gesättigt mit dem Geruch von Blumen und feuchter Erde. Es war, als würde man in einem Wintergarten landen. Das Grün wirkte außerordentlich angenehm für die Augen nach dem kalten Stahlinterieur des Raumschiffs, das mich hierhergebracht hatte.

Eine Gruppe von Voranern, etwa ein Dutzend, kam auf einem Kopfsteinpfad auf uns zu. Mehrere in ihrer Delegation trugen die weiß-goldenen Uniformen des Verbindungskomitees, identisch mit den menschlichen Vertretern, die mit mir angekommen waren. Die übrigen trugen Zivilkleidung, und ich staunte über all die Farben und aufwendigen Verzierungen.

Auf den wenigen Bildern vom Alltagsleben in Voran, die ich zu sehen bekommen hatte, zogen die Kleider definitiv Aufmerksamkeit auf sich. Frauen trugen farbenfrohe, mit Rüschen besetzte Kleider, die mich an die nordamerikanische und europäische Mode der fünfziger Jahre erinnerten. Auch viele voranische Männer schienen gerne leuchtende Farben zu tragen. Die zivilen Anzüge der Delegierten waren mit Ranken und Blumen bestickt. Einige hatten sogar ihre Hörner mit Mustern in denselben Farben wie ihre Outfits bemalt.

Ein voranischer Mann in der Uniform des Verbindungskomitees trat vor.

„Madame Kyradus, wir freuen uns sehr, Sie in der Stadt Voran willkommen zu heißen", sagte er.

Mein Übersetzerimplantat erfasste sofort die Bedeutung seiner Worte. Es dauerte jedoch einen Moment, bis mir klar wurde, dass der Mann mit *mir* sprach, als er mich mit dem Namen des Colonels anredete.

„Schön, Sie kennenzulernen." Ich bot ihm meine Hand an, und er nahm sie mit beiden seiner Hände, während er seinen Kopf zur Begrüßung senkte. Ich lehnte mich zurück, um Platz für seine Hörner zu machen. „Bitte, nennen Sie mich Daisy."

Der Mann blinzelte und starrte mich verwirrt an.

„Ich bitte um Verzeihung, aber das würde gegen das Protokoll verstoßen", murmelte er, offensichtlich beunruhigt.

„Oh... Entschuldigung." Es war nicht meine Absicht gewesen, gleich beim Betreten des Bodens lokale Bräuche und Protokolle zu brechen. „Machen Sie bitte weiter."

„Madame Kyradus", fuhr der Mann fort, offensichtlich erleichtert, die angemessene Anrede verwenden zu können. „Es ist eine große Ehre, die Gemahlin des Führers der voranischen Armee in Voran willkommen zu heißen." Er verbeugte sich erneut.

Ich hatte erst kürzlich erfahren, dass Colonel der höchste Rang in der voranischen Armee war, über Majoren und Generälen. Das hatte meinen zukünftigen Arbeitgeber noch einschüchternder gemacht.

„Mein Name ist Repräsentant Alcus Hecear." Der Beamte hob seinen Kopf und begegnete meinem Blick mit seinen Augen von der Farbe eines Limettengrüns. „Ich bin der Leiter des Verbindungskomitees von Voran."

„Sehr schön, Sie kennenzulernen, Repräsentant Hecear...", wiederholte ich, unsicher, was ich sonst sagen sollte. Hohe Beamte irgendeines Planeten zu treffen, war nichts, was ich oft tat.

Der Voraner lächelte mit einer weiteren kurzen Verbeugung. Er schien freundlich genug zu sein, genau wie der Rest der Gruppe. Alle waren größer als ein durchschnittlicher Mensch, ihre Hörner gaben ihnen zusätzliche Höhe. Alcus Hecear war glattrasiert, aber die meisten anderen trugen irgendeine Art von

Gesichtsbehaarung – von Schnurrbärten über Ziegenbärte bis hin zu voluminösen Koteletten und Vollbärten.

Als einer von ihnen sich seitwärts drehte, erhaschte ich einen Blick auf einen langen Schwanz mit einer ehrlichen Pfeilspitze, genau wie der Schwanz eines Dämons oft dargestellt wurde. Ein Schauer lief mir bei dem Vergleich über den Rücken.

Mein Blick glitt tiefer, zu ihren Füßen. Rund und glänzend, es waren keine Füße, sondern Hufe.

Hufe!

Ich konnte mich nicht erinnern, ob ich jemals ein vollständiges Bild eines Voraners von Kopf bis Fuß gesehen hatte, aber ich hatte definitiv keine Ahnung von den Hufen. Ich konnte jetzt nicht aufhören, sie anzustarren.

Voraner persönlich zu treffen, erwies sich als surreale Erfahrung.

„...Ich vertraue darauf, dass Ihre Reise hierher angenehm war."

Mir wurde klar, dass Repräsentant Hecear immer noch mit mir sprach.

„Oh ja, danke", murmelte ich und versuchte angestrengt, die Voraner nicht auf eine Weise anzustarren, die unhöflich wäre, obwohl ich befürchtete, dass ich diesen Punkt bereits überschritten hatte. „Die Unterbringung auf dem Schiff war sehr komfortabel..."

Alcus Hecear stellte jeden der ihn begleitenden Voraner vor. Ich zwang meinen Blick nach oben, stellte Augenkontakt her und nickte und lächelte höflich jeden Mann an, während Repräsentant Hecear ihre Namen und Positionen verkündete.

Ich konnte mir ab und zu einen Blick auf ihre Hörner nicht verkneifen. Sie wuchsen aus den Seiten ihrer Stirn, bogen sich leicht nach hinten und erhoben sich etwa einen halben Meter über ihre Köpfe.

„...Ähm", wagte ich, sobald wir die Vorstellungen abgeschlossen hatten. „Ist Colonel Kyradus nicht hier?" Ich hatte erwartet, dass er kommen würde, um mich bei meiner Landung zu treffen, aber sein Name war bei den Vorstellungen nicht gefallen.

„Der Colonel ist leider in einer Besprechung mit Gouverneur Drustan, unserem Staatsoberhaupt, aufgehalten worden", erklärte Repräsentant Hecear. „Als Führer unserer Armee hat Colonel Kyradus viele Verantwortlichkeiten-"

„Wo ist sie?" Eine tiefe Stimme donnerte plötzlich von irgendwoher, dann stampfte ein großer männlicher Voraner energisch um einen kunstvoll geformten Strauch herum und kam auf uns zu.

Ich trat einen Schritt zurück, als er näherkam. Seine intensive Energie schien wie eine Welle vor ihm her zu rollen und den gesamten Raum unter der Kuppel zu füllen.

„Oh, Colonel..." Der Repräsentant stolperte aus dem Weg des Neuankömmlings, als dieser sich näherte. „Der Gouverneur sagte-"

„Der Gouverneur kann sich selbst und seine unpassend terminierten Besprechungen ficken." Der Colonel hielt offensichtlich wenig vom Protokoll. Er blieb vor mir stehen und musterte mich von oben bis unten. „Ist sie das?"

Mein Gesicht brannte wie Feuer unter dem intensiven Blick seiner flammend roten Augen. Nach dem unmöglich heißen Gefühl meiner Haut zu urteilen, musste ich jetzt peinlich gerötet aussehen. Schmerzhaft selbstbewusst unter seiner prüfenden Musterung, zappelte ich mit den Griffen meiner Tasche herum.

„Ähm..." Ich räusperte mich und suchte nach Worten. Ich konnte mich ihm unmöglich mit seinem eigenen Namen vorstellen, oder? Verdammt mit dem Protokoll. „Ich bin Daisy...", sagte ich und starrte ihn an.

Da ich ihm nicht direkt in seine unheimlichen Augen sehen konnte, ließ ich meinen Blick über sein Gesicht wandern. Sein Bart war ordentlich gestutzt, kürzer als auf dem Bild, das ich gesehen hatte. Aus dieser Nähe bemerkte ich auch, dass das, was ich zunächst für aufgemalte Muster an einem seiner Hörner gehalten hatte, Schnitzereien waren. Sie wanden sich in einer kontinuierlichen Spirale von der Basis seines rechten Horns für etwa zwei Drittel seiner Länge nach oben.

Ruckartig streckte ich ihm meine Hand entgegen.

Anstatt sie zu schütteln, wie Repräsentant Hecear es getan hatte, packte der Colonel meine Hand in einer der seinen.

„Gehen wir nach Hause." Er drehte sich um und zog mich mit.

„Oh, Colonel... Sir!" Der Repräsentant trabte hinter uns her, das Klicken seiner glänzenden Hufe hallte unter der Kuppel wider. „Es gibt noch einige Formalitäten zu erledigen..."

„Welche Formalitäten?" Der Colonel funkelte ihn über seine Schulter hinweg an. „Hat sie alle ihre Impfungen bekommen?"

Die Frage ließ mich fühlen, als wäre ich ein Streuner, der aus einem Tierheim adoptiert wurde. Mein Mund fühlte sich jedoch zu trocken an, um zu protestieren oder überhaupt irgendetwas zu sagen.

„Ja, aber..."

Auch die menschliche Delegation hatte sich uns genähert.

„Daisy, vielleicht möchtest du heute Nacht in unserer Unterkunft verbringen?", fragte Nancy mit Besorgnis in ihrer Stimme.

„Wir können für morgen früh eine ordnungsgemäße Zeremonie arrangieren", fügte Louis, ein männlicher Vertreter der Erde, hinzu.

„Eine Zeremonie?" Der Colonel runzelte die Stirn und warf ihm einen bösen Blick zu. „Wofür?"

Ich wanderte mit meinem Blick zwischen ihm und Nancy hin und her und fühlte mich überfordert.

„Ihr hattet sie monatelang auf diesem Schiff", knurrte der Colonel sie alle an. „Das ist mehr als genug Zeit für Quarantäne, Impfungen, Übersetzerimplantat-Chirurgie oder was auch immer ihr mit ihr machen musstet." Er richtete seinen brennenden Blick zurück auf mich. „Ab jetzt gehört sie mir."

„*Mir.*"

Das Wort sandte einen Schauer durch meinen Körper, nur konnte ich nicht herausfinden, ob es aus Angst oder Aufregung war. Niemand hatte mich jemals so unverhohlen für sich beansprucht – vor den Delegationen zweier Welten nicht weniger.

Die kompromisslose Besitzgier des Colonels schien zu intensiv für einen Arbeitgeber. Und warum sollte ich irgendetwas Aufregendes an seinem Knurren finden?

„Daisy?" Nancy fixierte mich mit einem fragenden Blick.

Es schien, als erwarteten sie, dass *ich* die Entscheidung träfe.

Der Griff der großen, warmen Hand des Colonels um meine wurde fester. Er schien nicht willens zu sein, mich ohne Kampf aufzugeben.

Ein Kampf würde definitiv interplanetare Spannungen verursachen. Nicht wahr? Ich war kein Fan von Spannungen jeglicher Art. Das Letzte, was ich wollte, wäre, der Grund für Konflikte zwischen den beiden Welten zu werden.

„Mir geht's gut", sagte ich fröhlich, begierig, die erwartungsvolle Stille, die über uns hing, zu vertreiben. „Mir wird es gut gehen", wiederholte ich das Gleiche, was ich mir seit gestern Nacht immer wieder sagte.

„Dein erstes Nachgespräch mit dem Komitee findet in einer Woche statt", erinnerte Alcus Hecear.

Ich nickte stumm.

„Ruf mich morgen früh an." Nancy senkte ihren Kopf und warf dem Colonel einen warnenden Blick zu. „Oder zu *jeder* anderen Zeit, wenn du reden musst."

Ich nickte erneut, bevor der Colonel mich wegzog und mich zum Ausgang schleifte.

Sicherlich wäre es ungefährlich, eine Nacht im Haus meines *potenziellen Ehemanns* zu verbringen? Oder zukünftigen *Arbeitgebers?*

Wann war das alles wieder so verwirrend geworden? Es schien heute Morgen noch so viel klarer zu sein.

Wie auch immer, was könnte im schlimmsten Fall passieren?

„VORAN IST EINE WUNDERSCHÖNE STADT", sagte ich vorsichtig, während ich neben dem Colonel im zweisitzigen Fluggerät saß.

Er grunzte etwas als Antwort, undeutlich für mein Ohr oder mein Übersetzerimplantat.

Ich umklammerte die Griffe meiner Handtasche in meinem Schoß fester und starrte geradeaus.

Mein Verstand verarbeitete nicht wirklich die Anblicke der Stadtlandschaft, die am Glas des Fluggeräts vorbeizogen. Als wir über die höchsten Gebäude flogen, unterschied sich der

Anblick der Stadt nicht viel von dem, was ich auf Bildern und Videos von Voran gesehen hatte – eine weitläufige Ansammlung hoher Gebäude, gekrönt mit runden Glasgebilden. Aus dieser Entfernung sah die Stadt aus wie Reihen und Kreise von Blocktürmen, die mit Seifenblasen bedeckt waren.

Ich starrte auf die Aussicht. Jedoch blieben meine Gedanken bei meinem Begleiter. Eine ganz neue Welt lag vor mir, dennoch hatte der Colonel meine Aufmerksamkeit vollständig eingenommen.

Er hatte das Fluggerät meisterhaft aus dem Parkhangar an der Raumhafenanlage manövriert und steuerte es nun in Richtung seines Hauses. Zumindest nahm ich an, dass wir dorthin fuhren. Der Colonel hatte nichts über unser Ziel gesagt. Tatsächlich hatte er, seitdem er mich aus der Glaskuppel am Raumhafen gezogen hatte, kein Wort gesagt und auf alle meine Fragen mit Einsilbigkeit, Grunzen oder gar nichts geantwortet.

Ich gab den Small-Talk vorerst auf und ließ meinen Blick zur Seite wandern, um den Mann zu studieren, dessen Zuhause für mindestens das nächste Jahr auch meines sein würde.

Eine Hand auf dem Kontrollpanel, die andere lässig auf seinem Oberschenkel platziert, wirkte seine Haltung entspannt. Offensichtlich teilte der Colonel nicht mein Gefühl der unangenehmen Spannung.

Ich starrte einen Moment lang auf seine Hand. Holzkohlegraues Fell bedeckte seine dunkle Haut. Schwarze Krallen krönten seine Finger. Das Bild von ihm, wie er das lebende Wesen im Video in Stücke riss, blitzte erneut in meinem Kopf auf. Glücklicherweise waren seine Krallen kürzer und schienen stumpf zu sein, als wären sie abgefeilt worden.

Verglichen mit der extravaganten Kleidung der zivilen Voraner, die ich am Raumhafen getroffen hatte, wirkte die graue Uniform des Colonels schlicht und bescheiden. Ihre einzige Verzierung waren die verzierten Schulterplatten auf seinen breiten Schultern und die rot-goldene Borte an den Ärmeln und am Kragen.

Nach einigen Momenten der langen, nervenaufreibenden Stille zwischen uns hielt ich es nicht mehr aus.

„Sie müssen talentierte Handwerker in Voran haben", sagte ich das Erste, was mir in den Sinn kam. „Ich liebe die exquisite Kleidung der Voraner."

Ich bewunderte die aufwendige Nadelarbeit der Borte an seinem Ärmel. Er folgte meinem Blick und starrte einen Moment lang auf seinen Ärmel, als würde er ihn zum ersten Mal sehen.

„Ich denke schon." Er zuckte mit den Schultern.

Nun, das war endlich eine richtige Antwort von ihm – drei ganze Worte.

„Wissen Sie, ob das von Hand gemacht wurde?", fuhr ich fort, ermutigt durch sein Reden. „Oder haben Sie Maschinen, die das tun?"

„Die Kleidung?" Er warf mir einen ungläubigen Blick zu und sah aufrichtig schockiert aus, dass ich *ihn* irgendetwas über Textilien fragen würde.

„Nun, die Kleidung und die Borte...", wünschte ich, ich könnte einfach den Mund halten, aber er machte mich nervös. Je mehr aus dem Gleichgewicht ich mich fühlte, desto stärker wurde mein Drang zu plappern. „All das. Wer hat das gestickt?" Ich winkte mit meiner Hand über seinen Arm.

„Ich habe keine Ahnung." Er runzelte die Stirn und fuhr mit seinen Fingern durch seinen Bart. „Ist das etwas, was Sie unbedingt wissen müssen?"

„Oh nein." Ich schüttelte den Kopf. „Es ist nicht wichtig. Ich bin nur neugierig."

„Warum?" Er starrte mich an.

„Ähm..." Da ich so auf den Punkt gebracht wurde, konnte ich nichts anderes als die Wahrheit sagen. „Sehen Sie, ich versuche nur, etwas Small Talk zu machen."

Er verzog das Gesicht, als hätte ich ihm gerade etwas Saures zu essen gegeben.

„*Small Talk?*"

„Ja." Ich atmete zitternd aus und spürte, wie sich Schweiß in meinen Achselhöhlen sammelte. Würde er es riechen können? Hatten Voraner einen den Menschen überlegenen Geruchssinn? Ich konnte mich nicht erinnern.

„,Small Talk' übersetzt sich als ,nutzloses Geschwafel'", sagte er sachlich. „Warum würden wir damit Zeit verschwenden?"

„Ich weiß nicht...", rutschte ich unbehaglich hin und her. „Vielleicht, um das Eis zu brechen? Reden hilft Menschen, sich kennenzulernen. Stimmt das nicht?"

Jetzt wirkte er aufrichtig verwirrt.

„Wie hilft das Lernen über den Kleidungsherstellungsprozess in Voran Ihnen, mich besser kennenzulernen?"

Ich holte noch einmal tief Luft.

„Nun..."

Mir fiel nichts ein.

„Ich weiß nicht", gab ich auf.

„Es *muss* doch besser geeignete Fragen geben", drängte er. „Warum fragen Sie mich nicht einfach genau das, was Sie wissen möchten?"

Und jetzt fühlte ich mich idiotisch, überhaupt meinen Mund geöffnet zu haben.

„Okay, ähm..." Ich durchsuchte hektisch mein Gehirn. Panik erfüllte mich, da mir keine einzige entfernt intelligente Sache einfiel, die ich fragen könnte. Alles schien entweder unpassend oder einfach dumm zu sein.

Es war nicht so, dass ich keine Fragen hätte. Ich hatte mindestens eine Million, aber jetzt schien keine von ihnen klug oder wichtig genug zu sein. Ich machte mir Sorgen über seine Reaktion. Bisher hatte er unbeeindruckt oder sogar sehr genervt von mir gewirkt, was mich noch selbstbewusster machte und im Moment weniger in der Lage, überhaupt etwas zu sagen.

„Gibt es etwas, was *Sie* gerne über mich wissen möchten? Vielleicht?", sagte ich in der Hoffnung, das Thema zu wechseln.

„Nein", antwortete er selbstbewusst.

„Nichts?", blinzelte ich, unsicher, ob ich überrascht oder beleidigt sein sollte, oder beides, angesichts seines völligen und gänzlichen Desinteresses. „Ist das der Grund, warum Sie mich nie kontaktiert haben? Weil es Ihnen egal war?"

Er rutschte auf seinem Sitz herum, rollte seine Schultern zurück und streckte seinen Nacken.

„Der beste Weg, eine Person kennenzulernen, ist, Zeit mit ihr zu verbringen, persönlich. Ich habe alle vorläufigen Informationen, die ich brauchte, aus Ihrer Akte erhalten."

„Oh, Sie haben also meinen Brief gelesen?", fragte ich mit neuer Hoffnung.

Ich war tatsächlich wirklich stolz auf den Brief, den ich als Begleitung zu meiner Bewerbung geschrieben hatte. Er war etwas lang geworden, ungefähr zwölf Seiten insgesamt. Darin war es mir gelungen, meine Hoffnungen und Träume ziemlich genau auszudrücken, dachte ich, und dem Leser ein recht gutes Bild von mir als Person zu vermitteln.

Könnte ich ihn so gut geschrieben haben, dass er keinen Raum für weitere Fragen ließ?

„Nein. Ich habe den Brief nicht gelesen", antwortete der Colonel.

„Haben Sie nicht?", atmete ich aus, entmutigt.

„Es hatte keinen Sinn." Er zuckte wieder mit den Schultern. „Sie würden sowieso bald hierherkommen."

Ich biss mir auf die Lippe. Offensichtlich interessierte er sich einen Scheißdreck für meine Hoffnungen und Träume.

„Hören Sie", rieb ich mir die Stirn und versuchte, einen Sinn in all dem zu finden. „Warum haben Sie mich ausgewählt? Mir wurde gesagt, es gab ziemlich viele Kandidatinnen."

„Viele", schnaufte er mürrisch. „Tausende."

„Warum dann *ich*?"

Er hantierte an einigen Knöpfen auf dem Kontrollpanel herum. Es führte zu keinen sichtbaren Änderungen am Kurs unseres Fluggeräts.

„Mir gefiel Ihr Foto", sagte er nach ein oder zwei Minuten.

„Das ist alles? Nur das Foto?"

Die Anweisungen besagten, dass das Bewerbungsfoto unbearbeitet sein musste. Ich konnte keinen hübschen Filter darüberlegen. Dieses Bild zeigte ganz mich, ungeschönt, abgesehen von etwas leichtem Make-up.

Ich war als „hübsch" bezeichnet worden, aber realistisch betrachtet gab es Millionen besser aussehender Frauen da draußen – größer, schlanker, mit strahlender Haut. Ich konnte unmöglich das schönste Mädchen aus Tausenden gewesen sein.

„Was hat Ihnen an meinem Bild gefallen?"

„Es war hell", erklärte er.

„Hell?"

Er nickte. „Ihre Kleidung erinnerte mich an die Frauen von Voran. Und Ihr Haar passte zu Ihrem Outfit."

Ich dachte zurück an das, was ich auf diesem Foto trug – ein Kleid mit Sonnenblumenmuster und einem Rüschenrock und ein grünes Stirnband. Das Kleid machte mich glücklich, und ich hatte gedacht, dass das Haarband gut zu meinem rötlichen Haar passte. Offensichtlich war das Outfit *hell* genug, um die Aufmerksamkeit des Colonels zu erregen.

„Sie haben also Ihre potenzielle zukünftige Lebenspartnerin nur aufgrund ihrer Kleidung und Haarfarbe ausgewählt?" Ich starrte ihn verblüfft an. Selbst wenn er nur eine Kinderfrau für seine Kinder wollte, hätte es da nicht einen komplizierteren Auswahlprozess geben sollen? In jedem Fall wählte er eine Person, mit der er mindestens ein Jahr unter einem Dach verbringen würde.

Das nenn ich mal, es dem Zufall zu überlassen.

Der Colonel musste meine Verwirrung gesehen haben.

„Wie würden *Sie* an meiner Stelle wählen?", blickte er mich mit einem Funken Neugier in seinen Augen an.

„Aufgrund der Persönlichkeit, natürlich", antwortete ich schnell. „Ich würde gerne die Vorlieben und Abneigungen der Person kennen. Es gibt spezielle Kompatibilitätstests-"

„Ist das, wie Ehen auf der Erde zustande kommen?", unterbrach er. „Durch die Nutzung von Tests?"

„Nun, nicht genau. Obwohl die Dating-Apps und Agenturen eine Art Formel verwenden, glaube ich."

„Und wie funktioniert das für Menschen? Wie stark sind eure Ehen?"

„Nun, es funktioniert gut für einige Paare, für die *meisten* sogar. Die Scheidungsrate auf der Erde liegt irgendwo zwischen vierzig und fünfzig Prozent..."

„Was?" Er schnaufte. „Eure Tests und Formeln sind dann nicht so großartig, oder?"

„Wie ist die Scheidungsrate in Voran?"

Er hob eine buschige Augenbraue.

„Nur einer von zehn Männern in Voran bekommt die Chance, eine Frau zu haben", sagte er langsam und starrte mich eindringlich an. „Eine Frau. Eine Chance auf Ehe. Jeder Ehemann würde alles tun, um seine Frau zu halten. Absolut alles. Scheidung ist in unserem Land so selten, dass sie praktisch nicht existiert."

Ich scheute davor zurück, zu klären, was genau er mit „würde alles tun" meinte. Es könnte so sein wie „ihr *alles* geben, was sie sich wünscht, um in der Ehe glücklich zu bleiben" oder „*alles* Mögliche tun, um seine Frau physisch zu behalten, einschließlich sie im Keller anzubinden".

„Was wenn...", begann ich vorsichtig. „Manchmal funktionieren die Dinge zwischen zwei Menschen einfach nicht, wissen Sie."

„Es gibt immer einen Weg, Dinge in Ordnung zu bringen",

sagte er und wies mich selbstbewusst ab. Sein Ton ließ keinen Raum für Widerspruch. Also widersprach ich nicht.

Stattdessen starrte ich wieder durch das Glas des Raumfahrzeugs nach vorne.

„Hören Sie", sagte er nach einer Weile und verriet damit, dass er weiter über das Thema unseres Gesprächs nachgedacht hatte, selbst nachdem wir verstummt waren. „Meine Zeit war begrenzt", erklärte er. „Sie gaben mir Tausende von Bildern von außerirdischen Frauen, um nur eine zu wählen. Ihres stach heraus. Und das war's."

KAPITEL 3

DAISY

„Das ist mein Zuhause." Der Colonel deutete mit seinem Bart auf die Ansammlung von Glaskuppeln und Kugeln auf der Spitze eines Wolkenkratzers.

„Das ganze Gebäude?" Ich lehnte mich näher an das Fenster des Fluggeräts, um besser sehen zu können.

Das Gebäude war so hoch, dass ich die Straße darunter nicht sehen konnte, als wir nahe der Spitze schwebten. Glasblasen bedeckten die Wände, als wären sie mit Schaum besprüht worden. Die Blasen waren die verglasten Terrassen und Balkone in verschiedenen Größen.

Der Colonel beobachtete mich genau.

„Nein. Das Gebäude gehört nicht mir", sagte er. „Ich bewohne nur die obersten drei Etagen."

„*Nur?*" Ich lachte leise auf. „Ihre Wohnung muss so groß sein wie ein Amphitheater."

Allein die Hauptkuppel schien groß genug, um ein Kolosseum zu umschließen. Mehrere andere umgaben sie, nur etwas kleiner als die erste.

„Es ist... atemberaubend." Ich starrte ehrfürchtig auf das Glas, das unter der Spätnachmittagssonne Nerons glitzerte, während der Colonel das Fluggerät näher an die nächste Kuppel manövrierte.

Das Glas glitt auf und ließ das Fluggerät hineingleiten. Es landete auf einer grünen Plattform, die mit einem sauber getrimmten Rasen bedeckt war. Die Seitenwände des Fluggeräts hoben sich, und ich stieg aus. Die Kitten-Heels meiner Mary Janes sanken in den üppigen Innenrasen ein, so ungewöhnlich im verblassenden Licht der untergehenden Wintersonne.

„Ist das echt?", wandte ich mich an den Colonel, der um das Fluggerät herum zu mir kam.

„Der Rasen? Ja. Er wächst das ganze Jahr über, genau wie die anderen Pflanzen." Er deutete auf die Pflanzgefäße entlang der Wände und die hängenden Körbe, von denen Blumengirlanden herabhingen.

„Was für eine wunderschöne Terrasse." Ich drehte mich langsam, nahm das üppige Grün auf, das großzügig mit den leuchtenden Farben der Blumen gesprenkelt war. „Es wäre so schön, hier morgens Tee zu trinken."

„Sie wollen in der Garage frühstücken?" Der Colonel hob eine Augenbraue.

Eine Garage?

Natürlich. Wo sonst würde er sein Fahrzeug parken?

„Nun, es ist die schönste Garage, die ich je gesehen habe...", murmelte ich.

Er ließ mich weiterhin wie eine komplette Idiotin fühlen. Woher sollte ich wissen, dass echter Rasen und herrliche Blumen in einer Parkgarage auf Voran dazugehören?

„Es gibt eine richtige Frühstücksterrasse auf der anderen Seite dieser Etage." Der Colonel führte mich zu einer Reihe undurchsichtiger Glastüren, die sich öffneten, als wir uns näherten. „Morgens ist die Aussicht dort besser als hier."

Ich hatte keine Chance zu antworten. Mein Atem stockte vor Entzücken, als wir den nächsten Raum betraten.

Er war perfekt rund mit einem karierten Fliesenboden und einer so hohen Decke, dass ich meinen Kopf weit zurücklehnen musste, um die gläserne Hemisphäre des Oberlichts zu sehen. Überall wuchsen grüne und gelbe Pflanzen. Ranken hingen von der Decke, schmiegten sich an den Wänden entlang und kletterten an Gittern empor. Einige von ihnen blühten mit großen, leuchtenden Blumen und sorgten für Farbakzente. Ein frischer, süßer Duft durchströmte die Luft.

„Oh mein Gott...", hauchte ich ehrfürchtig.

Meine Handtasche an die Brust gedrückt, schlenderte ich durch den Raum und bewunderte seine Schönheit.

„Gefällt es Ihnen?", fragte der Colonel.

Seine dichten Augenbrauen zogen sich zu einem Stirnrunzeln zusammen, obwohl ich nicht glaubte, dass er im Moment wütend auf mich war. Er schien einfach nicht viele Gesichtsausdrücke zu haben, außer Stirnrunzeln in verschiedenen Tiefen. Es war unglaublich, dass ein mürrischer Mann wie er an einem Ort leben würde, der einem Paradies ähnelte.

Im Moment kümmerte ich mich nicht um seine Launenhaftigkeit. Dieser Ort war zu schön, um sich um solche Dinge Sorgen zu machen. Ich breitete meine Arme aus, die Handtasche mit dem Ornament in der Hand, und drehte mich im Kreis.

„Gefallen? Ich liebe es!" Ich konnte mir ein leises Lachen nicht verkneifen. „Das ist wunderschön. Ein herrlicher Sommer mitten im Winter."

Ich wandte mich dem Colonel zu und holte Luft.

„Sie müssen ein erstaunlicher Gärtner sein", schwärmte ich, froh darüber, endlich etwas Positives an diesem Mann gefunden zu haben.

Er verschränkte die Arme vor seiner breiten Brust.

„Ich? Nein, das ist alles Omnis Werk."

„Omni?" Ich schaute mich nach jemandem mit diesem Namen um.

Ein Surren hinter mir ließ mich herumwirbeln. Ein Objekt rollte durch die gegenüberliegende Tür herein. Es war ein Rahmen mit einem Bildschirm, der auf einem hohen Stab montiert war, der wiederum an einer kurzen Plattform auf Rädern befestigt war.

„Grüße, Madame Kyradus", ertönte eine beruhigende mechanische Stimme vom sanft leuchtenden Bildschirm. „Willkommen im Haushalt des Colonels Grevar Velna Kyradus. Ich bin das Künstliche Intelligenz-Haushaltssystem oder kurz 'die Haus-KI'. Aber Sie können mich Omni nennen."

„Hallo Omni." Ich neigte den Kopf zur Begrüßung, da die Einheit keine Hände zum Schütteln hatte. „Es ist sehr schön, Sie kennenzulernen."

Ohne Hände fragte ich mich, wie der Roboter überhaupt

irgendetwas hier tun konnte, ganz zu schweigen davon, diesen üppigen Innengarten zu erschaffen und zu pflegen.

„Ich hoffe, Ihre Reise war angenehm?", fuhr Omni fort. „Wir haben Ihr Gepäck vom Raumhafen erhalten. Ich habe mir die Freiheit genommen, es in Ihr Zimmer zu bringen und auszupacken."

„Oh, wirklich? Danke..."

„Möchten Sie, dass ich auch dies hochbringe?" Das Bild der Handtasche in meinen Händen erschien auf dem Bildschirm.

Ich drückte die Handtasche an meine Brust, unsicher, ob ich bereit war, mich von ihr zu trennen, selbst für kurze Zeit.

„Oder soll ich sie neben Ihren Stuhl legen, während Sie zu Abend essen?"

Wenn ich darauf bestehen würde, die Handtasche festzuhalten, würde ich wie ein Kleinkind wirken, das sein Lieblingsspielzeug nicht aufgeben will. Der Colonel schien ohnehin schon keine besonders gute Meinung von mir zu haben.

„Nein, schon gut. Sie können sie nehmen." Ich streckte die Handtasche Omni entgegen und fragte mich, wie der Bildschirm überhaupt irgendetwas irgendwohin bringen könnte.

Mit einem Luftzug an meinem Gesicht erschien wie aus dem Nichts eine kleine silberne Drohne.

„Könnten Sie die Handtasche an den Haken hängen, bitte?", wies Omni an.

Ich tat wie mir geheißen und hängte die Handtasche vorsichtig an einen Chromhaken, der sich von der Drohne erstreckte. Sie flog in Richtung einer Wendeltreppe, die den ganzen Raum umkreiste und sich nach oben wendelte.

„Vorsichtig, bitte", bat ich und beobachtete, wie die Handtasche mit dem Ornament meiner Großmutter davonflog. „Es ist zerbrechlich." Das war der Grund, warum ich es nicht beim Rest meines Gepäcks gelassen hatte und es stattdessen den ganzen Weg hierher selbst getragen hatte.

„Es gibt absolut keinen Grund zur Sorge", versicherte mir

Omni. „Alle meine Einheiten verfügen über extreme Präzision in ihren Bewegungen."

„Ist das Abendessen fertig?", bellte der Colonel, der ein kurzes, breites Glas in seiner Hand hielt. Er hatte sich irgendwo einen Drink besorgt.

„Ja. Folgen Sie mir bitte ins Esszimmer." Omni rollte zurück zu den Glastüren, durch die er gekommen war. Der Colonel und ich folgten.

„Trinken Sie Alkohol?", fragte mich der Colonel unterwegs.

Ich konnte an seinem Tonfall nicht erkennen, ob er sich nur erkundigte, bevor er mir einen Drink anbot, oder ob er sich bereit machte, meine Entscheidungen zu beurteilen.

Wieder einmal entschied ich mich für die Wahrheit. „Ja, das tue ich."

„Welches Getränk bevorzugen Sie?" Sein Ton war wie üblich barsch, schien aber nicht wertend zu sein.

„Wein", sagte ich und fügte hinzu: „Falls Sie so etwas auf Neron haben?"

Wir betraten einen ovalen Raum mit einem großen Glastisch in der Mitte. Wie der Raum zuvor hatte auch dieser eine hohe, klare Kuppel als Decke. Der gesamte Raum strotzte ebenfalls vor Pflanzen und Farben überall. Selbst der verzierte Kronleuchter, der über dem Tisch hing, diente als Gitter für kletternde Ranken. Ihre roten und orangefarbenen Blüten waren fast so hell wie seine Lichter.

Eine Drohne flog auf mich zu mit einem hohen Glas violetter Flüssigkeit, das in einer ihrer Chromzangen eingeklemmt war.

„Sagen Sie mir, was Sie von diesem hier halten", deutete der Colonel auf das Glas, als ich es vorsichtig von der Drohne nahm. „Er wurde mir letztes Jahr zu einem besonderen Anlass geschenkt."

„Danke." Ich nahm einen kleinen Schluck und keuchte auf, als die violette Flüssigkeit meine Zunge verbrannte. Das

Brennen wurde jedoch schnell durch einen frischen, leicht süßen Nachgeschmack gelindert. „Er ist ein bisschen stark, glaube ich..."

Mein Wissen über Wein beschränkte sich hauptsächlich auf seine Farbe – rot oder weiß. Ich trank ihn gelegentlich gern und musste nicht viel darüber wissen, um ihn zu genießen.

Ich blickte zum Colonel auf, der mich aufmerksam mit unlesbarem Ausdruck beobachtete.

„Er ist wunderbar", fügte ich sicherheitshalber hinzu.

Er nickte, stellte sein Getränk ab, um für mich den Stuhl vom Tisch zu ziehen. Seine galante Geste kam überraschend. Bis jetzt hatte der Colonel nicht einmal eine Tür für mich geöffnet. Aber andererseits öffneten sich die Türen hier überall von selbst.

„Danke." Ich setzte mich.

Ein Wagen rollte von einer weiteren Tür an der Seite herein, als der Colonel am anderen Ende des Tisches Platz nahm, mir gegenüber. Zwei Drohnen stellten zwei Tabletts vor uns. Sie sahen aus wie Schachbretter; kleine Mengen verschiedener Speisen füllten die quadratischen Vertiefungen.

Egal, wie nervös mich der Colonel machte, ich war am Verhungern.

„Das sieht so gut aus." Ich wagte einen weiteren brennenden Schluck Wein und nahm dann ein schmales Besteckteil vom Tisch. „Haben die Kinder schon gegessen?"

Ich fragte mich, wo die Zwillinge sein könnten, und hoffte, sie früher als später kennenzulernen. Außerdem half mir die Anwesenheit von Kindern immer, mich in den unangenehmsten Situationen zu entspannen.

„Die Kinder?", blickte er von seinem Teller zu mir auf.

„Ja. Die Jungen." Ich steckte mir eine kleine Ansammlung gelber Kugeln in den Mund. Sie schmolzen auf meiner Zunge mit einem cremigen Geschmack nach Butter und Käse. „Wie heißen sie? Ich konnte das nirgendwo in den mir zur Verfügung gestellten Informationen finden."

„Meine Söhne heißen Olvar Shula Kyradus und Zun Shula Kyradus", sagte er mit offensichtlichem Stolz.

„Olvar und Zun? Das sind wunderschöne Namen."

„Ich habe sie ausgewählt." Er warf sich ein Stück Essen von seinem Teller in den Mund und umging dabei die Verwendung des Bestecks. „Olvar bedeutet 'mutig' auf voranisch, und Zun steht für 'der Siegreiche'. Ich hoffe, sie werden zu Männern heranwachsen, die diesen Namen gerecht werden."

„Ich hoffe, dass sie das tun..." Mit dem hakenähnlichen Besteckteil fischte ich ein rundes Stück von etwas anderem von meinem Teller und nahm vorsichtig einen Bissen. Es hatte die knackige Textur einer Wassermelone mit einem herben, herzhaften Geschmack. „Wo sind die Jungen jetzt?"

„In der Schule."

Es schien ein wenig zu spät am Tag zu sein, dass Fünfjährige noch in der Schule waren. Aber das hier war nicht die Erde. Ich musste erwarten, dass Dinge anders sein würden.

Ich probierte einen kleinen Würfel aus einer anderen quadratischen Vertiefung. Dieser entpuppte sich als ein Stück gepökeltes Fleisch.

„Wann kommen sie nach Hause?", fragte ich, sobald ich das Fleisch gekaut und geschluckt hatte.

Der Colonel leerte sein Tablett ziemlich schnell.

„In etwa drei Jahren und vier Monaten", sagte er.

Das Besteck fiel mir aus der Hand und klimperte gegen das Tablett, bevor es auf den Tisch fiel.

„Drei Jahre?", starrte ich ihn an und hoffte, dass ich mich verhört hatte.

„Ja. Sie sind an der Militärakademie. Die Dauer für Vollzeitstudien dort beträgt neun Jahre", erklärte er ruhig.

„Militärakademie für Fünfjährige?", versuchte ich, Verurteilung aus meiner Stimme herauszuhalten. Immerhin befand ich mich auf einem anderen Planeten in einer anderen Kultur...

Es erwies sich jedoch als zu schwierig, einen neutralen Gesichtsausdruck zu erzwingen. Ich war sicher, dass der Schock, den ich fühlte, nun überall auf meinem Gesicht zu sehen war.

„Ja", bestätigte der Colonel. „Eine militärisch ausgerichtete Bildung wurde als die am besten geeignete Richtung für meine Kinder ausgewählt."

„Ausgewählt von wem?"

„Von mir selbst, mit Unterstützung von Eignungstests, die vom Ministerium für Kinderbildung und Wohlbefinden durchgeführt wurden."

„Wie bestimmt man die Eignung bei einem Fünfjährigen?" Ich ließ das Besteck liegen, da ich mich nicht mehr so hungrig fühlte.

Er starrte mich an.

„Warum ein *Fünfjähriger?* Meine Söhne sind seit ihrer Geburt an der Akademie."

Meine Augenbrauen müssen bis zu meinem Haaransatz hochgeschossen sein, als ich ihn erstaunt anstarrte. Alle meine Gedanken kamen für einen Moment völlig zum Erliegen.

„Wie kann man einem Neugeborenen möglicherweise Militärtaktik beibringen? Ich nehme an, das wird an der Militärakademie unterrichtet?"

„Richtig", bestätigte er. „Militärtaktik ist Teil des Lehrplans. Natürlich beginnt der Unterricht erst später. Neugeborene sitzen nicht in Klassen."

„Nun, das ist gut. Da, wissen Sie, das *Sitzen* schwierig wäre für jemanden, der nicht einmal seinen eigenen Kopf halten kann."

Er starrte mich einen Moment lang an, als ob er versuchte, die Bedeutung hinter meinem Tonfall zu entschlüsseln. In meiner Stimme hatte definitiv eine ordentliche Dosis

Sarkasmus gelegen. Mein Entschluss, aufgeschlossen zu sein und die andere Kultur zu akzeptieren, erwies sich als zunehmend schwieriger, je mehr er sprach.

„Waren Ihre Kinder jemals hier, in ihrem Familienheim?"

„Bei einigen Gelegenheiten", antwortete er tonlos, mit einem vorsichtigen Gesichtsausdruck.

„Sie sehen sie also gar nicht?", hakte ich nach.

Er rutschte auf seinem Stuhl hin und her und lehnte sich ganz zurück.

„Ich sehe sie ein- oder zweimal im Monat", sagte er langsam, „aber ich verfolge ihre akademischen Fortschritte täglich. Ich überprüfe auch jeden Morgen ihre Gesundheitsberichte."

„Nun, die Überwachung ihres Blutdrucks und ihrer Fortschritte in Mathematik ersetzt nicht wirklich das tatsächliche *Sehen* von ihnen, oder?"

Er verengte seine Augen zu Schlitzen, dann schob er plötzlich mit Kraft seinen Teller beiseite.

„Kritisieren Sie die Art und Weise, wie ich meine Kinder erziehe?"

Das verblassende Schimmern des Sonnenuntergangs, unterstützt durch das sanfte Licht des Kronleuchters, ließ seine roten Augen gegen das dunkle Grau seines Gesichts zu glühen scheinen. Ich spürte sein Missfallen in der Luft hängen, dick und erstickend wie eine Wolldecke. Es war erschreckend.

Ich sog scharf die Luft ein. Mein Problem war, dass ich nie den Mund halten konnte, selbst wenn es offensichtlich zu meinem Vorteil gewesen wäre. Meine Zunge lief oft schneller als meine Gedanken.

„Nicht wirklich", erwiderte ich. „Ich kann nicht kritisieren, wie Sie Ihre Kinder erziehen, weil Sie nicht derjenige sind, der sie *erzieht*, oder? Von Geburt an verbringen sie ihre Tage mit jemand anderem. Was bedeutet 'ein Vater sein' überhaupt für Sie?"

„Das reicht!" Er schlug mit der Hand auf den Tisch, sodass

ich und das Geschirr hochsprangen. „Sie sind noch nicht einmal einen Tag in Voran und erzählen mir, wie ich meinen Haushalt zu führen habe?"

Zu spät erkannte ich, dass ich zu weit gegangen war.

„Es tut mir leid. Das kam falsch rüber", murmelte ich und knüllte meinen Rock in meinen Händen zusammen. „Ich wollte definitiv nicht respektlos klingen."

„Nun, darin sind Sie gescheitert."

Die Verachtung in seiner Stimme ließ mich wünschen, ich könnte einfach durch den Boden fallen und mich in welchem Raum auch immer darunter verstecken.

Ich weigerte mich, seinen furchteinflößenden Augen zu begegnen.

„Vielleicht sollte ich einfach für heute Schluss machen. Ich bin immer noch ziemlich müde, von dem langen Flug und so...", ließ ich meine Stimme ausklingen.

Mein Appetit war völlig verschwunden. Alles, was ich wollte, war, aus diesem Raum und weg vom Colonel zu kommen.

„Omni wird Ihnen den Weg zum Schlafzimmer zeigen", murmelte er und schob seinen Stuhl vom Tisch weg.

KAPITEL 4

DAISY

Das Abendessen war schlecht verlaufen. Schrecklich. Viel, viel schlimmer, als ich hätte erwarten können. Bei einem mürrischen, griesgrämigen Mann wie dem Colonel hätte man vermuten können, dass es nicht reibungslos laufen würde. Die Abendessen-Katastrophe war jedoch ganz allein meine Schuld. Oder etwa nicht?

Das Klügste, wenn man in das Haus eines Fremden kommt – besonders eines, das sich auf einem anderen Planeten befindet – wäre, ruhig zu bleiben, zuerst zuzuhören und zu beobachten, die neue Kultur kennenzulernen, so wie ich es eigentlich vorgehabt hatte.

Aber nein, ich musste ja meinen großen Mund aufmachen und meine verdammten Meinungen links, rechts und in der Mitte verbreiten... ohne dass irgendjemand danach gefragt hatte. Das Wohlbefinden von Kindern war immer ein wunder Punkt für mich gewesen und ich konnte einfach nicht still bleiben.

Jetzt war die ohnehin schon unangenehme Situation noch viel schwieriger geworden.

Aufgewühlt achtete ich nicht besonders darauf, wohin ich ging, während ich der Omni-Drohne die breite, gewundene Treppe hinauf folgte.

Als sich die undurchsichtigen weißen Doppeltüren zu einem riesigen runden Raum öffneten, der von einer gläsernen Hemisphäre gekrönt wurde, blieb ich stehen, erneut vor Ehrfurcht erstarrt.

„Ist das..."

„Ihr Schlafzimmer." Ein weiterer Bildschirm auf einem Stab rollte auf mich zu.

Gestreift von den verblassenden Farben des sterbenden Sonnenuntergangs war der Himmel über uns bereits mit Sternen am dunkler werdenden Rand übersät. Ein großes rundes Bett stand in der Mitte des Raumes. Gestützt von zwei verzierten Pfosten, die vom Boden aufstiegen, schwebte ein Gitterwerk-Baldachin darüber, der mit lebenden Blumengirlanden drapiert war. Der gleiche leichte Duft zog durch die Luft und erfüllte den Raum, der von Feen erschaffen zu sein schien.

„Das ist einfach nur... Omni, dieser Ort ist einfach magisch", gab ich zu.

„Oh, danke, Madame Kyradus."

Der Klang des Names des Colonels ließ mich zusammenzucken.

„Könntest du mich bitte Daisy nennen?"

„Natürlich. Ich kann Sie jeden Namen nennen, den Sie wünschen. Bitte teilen Sie Colonel Kyradus mit, dass Sie mich neu programmiert haben möchten."

„Du kannst mich also nicht einfach so Daisy nennen? Ohne seine Erlaubnis?"

„Nein. Ich wurde speziell darauf programmiert, Sie als Madame Kyradus anzusprechen."

Der Colonel muss es wohl mögen, seinen Namen oft zu hören.

„Na gut, dann, Madame ist es, aber nur für heute Nacht." Ich machte mir eine geistige Notiz, darüber sowohl mit dem Colonel als auch mit dem Verbindungskomitee zu sprechen. Es ergab keinen Sinn, dass ich als seine Frau angesprochen und behandelt wurde, wenn wir nicht einmal in einer Beziehung waren.

Ich wollte nicht nach nur einem Abendessen aufgeben, so katastrophal es auch gewesen war. Ein erster Eindruck war wichtig, aber er war nicht alles. Vielleicht könnten wir morgen einen Weg finden, gemeinsam daran zu arbeiten?

Nur hatte der Colonel keine Absichten gezeigt, mit mir an irgendetwas zu arbeiten. Ich hatte bei ihm keinen Hauch von romantischen Gefühlen bemerkt, keine Spur eines Wunsches, ein Verständnis zwischen uns aufzubauen. Natürlich half meine vorwurfsvolle Rhetorik der Sache auch nicht gerade.

So wie die Dinge liefen, glaubte ich nicht, dass zwischen uns jemals irgendeine Art von Beziehung möglich sein würde, nicht einmal die eines Arbeitgebers und einer Angestellten. Und da die Kinder nicht hier waren, hatte ich keine Ahnung, was mein eigentlicher Zweck in diesem Haus sein könnte.

Die Gedanken, die in meinem Kopf hämmerten, ließen mich schwindelig werden. Sorgen erwiesen sich als erschöpfend. Ich unterdrückte ein Gähnen. Es war noch nicht so spät in der Nacht, aber ich fühlte mich müde.

„Du sagtest, du hättest meine Sachen ausgepackt?", fragte ich Omni.

„Ja. Bitte hier entlang."

Der Roboter rollte hinter einen Pflanzkübel mit einem hohen, von Ranken bedeckten Gitter. Es diente als Sichtschutz und verbarg einen gewölbten Eingang zu einem großen Raum, den ich als riesigen Kleiderschrank erkannte.

„Ihr Badezimmer ist in diese Richtung." Ein Pfeil, der nach

rechts zeigte, erschien auf Omnis Bildschirm. „Ich habe Ihre Kleidung dem Rest hinzugefügt."

„Dem Rest?" Ich starrte auf die Reihen über Reihen von Kleiderbügeln, die die Wände vom Boden bis zum abgerundeten Oberlicht in der Decke säumten.

Ein weißes, rundes Sofa stand in der Mitte des farbenfrohen Teppichs auf dem Boden. Regale mit Schuhen, alle für menschliche Füße geformt, umgaben es.

„Wessen Kleidung ist das?", fragte ich und bewunderte die leuchtenden Stoffe, die unter den Lichterketten schimmerten, die sich mit Blumengirlanden unter der Decke verflochten.

„Ihre", antwortete Omni. „Der Colonel hat sie bestellt, sobald Ihre Größen bestätigt wurden."

„Also hat er sich nicht die Mühe gemacht, mir ein einziges Wort zu schreiben, aber er hat dafür gesorgt, meine Kleidergröße zu bekommen?"

„Und Schuhgröße auch", fügte Omni sachlich hinzu. „Als Leiter der voranischen Armee nimmt der Colonel an einer Reihe von hochrangigen öffentlichen Veranstaltungen und gesellschaftlichen Funktionen teil. Als seine Frau werden Sie ihn begleiten. Es ist wichtig, dass Sie angemessen gekleidet sind."

„Richtig. Der Colonel ist ziemlich hochrangig, nicht wahr?"

Ich ließ meine Hand über das weiche, glänzende Material der Kleidung an den Bügeln gleiten. Vielleicht war das der Zweck meines Hierseins? Der Colonel brauchte eine weibliche Begleitung zu formellen Galas und dergleichen. Wenn das so war, hatte er einen großen Fehler gemacht, indem er mich auswählte. Das Mischen mit der gehobenen Gesellschaft war nicht gerade eine meiner Stärken. Das hätte er gewusst, wenn er den Brief gelesen hätte, den ich geschrieben hatte.

„Colonel Kyradus hat derzeit den höchsten Rang in der voranischen Armee inne. Er wurde erst vor etwas mehr als einem Jahr befördert, nachdem er die Operation, die die Invasion der *Fescods* in Voran beendete, erfolgreich geleitet hatte."

„*Fescods?*"

„Die halbintelligente Spezies des Planeten Tragul. Sie hatten ihren Planeten fast vollständig besetzt, dann fielen sie auf Neron ein, indem sie vor elf Jahren und drei Monaten in Voran landeten. Die Aktionen des Colonels auf Tragul schwächten die *Fescod*-Streitkräfte genug, um sich vollständig von Neron zurückzuziehen."

Ein Bild des Weltraumkleckses, identisch mit denen, die den Colonel in dem Video, das er mir geschickt hatte, angriffen, erschien auf Omnis Bildschirm.

„*Fescods*", sagte Omni mit ernster Stimme. „Sie verursachten einen langen und verheerenden Krieg in Voran. Die heldenhaften Taten des Colonels im letzten Jahr führten letztendlich zu unserem Sieg."

„Wow", keuchte ich leise, ziemlich beeindruckt. „Der Colonel ist nicht nur der Armeekommandant, sondern auch ein Kriegsheld. So viele Details waren nicht im Informationspaket enthalten, das ich vom Komitee erhalten habe."

„Das Komitee teilte nur die grundlegenden Fakten mit. Als jedoch Ihre Anfrage nach mehr Informationen einging, befahl der Colonel mir, die Aufzeichnung seines Moments des Ruhmes zu senden. Ich bin nicht sicher, ob das Video Sie erreicht hat, da uns mitgeteilt wurde, dass Sie bereits nach Neron abgereist waren."

„Es hat mich erreicht." Ich setzte mich auf das runde Sofa in der Mitte des Kleiderschrankraums. „Ich habe es auf dem Raumschiff kurz vor meiner Ankunft hier angesehen."

Das Video, das mich erschreckt hatte, war offenbar das vom „Moment des Ruhmes" des Colonels. Es muss seine Art gewesen sein, mir mehr über sich selbst zu erzählen, nicht um mich absichtlich abzuschrecken. Obwohl eine kurze Nachricht als

Begleitung des Videos zu diesem Zeitpunkt sehr nützlich gewesen wäre.

Meine Kopfschmerzen hatten sich nach all dem nur noch verstärkt.

„Ich werde morgen über all das nachdenken, Omni. Ich würde jetzt wirklich gerne schlafen gehen."

„Absolut." Omnis zuvorkommende Stimme floss sanft. „Gute Nacht und angenehme Träume, Madame Kyradus. Ich schalte diese Einheit jetzt ab, aber wenn Sie irgendetwas brauchen, sagen Sie einfach meinen Namen."

Der Stab rollte zur Ladestation an der Wand, dann wurde der Bildschirm schwarz.

GREVAR

Er knöpfte seinen Uniformmantel vollständig auf, lehnte sich in seinem Stuhl zurück und bedeutete der Drohne, ihm noch einen Drink zu bringen. Er trank selten harten Alkohol an einem Wochentag, aber heute war es gerechtfertigt.

Das Privileg, als Erster eine menschliche Frau zu bekommen, war ihm vom Gouverneur von Voran verliehen worden. Tief im Inneren vermutete Grevar, dass Gouverneur Ashir Kaeya Drustan ihn einfach verheiraten wollte, um seine Aufmerksamkeit von seiner eigenen Frau, Shula, fernzuhalten. Nicht, dass es einen Grund zur Sorge gab. Seit Shula Ashir Grevar vorgezogen hatte, waren sie nichts weiter als Freunde.

In der öffentlichen Meinung war er als dekorierter Kriegsheld und neu beförderter Colonel eine logische Wahl, um als erster Voraner eine menschliche Frau zu heiraten. Es war eine große Ehre, die er nicht ablehnen konnte.

Nicht, dass er sie ablehnen wollte, natürlich.

Eine Ehefrau zu haben, war eine Seltenheit in Voran. Künstliche Befruchtung ermöglichte es einem Mann, seine eigene Familie zu haben. Viele wären jedoch begeistert, zusätzlich zu Kindern auch eine Frau zu haben, wenn sich die Gelegenheit böte.

Das gesagt, war Grevar nicht gerade vor Freude geplatzt, als er über die ihm zuteil gewordene Ehre informiert wurde. Seine Frau würde eine Ausländerin sein, ein seltsam aussehendes Wesen von einem neu entdeckten Planeten. Es gäbe kulturelle und andere Unterschiede zu überwinden. Trotzdem hatte er ihrer Ankunft entgegengesehen.

Von dem Moment an, als er diese Ehe akzeptiert hatte, konnte nichts mehr geändert werden. Anstatt zu versuchen, mit seiner neuen Braut Kontakt aufzunehmen, hatte er beschlossen, zu warten, bis er sie persönlich sah. So viel konnte bei der Kommunikation per Post oder Videofeed in der Übersetzung verloren gehen.

Er hatte Daisy aus einem Stapel Bilder ausgewählt, die eines schönen Morgens auf seinem Schreibtisch bei der Arbeit abgelegt wurden. In seinem geschäftigen Leben gab es nicht genug Zeit, um auch nur zu versuchen, sie alle durchzugehen, geschweige denn, jedem von ihnen sorgfältige Überlegung zu widmen.

Alle Frauen auf den Bildern schienen ihm sehr ähnlich. Ihre Hauttöne variierten von beige bis dunkelbraun, und ihre Haarfarben reichten von blassgelb bis schwarz, aber das waren die einzigen Unterschiede, und sie bedeuteten ihm wenig. Keine seiner potenziellen Bräute hatte Hörner oder Fell. Und alle sahen mit ihren stumpfen menschlichen Augen gleich seltsam aus – fremd.

Er hatte einige Komplikationen erwartet. Alles heute Abend hatte sich jedoch als herausfordernd und überwältigend erwiesen.

Mit einem langen Atemzug nahm er einen großen Schluck aus seinem frisch nachgefüllten Glas.

Leider war es anhand des Bildes allein nicht möglich gewesen, zu erkennen, als was für eine Plaudertasche sich seine neue Frau entpuppen würde. Sein Kopf pochte vor Schmerz von ihrem Geplapper.

Natürlich wäre es eine Herausforderung, überhaupt jemanden hier zu haben. Das meiste Geräusch, das er normalerweise in seinem Zuhause ertragen musste, war das subtile Tropfen des Bewässerungssystems, das die Pflanzen bewässerte, oder das Surren der zahlreichen Omni-Geräte, oder das Geräusch der Unterhaltungsanlage ab und zu, wenn er die Nachrichten sah. Das war so ziemlich alles.

Eine gesprächige Frau unter demselben Dach mit ihm zu haben, würde eine Anpassung erfordern. Obwohl, vielleicht nicht unbedingt eine völlig unangenehme.

Er mochte den Ausdruck der Freude auf ihrem Gesicht, als sie zum ersten Mal sein Haus betreten hatte. Es erinnerte ihn an dieses glückliche Lächeln, das sie auf ihrem Bewerbungsbild hatte – strahlend und voller Wunder.

Ihre Stimme, melodisch und angenehm, würde sich auch nicht zu schwer zu gewöhnen lassen. Selbst wenn sie weiterhin so viel reden würde, könnte er sich vorstellen, sie ausblenden zu können, ihre Stimme mit dem Plätschern des Bewässerungssystems im Hintergrund verschmelzen zu lassen. Solange sie nicht erwartete, dass er auf jede ihrer Aussagen antwortete, sollte es gut gehen.

Hoffentlich würde sie sich auch *mehr anstrengen*, die beleidigenden Dinge, die sie heute Abend gesagt hatte, nicht zu sagen. Er hatte ein dickes Fell und war nicht leicht beleidigt. Kritik an seinen Kindern und der Art, wie er sie erzog, war jedoch nichts, was er auf die leichte Schulter nahm. Glücklicherweise schien es ihr wirklich leid zu tun, als sie erkannte, dass sie zu viel gesagt hatte.

Dies war schließlich eine neue Welt für sie. Wie gut sie darin zurechtkommen würde, würde weitgehend von ihrer Fähigkeit zu lernen abhängen.

Das Bild von ihr stieg erneut in seinem Geist auf.

Ihr direkt ins Gesicht zu schauen, war am schwierigsten gewesen. Das Fehlen von Hörnern störte ihn. Wenn er auf ihre glatte Stirn starrte, konnte er nicht einmal vorgeben, dass sie einen Unfall erlitten hätte, der zum Verlust ihrer Hörner geführt hatte.

Zum Glück schien der Rest von ihr nicht so schlecht zu sein. Es gab sogar einige Dinge, die er wirklich an ihr genoss.

Sie hinterließ eine Wolke von blumigem Duft, wohin sie auch ging, ein wenig stark, aber nicht unangenehm.

Er mochte ihr helles orange-gelbes Haar. Seine Sonnenscheinfarbe erinnerte ihn an einen Sommermorgen. Es lag auch fröhliche Energie in der Art, wie ihre dicken Locken hüpften, wenn sie den Kopf warf.

Auch ihr Geschmack in Sachen Kleidung gefiel ihm. Er mochte, wie gut das hübsche Kleid, das sie trug, die Kurven ihres Körpers umschloss.

Und er mochte absolut und definitiv ihre Kurven.

Die Erinnerung an die gerundeten Oberseiten ihrer Brüste, die über dem tiefen Ausschnitt ihres Kleides schwollen, sandte eine Welle von Hitze in seine Leiste. Es machte ihm nicht einmal etwas aus, dass sie nicht einen Fetzen Fell auf ihrer Brust hatte.

Tatsächlich wollte er mehr von ihr sehen, ohne dieses Kleid.

Das war ermutigend. Als ihr Ehemann musste er seine Frau beglücken – es war seine Pflicht. Physische Anziehung für sie zu haben, machte die Dinge viel einfacher.

Er trank seinen Drink in einem Zug aus und streifte seinen Armeemantel ab. Aufstehend streckte er seinen Rücken, ließ das Verlangen durch ihn rollen. Sein Glied drückte dringend gegen seine Hose, seine Haut kribbelte vor Erwartung unter seinem Fell.

Es war Jahre her, seit er eine Frau in seinen Armen gehalten hatte. Damals hatte er sie in sein Herz und sein Bett gelassen, aber sie hatte am Ende einen anderen Mann ihm vorgezogen.

Jetzt hatte er das Glück, dass eine andere Frau in seinem Bett auf ihn wartete. Warme Aufregung durchfloss seine Adern bei dem Gedanken, dass sie bereits *sein* war – seine Frau.

Es war Zeit, ins Bett zu gehen.

DAISY

Ich fand mein Stickerei-Nachthemd aus Baumwolle am Ständer mit den Kleidungsstücken, die ich zuerst für Abendkleider gehalten hatte. Als ich eines vom Bügel nahm, erkannte ich, dass es ein Nachtkleid sein musste. Ein ziemlich skandalöses noch dazu. Ohne jedes Futter würde der durchscheinende Stoff der Fantasie nichts überlassen.

Der seidige, schimmernde Stoff erinnerte mich an Libellenflügel. Ich ließ meine Hand an dem wunderbaren Kleidungsstück hinuntergleiten und fragte mich, wie es sich anfühlen würde, es zu tragen.

Es konnte nicht schaden, es zu probieren, oder?

Ich legte mein Kleid und meine Unterwäsche ab und zog das wunderschöne Nachthemd an. Von nur einem Paar haarfeiner Schulterträger gehalten, fiel es bis zum Boden.

Die Logik sagte mir, dass es irgendwo im Schrank einen Spiegel geben musste, aber ich konnte ihn nicht finden. Ich erinnerte mich jedoch, eine breite Kommode mit einem großen, runden Spiegel darüber im Schlafzimmer gesehen zu haben.

Ich streifte meine Schuhe ab und ging barfuß aus dem Schrank.

Mein eigenes Spiegelbild in dem Spiegel der Kommode raubte mir den Atem. Es sah aus, als wäre mein Körper in ein magisches Schimmern gehüllt – denn das war alles, was dieser Stoff war. Kein festes Material, sondern einfach eine Reflexion des Lichts. Es floss wie ein Wasserfall an meinen Kurven herunter und ließ meinen eher gewöhnlichen Körper wie etwas aus einer anderen Welt erscheinen.

„Das ist zu schön, um es nur zum Schlafen zu tragen", murmelte ich und drehte mich vor einem Spiegel.

Der durchscheinende Rock flatterte um meine Hüften wie ein Kaleidoskop aus Schmetterlingen... oder Nachtfeen mit irisierenden Flügeln...

Plötzlich schoben sich die Türen zum Schlafzimmer weit auf, und der Colonel stürmte herein.

Sein grauer Uniformmantel war verschwunden, und er knöpfte sein weißes Hemd auf, als er eintrat. Er blieb wie angewurzelt stehen und starrte mich an.

Ich quiekte erschrocken auf und versuchte, alle meine freizügigen Teile gleichzeitig zu bedecken, was aufgrund der Größe meiner Brüste nicht leicht war. Jede brauchte eine ganze Hand, um einigermaßen verdeckt zu sein. Extrem verlegen und daher schmerzlich unkoordiniert zu sein, half nicht. Nie zuvor hatte ich mich so vollständig nackt gefühlt, obwohl ich ein bodenlanges Kleidungsstück trug.

Die Augen des Colonels schienen bei meinem Anblick Feuer zu fangen. Er senkte den Kopf, riss sein Hemd ab und stapfte auf mich zu.

„Oh nein...", wimmerte ich und wich zurück, bis mein Hintern an die Kommode stieß.

Die Atmosphäre im fröhlichen, blumigen Raum veränderte sich, als ob ein Sturm in eine sonnige Wiese eingedrungen wäre. Der Colonel übernahm den Raum und all meine Sinne auf einmal. Wie eine riesige Wolke, die über die Sonne zog, hatte seine bloße Anwesenheit die Welt verändert.

„Jaaa", atmete er aus und presste sich an mich.

Sein Geruch, stark und würzig, legte sich über mich. Riesige Arme umschlangen mich wie ein Schraubstock. Sein heißer Atem traf meine Haut, als er sein Gesicht in meinen Hals vergrub, sein Bart kitzelte mich.

„Ähm, Colonel...", drückte ich meine Hände gegen seine Brust. Meine Finger versanken in seinem langen Fell und drückten gegen die harten Muskeln darunter.

„Nenn mich Grevar", krächzte er, seine Hände wanderten über meinen Körper. „Verdammt. Du fühlst dich so gut an..." Er küsste meinen Hals und umfasste meine Brust durch das dünne Material des skandalösen Kleidungsstücks.

„Bitte...", bog ich meinen Rücken durch und lehnte mich ganz an den Spiegel hinter mir, um von seinen unverschämten Händen und seinem frechen Mund wegzukommen. „Was tust du da?"

„Ich beschlafe meine Frau...", bewegte er seine Hüften gegen mich und rieb seine erschreckend große Erektion gegen meinen Unterleib.

„Nein." Ich spannte meine Arme an und schob gegen seine Brust, in einem vergeblichen Versuch, ihn von mir wegzubekommen.

Er bewegte sich keinen Zentimeter, seine Brust eine breite Wand aus Muskeln und Fell, die sich gegen meine Bemühungen stemmte. Viel größer als ich und unendlich stärker, war der Colonel dabei, seinen Willen mit mir durchzusetzen, und ich konnte nichts tun, um ihn aufzuhalten.

Angst glitt mein Rückgrat hinunter und ließ mein Inneres erschauern.

„Was ist das Schlimmste, das passieren kann?", hatte ich mich gefragt, als ich zugestimmt hatte, heute Abend hierher zu kommen.

Es schien, als würde ich die Antwort gleich herausfinden.

Irgendwie befreite ich meine Arme aus seiner Umarmung, packte seine Hörner und riss seinen Kopf zurück.

„Hör auf", sagte ich laut und deutlich und starrte ihm direkt in die Augen. Rubinrot mit vertikalen Schlitzen für schwarze Pupillen in der Mitte, sahen sie furchterregender aus als je zuvor. „Der einzige Weg, wie du mich heute Nacht haben kannst, Colonel, ist, wenn du dich mir *aufzwingst.*"

Es schien einen Moment zu dauern, bis meine Worte bei ihm angekommen waren. Schließlich beruhigte sich der lodernde Sturm in seinen Augen, und Fokus kehrte in seinen entfesselten Ausdruck zurück.

„Warum *aufzwingen?*", fragte er, Verwirrung breitete sich auf seinem Gesicht aus. „Willst du damit sagen, dass du es nicht willst?"

„Nein."

„Dann warum..." Er blickte an meinem Körper hinunter.

Mein Gesicht erhitzte sich, als seine Augen auf meinen Brustwarzen verweilten. Ich fühlte, wie sie sich unter seinem Blick verhärteten, bis sie schamlos gegen das kaum vorhandene Material des Nachthemds stießen. Heiße Kribbeln breiteten sich auf meiner Haut aus, wo sein Fell sie gestreift hatte, und meine inneren Muskeln zogen sich unerwartet vor Verlangen zusammen.

Die plötzliche Reaktion meines Körpers auf ihn war äußerst unpassend. Ich lehnte mich fester an die Kommode, um Halt zu finden, als meine Knie nachgaben.

„Ich habe das nur anprobiert", erklärte ich und schüttelte den Kopf. „Ich hatte nicht die Absicht zu..."

Ein dunkler Schatten zog über sein Gesicht, als er näherkam und über mir schwebte.

„Du bist *meine* Frau. Es kann niemals einen anderen Mann geben", knurrte er.

„Den gibt es nicht...", blinzelte ich, sprachlos.

Von welchem „Mann" sprach er? Warum?

„Niemals!", schrie er und schlug mit der Faust in den Spiegel hinter mir.

Er zersplitterte, Scherben regneten von der Kommode auf den Boden.

Ich schrie schockiert auf. Und er trat von mir weg, erlaubte mir endlich, etwas Luft zu atmen, die nicht mit seinem Duft und seiner Hitze gesättigt war.

Er ließ seinen Blick von meinem Gesicht die gesamte Länge meines Körpers hinab gleiten. Sein Blick fühlte sich glatt und heiß auf meiner Haut an, wie das Lecken einer Zunge. Ich atmete zitternd aus und erkannte sofort, dass es meine Brüste in einer wahrscheinlich verlockenden Art heben ließ. Schnell verschränkte ich beide Arme vor meiner Brust.

„Du bist eine junge, heißblütige Frau", knirschte er durch die Zähne und starrte mir jetzt direkt in die Augen. „Früher oder später wirst du einen Mann wollen, der dich fickt. Dann wirst du mich darum anflehen."

Er drehte sich auf seinen Hufen um und ging zur Tür.

„Und es kann nur ich sein!", brüllte er über seine Schulter und schlug mit der Faust gegen die Tür, als er hinausging.

Dann blieb ich allein zurück, heiß und zitternd.

KAPITEL 5

DAISY

Ich ließ mein Bewusstsein vollständig zurückkehren, bevor ich am nächsten Morgen die Augen öffnete. Ich lag in dem riesigen, gemütlichen Bett in der Mitte des märchenhaften Schlafzimmers. Die helle Morgensonne durchflutete den gesamten Raum und hinterließ mich im spitzenartigen Schatten des blumigen Betthimmels.

„So ein wunderschöner Ort", murmelte ich und streckte mich, um die letzten Reste des Schlafes abzuschütteln. „Schade, dass er so einem..." Ich durchsuchte mein Gehirn nach einem Wort, das den Colonel am besten beschreiben würde. Mein Blick fiel auf meine Handtasche mit der Weihnachtsdekoration. Omni hatte sie gestern Abend auf dem Nachttisch abgestellt. „Krampus!" Ich hatte das perfekte Wort für diesen Mann gefunden. „Er ist die verdammte Verkörperung des Krampusses. Und es ist nicht nur sein Aussehen."

Es war gut, dass Omni die Tasche letzte Nacht nicht auf die Kommode gestellt hatte, sonst wäre sie zusammen mit dem

Spiegel zerstört worden. Ich griff nach der Tasche und öffnete sie, um sicherzustellen, dass der Baumschmuck überlebt hatte.

Die vertrauten, goldenen Verzierungen auf der zarten, rotgläsernen Kugel glitzerten im Sonnenlicht. Ihr Anblick brachte so viele glückliche Erinnerungen an unsere Familienfeiern zurück. In letzter Zeit kamen sie immer mit einem Hauch von Traurigkeit, seit Oma nicht mehr da war. Weihnachten war ohne sie nicht mehr dasselbe.

Oma war diejenige, die mir vor langer Zeit vom Krampus erzählt hatte. Sie hatte nicht versucht, mir Angst zu machen. Sie erzählte mir die Krampusgeschichte als Teil all der verschiedenen Arten, wie Weihnachten von Menschen auf der ganzen Welt gefeiert wurde.

Nie im Leben hätte ich gedacht, dass ich eines Tages die Chance bekommen würde, Weihnachten mit einem typischen Krampus zu verbringen. Es waren allerdings noch über zwei Monate bis Weihnachten, und es gab keine Möglichkeit, dass ich nach dem, was passiert war, noch eine weitere Nacht hierbleiben konnte.

Ich fühlte mich in diesem Haus nicht sicher. Nachdem der Colonel letzte Nacht in mein Zimmer gestürmt war, konnte ich kaum schlafen. Ich war zu aufgewühlt und aufgeregt, um mich in den Schlaf zu weinen. Der Anblick seines Gesichts, als er von der Tür aus auf mich losstürmte, jagte mir immer noch eine Gänsehaut über die Arme.

Ich blickte auf den Beistelltisch, den ich letzte Nacht vor die Türen gestellt hatte. Sie zu verbarrikadieren brachte nicht viel, da es Schiebetüren waren, aber es hatte mich genug beruhigt, um endlich einzuschlafen. Der Nachttisch war immer noch da, ebenso wie die Kommode daneben, übersät mit Spiegelscherben.

„Omni...", rief ich zögernd, aus Angst, ein Geräusch zu machen, das den Colonel wieder zu mir führen könnte.

Der Rahmen auf einem Stock rollte aus dem Schrank.

„Guten Morgen, Madame Kyradus."

Ich zuckte bei *seinem* Namen zusammen. Das musste so schnell wie möglich geändert werden.

Die Türen öffneten sich, und ich sprang im Bett auf. Ich griff nach dem Bettlaken und bedeckte mich schnell bis zum Kinn, obwohl ich in meinem eigenen Nachthemd geschlafen hatte und nicht in dieser durchsichtigen Entschuldigung für ein Kleidungsstück.

Zu meiner Erleichterung flog statt des Colonels eine pummelige Drohne herein. Sie begann sofort, die Glassplitter von der Kommode und der Umgebung aufzuräumen.

„Es tut mir leid wegen der Unordnung." Ich fühlte mich entschuldigen zu müssen, obwohl es kaum meine Schuld war, dass der Spiegel zerbrochen ist.

„Das ist nichts, worüber Sie sich Sorgen machen müssen", versicherte mir Omni in fröhlichem Ton. „Ihr Frühstück", kündigte er an, als eine weitere Drohne mit einem Tablett auf dem Kopf hereinflog.

Frühstück im Bett war eine großartige Idee. Je später ich dem Colonel gegenübertreten musste, desto besser.

„Wo ist... er?", fragte ich.

„Ich nehme an, Sie meinen Colonel Kyradus, Madame?"

Ich nickte und nahm eine Tasse warmen, bittersüßen Tee vom Tablett, das auf meinen Schoß gestellt worden war. Ich hatte beim Abendessen kaum etwas gegessen. Der nagende Hunger kehrte beim Anblick des Essens auf dem Tablett zurück, und ich stopfte mir schnell die kleinen, runden Gebäckstücke in den Mund, die wie gesüßte Lehmklumpen schmeckten.

„Colonel Kyradus ist bereits zur Arbeit gegangen", informierte mich Omni. „Er steht um sechs Uhr auf. Seine Arbeitszeit beginnt um acht."

„Oh, er ist weg. Gut." Die Anspannung verließ mich bei dieser Nachricht, meine Schultern sackten erleichtert nach unten. Ich nahm ein Stück Obst vom Tablett auf, es hatte die gleiche Größe und Form wie das Gebäck, war aber lila mit blauen und rosa Wirbeln darin. „Hat er, äh, irgendetwas gesagt?" Ich biss in die Frucht, deren dicker, süß-saurer Saft meine Zunge benetzte.

„Ja, der Colonel meinte, Sie können das Haus frei erkunden, wie es Ihnen gefällt. Er wird Sie beim Abendessen sehen."

Ich freute mich überhaupt nicht darauf, ihn zu sehen. Aber das Abendessen schien noch weit entfernt. Ich hatte einen ganzen Tag für mich, genug Zeit, um herauszufinden, was ich mit dieser Situation anfangen sollte, in der ich mich befand.

Zunächst musste ich Nancy vom Verbindungskomitee anrufen. Ich konnte nicht eine Woche bis zu meinem geplanten Treffen warten, während ich hier in seinem Haus blieb, wo offenbar kein Zimmer vor einem nächtlichen Überfall sicher war.

Weitere Drohnen flogen herein. Einige von ihnen stellten den Nachttisch wieder an seinen Platz. Die anderen verschwanden hinter dem Gitterpflanzkasten links vom Bett. Als sie herausflogen, trugen sie Kleiderbügel mit grauen Armeeröcken und weißen Hemden.

„Was ist das?", beobachtete ich die Drohnen auf ihrem Weg aus dem Zimmer.

„Die Kleidung von Colonel Kyradus", erklärte Omni. „Er hat mir die Anweisung hinterlassen, sie in das Gästezimmer im Obergeschoss zu bringen."

„Was macht seine Kleidung in meinem Schlafzimmer?"

„Dies ist auch das Schlafzimmer des Colonels. Das war es schon immer."

Ich legte die halb gegessene Frucht auf den Teller.

„Du hast mir diesen Raum gestern Abend als *meinen* gezeigt."

„Als Ehefrau des Colonels sollen Sie das Bett Ihres Mannes teilen. Nach den Informationen, die wir über die Erde und Ihr Land erhalten haben, ist dies auch in Ihrer Kultur Tradition."

„Ja, aber..."

Ich dachte daran zurück, wie der Colonel letzte Nacht hereingekommen war. Er war ruhig erschienen, als er zuerst eintrat. Einen Moment später hatte er den Anblick meines praktisch nackten Körpers erhascht und... nun ja, die Hölle brach los.

Wenn dies sein Schlafzimmer war, dann war der Colonel nicht mit der Absicht hereingekommen, mich zu überfallen. Er kam einfach letzte Nacht ins Bett. Dann fand er seine neue „Frau" in kaum etwas gekleidet, wie sie sich vor dem Spiegel drehte...

Ich rieb mir das Gesicht.

Für den Colonel muss es ausgesehen haben, als hätte ich in seinem Schlafzimmer auf ihn gewartet. Ich hatte mich sogar in etwas Sexy umgezogen, als wäre es nur für ihn. Er wusste nicht, dass für mich Sex erst nach dem Aufbau einer echten Verbindung möglich war.

„Oh Gott", stöhnte ich.

Das war das peinlichste Missverständnis überhaupt. Natürlich half die Tendenz des Colonels, zu handeln, ohne die Dinge vorher zu klären, nicht gerade, aber er war kein Raubtier, wie ich befürchtet hatte.

„Du hättest mir sagen sollen, dass es auch sein Schlafzimmer ist", tadelte ich Omni. „Wo hat er dann geschlafen? Im Gästezimmer?"

„Ja."

„Ich will ihn nicht vertreiben." Ich stellte das Tablett beiseite und sprang aus dem Bett. „Ich sollte diejenige sein, die das Gästezimmer nimmt."

„Die Anweisungen des Colonels waren, Ihnen dieses zu überlassen."

„Und seine Befehle setzen sich gegen meine durch?", fragte ich.

„Ja."

Das überraschte mich nicht.

„In Ordnung."

Ich ging zum Schrank und überlegte, was ich als Nächstes tun sollte. Ich hatte versprochen, Nancy heute Morgen anzurufen, und ich musste ihr sagen, dass vorerst alles in Ordnung war.

Jetzt, da ich mich nicht mehr in unmittelbarer Gefahr fühlte, hatte ich beschlossen, dem Komitee vorläufig nichts von der letzten Nacht zu erzählen. Zumindest nicht, bevor ich zuerst mit dem Colonel gesprochen hatte.

Er und ich mussten ein offenes Gespräch führen. Ich wollte, dass er mir seine Erwartungen an mich erklärte. Und ich musste ihm zuhören, was er sich von einer Ehe erhoffte. Ich wollte meinen Traum von einem glücklichen Leben in Voran nicht nach weniger als einem Tag im Haus meines „potenziellen Ehepartners" aufgeben. Allerdings wusste ich nicht, wie lange ich versuchen sollte, diesen Traum zu verfolgen, wenn die Realität so ganz anders war.

Bisher hatte sich der Colonel persönlich als noch erschreckender erwiesen als sein Bild, und das hatte mehr mit seiner Einstellung als mit seinem Aussehen zu tun.

Was wäre, wenn ihn besser kennenzulernen die Sache nur schlimmer machen würde?

Ich hätte gerne mit meiner Mutter oder meiner Schwester über alles gesprochen, aber sie waren weit weg. Ich konnte ihnen nur einmal pro Woche schreiben, und in sieben Tagen konnte sich viel ändern.

„Kann ich einen Anruf tätigen?"

„Interplanetarische Anrufe zu Ihrer Familie sind nur vom Hauptquartier des Verbindungskomitees aus möglich", erinnerte mich Omni.

„Ja, ich weiß. Aber ich soll jemanden vom Komitee anrufen." Nancy war für mich noch weitgehend eine Fremde. Da ich jedoch versprochen hatte anzurufen, sollte ich ihr zumindest mitteilen, dass es mir gut ging. Das hatte ich ihr schließlich gesagt. „Oder hat der Colonel mir *jegliche* Anrufe verboten?"

„Nein, Sie können das Komitee jederzeit anrufen. Möchten Sie, dass ich Sie verbinde?"

„Einen Moment. Ich mache mich erst zurecht."

Ich nahm mir ein paar Sekunden, um die Kleidersammlung in meinem Schrank zu durchstöbern. Mit maßgeschneiderten Oberteilen und ausgestellten Röcken waren sie alle in meinem bevorzugten Stil und Schnitt. Nach den Bildern zu urteilen, die ich gesehen hatte, waren alle in der neuesten Mode von Voran gefertigt. Ihre hübschen Verzierungen, wunderschönen Drucke und fröhlichen Farben brachten mich zum Lächeln. Der Abschnitt mit bodenlangen Abendkleidern war besonders glamourös.

Am Ende entschied ich mich dafür, eines meiner eigenen Kleider zu tragen. Das vertraute Gefühl seines Schnitts und des rot-weiß karierten Stoffes ließ mich mich wohlfühlen, was wichtig war, da ich mich im Haus des Colonels definitiv außerhalb meines Elements befand.

Nach dem kurzen Anruf bei Nancy, um ihr zu versichern, dass ich gesund und munter war, kam ich nach unten.

Meine Gedanken eilten zum Abendessen der letzten Nacht und zu dem, was danach geschah. Dann erinnerte ich mich an das, was Omni über den Zweck meiner reichen Garderobe gesagt hatte und dass ich den Colonel zu „hochkarätigen öffentlichen Veranstaltungen" begleiten müsste.

Wenn das, was der Colonel wirklich von einer Ehefrau wollte, nur eine glorifizierte Begleitung war, die er zu Bällen und Galas mitnehmen und danach gegen eine Kommode ficken konnte, dann sollten wir vielleicht einfach darüber sprechen, unseren Vertrag früher, statt später aufzulösen. *Das* wäre nicht das Leben, das ich mir erhofft hatte oder haben wollte.

Traurigkeit erfüllte mich bei dem Gedanken, mit nichts als einem weiteren Misserfolg zur Erde zurückzukehren.

Ich wanderte durch sein großes, schönes Haus. Seine fröhliche und elegante Atmosphäre stand im Widerspruch zu dem, was ich bisher über seinen Besitzer erfahren hatte.

„Was ist dort?", fragte ich Omni und zeigte auf die kleinere Treppe, die vom Hauptgeschoss nach unten führte.

„Im Untergeschoss hat Colonel Kyradus seinen Trainingsraum."

„Nimmt er die gesamte Etage ein?"

„Die meiste davon. Es gibt auch Badezimmer und Umkleideräume."

Ich rannte schnell die Treppe hinunter, nur um es mit eigenen Augen zu sehen. Statt des Fitnessstudios, das ich zu finden erwartet hatte, war das Untergeschoss ein großer, leerer Raum. Er hatte einen schönen Holzboden, die Decke in durchschnittlicher Höhe und Wände, die vollständig aus Glas bestanden. Der helle Sonnenschein durchflutete eine gute Hälfte des Raumes.

„Wie trainiert er hier?", fragte ich Omni. Sein Rahmen blieb oben, aber eine seiner Drohnen flog mit mir nach unten. „Es gibt keine Ausrüstung."

„Der Colonel bevorzugt Sparring", kam Omnis Stimme durch die Drohne.

„Mit wem?"

„Eine Reihe meiner Einheiten verfügen über Kampfprogramme. Bleiben Sie bitte auf der Treppe. Ich zeige es Ihnen."

Der Boden brach plötzlich in große Rechtecke auf. Sie drehten sich auf ihre andere Seite und verwandelten sofort den gesamten Boden in eine Gymnastikmatte aus gepolstertem, dunkelviolettem Leder.

„Das ist cool." Ich schnalzte anerkennend mit der Zunge.

Ein Surren ertönte von hinter der Treppe, dann kamen zwei seltsam geformte Roboter ins Blickfeld. Der eine sah eher wie ein Humanoider aus, mit einem Paar Hörnern auf seinem Kopf, der andere sah sehr nach einem großen Sitzsack aus.

„Sie können gegeneinander kämpfen", sagte Omni.

Im nächsten Moment rollte der Sitzsack zum gehörnten Roboter. Dünne Drähte sprangen aus dem Sitzsack heraus und zwangen den humanoiden Roboter, ihre Hiebe zu blocken.

„Oder sie könnten als Sparringspartner für jemand anderen dienen."

„Wie für den Colonel?" Ich beobachtete, wie die beiden Roboter aufeinander losgingen. Ihre Schläge enthielten echte Kraft und ihr Zielen war tadellos. Persönlich würde ich nicht gegen einen von ihnen kämpfen wollen. Sie mochten verschiedene Einstellungen haben, aber ich bezweifelte, dass der Colonel mit ihnen im „sanften Modus" trainierte, selbst wenn es einen gab.

Von allen Räumen des Hauses passte dieser Raum am besten zur Persönlichkeit des Besitzers – männlich und minimalistisch, mit einem Hauch von kaum verhohlener Gefahr.

Die brutale Art von Energie, die der Colonel ausstrahlte, machte mir Angst. Selbst wenn ich meine Tür nicht jede Nacht vor ihm verbarrikadieren müsste, fühlte ich mich unbehaglich und aufgeregt allein bei dem Gedanken, in seiner Gesellschaft zu sein.

„Es kann niemals einen anderen Mann geben."

Ich spottete über seine Worte von der vergangenen Nacht.

Wer glaubte er, dass ich sei, dass ich diese Art von Warnung brauchte? Als würde ich eines Tages so geil werden, dass ich nach einem zufälligen Kerl suchen würde?

„Dann wirst du mich darum anflehen."

Wirklich? Offensichtlich konnte ich meine Triebe viel besser kontrollieren als er.

Die Erinnerung an den Sturm der Lust in seinen überirdischen Augen überkam mich. Die Haut an meinen Armen kräuselte sich wieder mit Gänsehaut, nur war ich mir nicht sicher, ob diese dieses Mal aus Angst oder... aus etwas anderem stammte.

Ich rieb meine nackten Arme und vertrieb die Phantomempfindung der sanften Liebkosung seines Fells auf meiner nackten Haut.

„Wir sollten zurückgehen." Ich drehte mich zur Treppe.

Als ich in die geräumige Küche des Colonels schlenderte, überkam mich ein kribbelnder Drang, sie zu benutzen.

Meine Oma hatte mir beigebracht, „nach Rosa zu suchen, wenn die Dinge blau waren". Sie glaubte, dass es in jeder Situation, egal wie düster, immer einen Funken sonniges Rosa gibt. Nur weil meine Hoffnungen und Träume auf Neron nicht wahr wurden, bedeutete das nicht, dass ich nicht wenigstens etwas von dem genießen konnte, was die Stadt Voran zu bieten hatte.

„Kann ich zu einem Laden oder Markt gehen, um ein paar Dinge zu kaufen?", fragte ich Omni und ließ meine Hand über eine Glasarbeitsplatte an einer Seite der Küche gleiten.

„Nein. Der Colonel hat Ihnen keine Reisen außerhalb seiner Wohnung erlaubt."

„Natürlich hat er das nicht...", schnaubte ich und unterdrückte einen Funken Ärger. „Nun, vielleicht könntest du mir helfen, die Zutaten zu bekommen? Ich würde gerne etwas backen."

„Backen? Ich habe Zugriff auf über tausend Rezepte. Wenn Sie mir sagen, was Sie wollen, werde ich es in Minuten für Sie zubereiten."

„Oh, aber wo bleibt da der Spaß?", winkte ich ab und bewegte mich zum mintgrünen, runden Herd in der Mitte der Küche. Zwei Segmente der Glasarbeitsfläche flankierten ihn zu beiden Seiten. „Ich würde gerne selbst etwas machen."

„In Ordnung. Wie kann ich Ihnen helfen?"

„Kannst du mir beibringen, wie das funktioniert?", zeigte ich auf den Herd mit dem, was ein großer Ofen darunter zu sein schien. „Aber vorher müssen wir durchgehen, was der Colonel in seiner Speisekammer hat, und herausfinden, was ich als Zutaten verwenden kann."

„Was planen Sie zuzubereiten?"

„Cupcakes." Ich hob mit einem Lächeln mein Kinn. „Mit rosa Zuckerguss."

KAPITEL 6

DAISY

Die richtigen Zutaten für meine Cupcakes zu finden, hatte sich als nicht einfach erwiesen. Omni und ich hatten vor dem Mittagessen mit der Suche begonnen. Es war bereits später Nachmittag, und wir sortierten immer noch den Inhalt der Vorratskammer des Colonels, die sich in einem geräumigen Raum direkt neben der Küche befand.

Ich hatte Reihen um Reihen von Bechern mit verschiedenen Pulvern auf der Küchentheke aufgestellt. Mit meinem Notizbuch auf dem Schoß saß ich auf einem Barhocker und notierte die englischen Zutaten mit den entsprechenden voranischen Ersatzzutaten.

Das riesige bronzefarbene Metallspülbecken war voll mit schmutzigem Geschirr von meinen Experimenten, um die Eigenschaften und die notwendigen Mengen jedes Pulvers zu bestimmen. Omnis Rahmen schwebte in der Nähe und zeigte Bilder und voranische Namen der verschiedenen Mehlsorten und Gewürze.

„Also, ich könnte es nochmal versuchen, dieses hier als Triebmittel und das anstelle von Vanille...", murmelte ich vor mich hin und machte mir Notizen in meinem Buch.

In meine Arbeit vertieft, hörte ich das Geräusch der Hufe, die auf dem gefliesten Boden des Hauptraums auftrafen, nicht sofort. Als es mir bewusstwurde, durchfuhr mich ein Anflug von Alarm.

„Der Colonel ist zu Hause?" Ich sprang von meinem Platz an der Theke auf.

Ich wusste, dass ich mit ihm reden musste. Gleichzeitig wollte ich ihm verzweifelt aus dem Weg gehen.

Der Himmel über der Kuppel hatte sich bereits in Sonnenuntergangsfarben verwandelt. Omni musste nach und nach die Beleuchtung in der Küche erhöht haben, ohne dass ich bemerkt hatte, wie der Tag verstrichen war. Ich hatte das Zeitgefühl verloren und fühlte mich aufgeregt und unvorbereitet auf das bevorstehende Gespräch.

Vielleicht würde der Colonel einfach direkt ins Esszimmer gehen, wie er es gestern Abend getan hatte? Dann könnte ich leise nach oben schleichen und so tun, als wäre ich früh ins Bett gegangen?

Kein solches Glück.

„Was ist das alles?" Der Colonel stand plötzlich im Eingang zur Küche und begutachtete das Chaos, das ich in seinem Haus angerichtet hatte.

„I-Ich habe nur versucht, Cupcakes zu backen", antwortete ich kleinlaut und mir wurde bewusst, dass ich den ganzen Tag mit etwas verbracht hatte, was normalerweise eine Stunde oder weniger dauern würde, und ich hatte keinen einzigen Cupcake vorzuzeigen. Ganz zu schweigen davon, dass mich niemand überhaupt gebeten hatte, etwas zu backen. „Es tut mir leid. Ich räume sofort alles auf..."

„Omni kann das aufräumen", winkte der Colonel ab.

Ein paar Drohnen sausten zum Spülbecken. Das Wasser ging

wie von selbst an, und die Drohnen begannen, das Geschirr zu schrubben.

Ich blieb regungslos stehen, unsicher, was ich mit mir anfangen sollte.

Er starrte mich mit seinen beunruhigenden Augen an. Ich wischte mir schnell über die Wange und fragte mich, ob ich Mehl im ganzen Gesicht hatte.

„Letzte Nacht..." Er rieb sich den Nacken und wandte seinen Blick von meinem ab.

„Schon gut", machte ich einen Schritt zur Seite und versuchte, den besten Fluchtweg zu finden. „Keine Notwendigkeit, sich zu entschuldigen."

„Entschuldigen?" Er starrte mich verwirrt an.

„Verdammt", fluchte ich leise. „Ich schätze, das hattest du sowieso nicht vor." Ich hätte es erwarten sollen. „Schon gut. Wenn du mich entschuldigst..." Ich bewegte mich zentimeterweise zur Tür, um an ihm vorbeizukommen.

„Daisy." Er packte meinen Arm und brachte mich zum Stehen. „Wohin gehst du?"

„Ins Bett?" Ich erstarrte unter seinem Blick.

„Es ist Zeit fürs Abendessen."

„Ich bin, äh, heute Abend nicht wirklich hungrig."

Die Wärme seiner großen Hand auf meinem nackten Oberarm fühlte sich seltsam angenehm an, auch wenn sein Griff ziemlich fest war.

„Es tut mir leid, dass ich dich aus deinem Schlafzimmer vertrieben habe", sagte ich das Nächste, was mir in den Sinn kam. „Ich würde sehr gerne selbst in das Gästezimmer ziehen, für den Rest meines Aufenthalts."

„Rest?", knurrte er, seine Stimme rollte in einem tiefen, bedrohlichen Grollen. „Planst du zu gehen?"

„Nun, es mag zu früh sein", murmelte ich. „Und ich bin bereit, darüber zu sprechen, aber in Anbetracht der Umstände... Jedenfalls glaube ich, dass du vielleicht bereit wärst, die Auflösung des Vertrags in Betracht zu ziehen-"

„Schwachsinn!", brüllte er und riss mich an sich.

Erschrocken wurde ich auf einmal taub und stumm.

„Du bist meine Frau, ob es dir gefällt oder nicht!", wütete er und hielt mich an den Oberarmen vor sich. Ich erstarrte wie ein Kaninchen, das in die Augen einer Schlange starrt – die lodernden roten Augen mit Pupillen, die wie vertikale Schlitze aussahen, die eine Stahlklinge hinterlassen hatte. „Es gibt jetzt kein Entkommen für dich. Ich werde es nicht zulassen!"

Seine ungezügelte Wut war erschreckend. Ich konnte kaum blinzeln, sogar meine Atmung setzte fast aus.

Dann schwoll eine Welle heißen Trotzes in mir an. Ich war es so leid, Angst vor diesem Mann zu haben.

Ich holte tief Luft und versuchte, unter seinem finsteren Blick nicht zu wanken.

„Es besteht keine Notwendigkeit, mich anzuschreien", sagte ich so fest, wie ich es schaffte. Mir wurde klar, dass ich mich in einen Kampf gegen einen Gegner stürzte, der viele Schlachten in seinem Leben gewonnen hatte, aber dies war ein Kampf, den ich mir nicht leisten konnte zu verlieren. „Der Ehevertrag besagt, dass unsere Verbindung am Ende des Jahres von jeder Partei aufgelöst werden kann. Ich erwäge, beim Ausschuss eine frühere Auflösung zu beantragen-"

„*Beide* Parteien." Er verengte seine Augen. Seine Kiefermuskeln bewegten sich und regten seinen Bart an.

„Wie bitte?"

„Der Vertrag kann nur von *beiden* Parteien beendet werden. Und ich werde niemals zulassen, dass meine Frau mich entehrt, indem sie auf diese Weise geht."

Beide Parteien.

Das Bild des Vertrags stieg in meinem Kopf auf. Die Worte der Ausstiegsklausel, die ich sehr sorgfältig gelesen hatte, hatten sich in mein Gedächtnis eingebrannt. Es stand tatsächlich

„beide Parteien". Ich hatte nur nie gedacht, dass es „gemeinsam" oder „gleichzeitig" bedeutete.

Furcht ergriff mein Herz. In seinen großen Händen wie Beute gefangen, glaubte ich nicht mehr, dass ein vernünftiges Gespräch mit diesem Mann möglich war.

Trotzdem versuchte ich es: „Sicherlich siehst du, dass das zwischen uns nicht funktioniert..."

„Nicht ohne zumindest etwas Anstrengung deinerseits, es zum Laufen zu bringen", knirschte er zwischen den Zähnen hervor.

Beschuldigte er *mich*? Ich konnte meinen Ohren nicht trauen.

„*Meine* Anstrengung?", starrte ich ihn fassungslos an. „Gibst du *mir* die Schuld an all dem? Du warst nichts als grob und ungehobelt hier und..." Ich winkte mit meiner Hand in Richtung der Treppe, „und im Schlafzimmer." Ich zeigte mit meinem Blick auf seine Hände, die meine Unterarme umklammerten. „*Das* ist keine Art, eine Frau zu behandeln."

Meinem Blick folgend ließ er mich los, und ich rieb mir die schmerzenden Stellen an meinen Armen mit meinen Händen, während ich einen Schritt zurück und von ihm weg machte.

Er blieb in der Türöffnung stehen und versperrte mir den Weg. Wut kochte in mir und schob die Angst beiseite.

„Colonel-"

„Grevar", verbesserte er barsch. „Es ist üblich, dass die Ehefrau ihren Mann mit seinem Vornamen anspricht."

„Gre..." Ich stieß einen Atemzug aus. „Das kann ich nicht. Ich betrachte mich nicht als deine Frau. Es gab kein Kennenlernen, kein Werben, keine Anziehung... Nichts von dem, was vor der eigentlichen Ehe stattfinden muss."

„Du wusstest, was du unterschrieben hast."

Er hatte so recht, und ich fühlte mich so dumm, weil ich in meiner Hoffnung auf eine außerirdische Romanze mit einem

Alien-Mann, den ich nie getroffen hatte, naiv gewesen war und ihm mein Leben überschrieben hatte.

„Als ich unterschrieben habe, habe ich aufrichtig gehofft, dass es irgendwann eine Verbindung zwischen uns geben würde." Ich fühlte mich erneut niedergeschlagen und von der Enttäuschung überwältigt. „Ich glaubte, du würdest dir Zeit nehmen, mich kennenzulernen. Dass du auch mir eine Chance geben würdest, mehr über dich zu erfahren. Stattdessen wolltest du wirklich nur... Sex?"

Ich starrte ihn wütend an und spürte, wie mein Zorn wieder anstieg.

Sein Gesicht verzerrte sich vor Wut. „Ich bin dein Ehemann! Es ist mein Recht und meine Pflicht, meiner Frau sexuelles Vergnügen zu bereiten. Du, Frau Colonel Kyradus-"

Meine Nerven waren angespannt wie Saiten. Als ich diesen Namen hörte, platzte es aus mir heraus.

„Ich bin *Daisy*. Wie die ‚Blume'!" Ich erhob meine Stimme. „Nicht *Frau Kyradus*, wie ‚die Frau eines groben, ungehobelten Krampus'. Die Ehe gibt dir nicht das Recht, mich zu besitzen oder mich zu zwingen."

„Ich habe nicht gezwungen!", schrie er zurück. „Ich zwinge mich Frauen nicht auf. Niemals. Die, mit der ich zusammen war, mochte mich genauso, wie ich bin, ‚grob und ungehobelt'. *Besonders* im Schlafzimmer!"

Seine donnernde Stimme hallte durch den offenen Raum und verstärkte sich unter der Glaskuppel wie im Inneren einer riesigen Glocke.

„Warum bist du dann nicht mit ihr zusammen?", stemmte ich meine Fäuste in die Hüften.

Sein Bart bewegte sich, als er seinen Kiefer anspannte. „Sie hat sich entschieden, mit jemand anderem zusammen zu sein."

„Warum überrascht mich das nicht?", schüttelte ich den Kopf.

„Genug!"

Seine Nasenlöcher weiteten sich, als er näher stampfte. In

seinen Augen tobte ein Sturm, der mich dazu brachte, meinen Kopf in die Schultern zu ziehen. Ich erwartete halb, dass er mich schlagen würde. Von da gäbe es kein Zurück mehr.

Er stand nur über mir und atmete vor Wut schwer.

Seinen erschreckenden Augen ausweichend, starrte ich auf einen der glänzenden Knöpfe seines Armeemantels.

„Siehst du nicht? Wir machen einander unglücklich. Lass den Ausschuss einfach den Vertrag auflösen, bitte, und ich werde von hier verschwinden. Du wirst dein Leben zurückbekommen."

„Nein!" Das Wort schoss aus seinem Mund wie eine Kugel und erschreckte mich. „Du bist meine Belohnung des Gouverneurs. Dich abzulehnen würde mich entehren."

„Das sind die schlechtesten Ausreden, die ich je gehört habe, um an einer Ehe festzuhalten, die nicht sein sollte. Du kannst mich nicht hier festhalten, weil du dich irgendeinem Regierungsbeamten gegenüber verpflichtet fühlst."

„Ich kann und ich werde." Er blieb stur wie ein Bock. „Anders als du halte ich meine Versprechen und schätze die mir verliehenen Belohnungen. Ich habe Ehre."

„Und ich nicht?", kreischte ich, meine Stimme war hoch vor Entrüstung. „Woher willst du überhaupt wissen, was ich habe? Was *weißt* du über mich außer der Tatsache, dass ich ein helles Sonnenblumenkleid besitze? Nichts! Weil alles, was dich an einer Frau interessiert, die Bequemlichkeit ist, jemanden zum Ficken nach dem Abendessen zu haben."

Wut kochte heiß und hoch in meiner Brust. Das Zimmer erschien plötzlich zu klein für uns beide. Dieser gesamte Planet hatte nicht genug Platz für uns beide. Dennoch stand er weiterhin in der Türöffnung und blockierte meinen Ausweg.

„Lass mich gehen!", schnappte ich und stieß mit beiden Händen mit all meiner Kraft gegen seine Schulter.

Er taumelte geschockt zur Seite, und ich rannte endlich aus der Küche.

„Oh, ich wünschte, ich hätte die Chance gehabt, dieses Video von dir anzusehen, bevor ich die Erde verlassen habe", murmelte ich vor mich hin, während ich zu den Treppen rannte. „Ich wäre nie hierhergekommen. Du bist nichts anderes als ein Wilder, im Video *und* im echten Leben."

„Du gehst nicht!", rief er mir nach, als ich die Haupttreppe hinaufrannte, die sich um die gesamte Kuppel schlängelte. „Ich werde es nicht zulassen!"

„Das werden wir ja sehen!", schrie ich zurück.

„Ich habe Nein gesagt!", brüllte er. Dann kam das Geräusch von zerbrechendem Geschirr, das auf den Boden krachte.

Durch einen Abschnitt der Glaskuppel unter mir erhaschte ich einen Blick auf den Colonel, der meine sauber aufgereihten Becher mit den vorabgemessenen Zutaten von der Theke fegte. Die Glasscherben verteilten sich über den gesamten Boden, Wolken aus Pulver stiegen in die Luft.

„Wilder." Ich knirschte mit den Zähnen und kochte vor Wut. „Ein wildes Tier. Eine tobende Bestie. Der verdammte Krampus..."

Ich lief im Zimmer auf und ab und versuchte, meine Nerven und meine Atmung zu beruhigen.

Es gab absolut keine Möglichkeit, dass ich für ein ganzes Jahr unter demselben Dach mit diesem Mann bleiben würde, geschweige denn für den Rest meines Lebens. Ich musste so schnell wie möglich hier raus.

„Omni, verbinde mich bitte mit Nancy, der menschlichen Vertreterin im Verbindungsausschuss."

Der Roboter rollte aus dem Schrank. „Leider kann ich Ihrer Anfrage nicht nachkommen. Der Colonel hat gerade seine Erlaubnis für alle ausgehenden Anrufe für Sie, Madame Kyra-dus, widerrufen."

Die letzten Fetzen meiner Fassung lösten sich beim Klang dieses Namens wieder auf.

„Daisy! Es ist *Daisy*!", schrie ich. „Es gibt keine *Madame Kyradus*. Verstehst du mich? Er verdient es nicht, eine Frau zu haben, weil er keine Ahnung hat, wie man ein guter Ehemann ist. Dinge zu zerbrechen, zu toben wie ein wildes Tier und mir jeglichen Kontakt mit der Außenwelt zu verwehren, ist das *Gegenteil* von dem, was ein guter Ehemann tun würde."

Tränen sprangen mir in die Augen, angetrieben vom Gefühl völliger Hilflosigkeit. Hier, in seinem Haus, war ich völlig seiner Gnade ausgeliefert. Er konnte mich einsperren, aushungern, vor der Welt verstecken, wenn es ihm gefiel. Ich konnte nicht gehen, es sei denn, er erlaubte es. Ich konnte mich nicht einmal davonschleichen, weil ich keine Ahnung hatte, wie man das verdammte Fluggerät bedient.

Mit tiefen Atemzügen hörte ich schließlich auf, auf und ab zu gehen, und versuchte, rational zu denken.

Nein, er *konnte* mich nicht vor der Welt verstecken.

Als das erste Mensch-Voranier-Paar wurden der Colonel und ich von den gesamten Bevölkerungen zweier Planeten beobachtet.

Mein erstes Folgetreffen mit dem Ausschuss war in wenigen Tagen. Es würde schwerwiegende Konsequenzen geben, wenn ich nicht dazu erschiene. Die Treffen waren wöchentlich für den nächsten Monat angesetzt, während die menschliche Delegation auf Voran blieb. Nachdem die Menschen zur Erde zurückgekehrt waren, sollten die Treffen monatlich stattfinden.

So oder so würde ich viele Gelegenheiten bekommen, meinen Fall für die Auflösung dieser Farce von Ehe vorzubringen. In der Zwischenzeit sollte ich Beweise für das missbräuchliche Verhalten des Colonels sammeln, um meinen Fall zu untermauern.

Einen Plan zu haben – wie wackelig auch immer – ließ mich ein wenig besser fühlen. Ich war nicht allein, die Menschen zweier Planeten beobachteten den Fortschritt dieser Ehe. Wenn ich eingesperrt würde, würden alle es wissen.

Mit dem Adrenalin, das immer noch durch meinen Körper rauschte, wusste ich, dass ich heute Nacht nicht schnell einschlafen würde. Ich fühlte mich zu aufgeregt, wütend und...

überwältigend traurig. Selbst wenn eine romantische Beziehung zwischen uns nicht sein sollte, hatte ich immer noch auf eine Freundschaft zwischen dem Colonel und mir gehofft, oder zumindest auf eine Art Verständnis.

Ich hatte nicht erwartet, dass es so schlecht enden würde.

„Könntest du mir bitte ein Bad einlassen?", fragte ich Omni und ging zum Schrank, um mein Kleid loszuwerden.

„Natürlich", antwortete der Roboter und rollte mit mir zum Schrank und von dort ins angrenzende Badezimmer.

In meine düsteren Gedanken vertieft, begann ich, mich in Anwesenheit des Roboters auszuziehen. Es war schließlich nur eine Maschine.

Die klare, runde Wanne stand in der Mitte des Badezimmers. Ein geblasener Glaskronleuchter hing darüber, behangen mit Ranken und Blumen. Die Wanne hatte keinen Wasserhahn. Das Wasser stieg einfach vom Boden auf und füllte die gesamte Wanne innerhalb von Sekunden. Ein angenehmer Duft verbreitete sich mit dem Dampf im Raum.

„Oh, das sieht fantastisch aus. Danke, Omni." Nachdem ich meinen BH und meine Unterwäsche ausgezogen hatte, hob ich ein Bein über den Rand der Wanne, um hineinzusteigen, als Omnis Bildschirm hell aufleuchtete.

„Colonel Kyradus ist für Sie am Apparat", informierte mich Omni.

Das mürrische Gesicht des Colonels füllte plötzlich den Bildschirm.

„Ich will nicht mit ihm sprechen." Ich stieg in die Wanne und stand darin, während ich darauf wartete, dass sich meine Füße an die Wassertemperatur gewöhnten. Omni hatte es ein bisschen zu heiß gemacht.

Dem Colonel klappte der Kiefer herunter, er blinzelte und starrte mich direkt an. Mir wurde verspätet klar, dass er mich wohl auch sehen konnte.

„Oh nein!", umarmte ich meine nackten Brüste mit beiden

Armen und plumpste mit einem großen Platscher in die Wanne. „Hör auf, mich ihm zu zeigen! Ich habe gesagt, ich will nicht mit ihm sprechen."

Glücklicherweise wurde Omnis Bildschirm sofort schwarz.

„Der Colonel hat seine Besorgnis zum Ausdruck gebracht, dass Sie hungrig sein könnten", erklärte Omni gelassen. „Er erbittet Ihre Anwesenheit beim Abendessen."

Besorgnis, erbittet. Ich bezweifelte, dass der Colonel diese tatsächlichen Worte benutzt hatte. Höchstwahrscheinlich hatte er gebrüllt, mit den Hufen gestampft und noch ein paar Sachen zerbrochen. Das schien seine einzige Art zu sein, sich „auszudrücken". Ich glaubte nicht, dass er überhaupt irgendwelche netten Worte in seinem Wortschatz hatte, der hauptsächlich mit Knurren und Grunzen gefüllt war.

„Ich habe keinen Hunger", antwortete ich schmollend und sank bis zum Kinn in das duftende Wasser. „Sag ihm, er soll ohne mich zu Abend essen."

„Würden Sie dem Colonel erlauben, Ihnen etwas zu essen nach oben zu schicken?"

Würde ich erlauben?

Bat er tatsächlich um meine Erlaubnis? Jetzt?

Es war wahrscheinlich nur Omnis Programm, das die „Anfragen" des Colonels in eine gesellschaftlich angemessenere Form kleidete.

„Nein. Er kann alles selbst essen."

Ich sank noch tiefer ins Wasser, bis es meine Lippen berührte. Die Wärme begann mich endlich ein wenig zu entspannen.

Ein paar Minuten später meldete sich Omnis Stimme wieder: „Colonel Kyradus möchte wissen, ob Sie wenigstens den Nachtisch nehmen würden."

Nachtisch? Ich hatte auch gestern Abend keinen bekommen.

„Was gibt es zum Nachtisch?", fragte ich vorsichtig.

„*Phesoth*-Mousse mit *Chesu*-Beeren und geschlagener *Aicea*. Das ist eine Delikatesse auf Voran."

Vielleicht hatte ich doch ein bisschen Hunger.

„In Ordnung. Er kann es per Drohne schicken", gab ich nach.

Es war mir nicht entgangen, dass der Colonel die gesamte Verhandlung in seinem eigenen Namen führte. Er hätte das Essen einfach durch Omni hier hochschicken können, ohne zu sagen, dass es von ihm kam.

„Danke", sagte ich und nahm eine kleine Kristallschale von einer Drohne entgegen. Wenn Omni meinen Dank an den Colonel weiterleiten wollte, war das seine Sache.

Als ich in dem luxuriösen Bad lag, die Kristallschale mit etwas himmlisch Köstlichem in meiner Hand, konnte ich mich endlich für den Moment vollständig entspannen.

Das war mein Funken sonniges Rosa in dieser völlig blauen Situation.

KAPITEL 7

DAISY

„Colonel Kyradus möchte dich sprechen." Omnis Stimme weckte mich auf.

Der Himmel über mir leuchtete schwach mit dem Sonnenaufgang. Auch der Betthimmel erhellte sich langsam und half dem blassen Licht von draußen, das Schlafzimmer zu erleuchten.

„Ein Gespräch?" Ich setzte mich auf und rieb mir den Schlaf aus den Augen.

In den letzten zwei Tagen hatten der Colonel und ich uns erfolgreich aus dem Weg gehen können. Es war nicht schwer gewesen, da er zur Arbeit ging, bevor ich aufwachte. Er aß auch woanders zu Abend und kam erst nach Hause, wenn ich schon zu Bett gegangen war.

„Warum?", fragte ich Omni. „Wie spät ist es?"

„Halb sieben", kam die tiefe Stimme des Colonels von der Tür.

Ich sprang bei dem Klang seiner Stimme auf. Alle Müdigkeit

war nun verflogen, und ich zog die Decke bis zu meinem Kinn hoch.

„Ich werde gleich zur Arbeit aufbrechen." Vollständig in seiner Uniform gekleidet, mit auf Hochglanz polierten Hörnern und geglättetem Fell, wirkte er gefasst und erfrischt – zivilisierter, als ich ihn je gesehen hatte. „Ich muss mit dir sprechen, bevor ich gehe."

„Was ist los?", fragte ich unruhig unter der Decke.

„Der Ball des Gouverneurs ist heute Abend. Ich bin eingeladen teilzunehmen. Der Gouverneur wünscht, dass ich meine neue Frau mitbringe."

„Mich?"

„Offensichtlich." Er neigte den Kopf und verschränkte die Arme vor der Brust.

„Ich-ich glaube nicht, dass das eine gute Idee ist." Nicht, wenn ich fest entschlossen war, bei der ersten Gelegenheit von hier zu verschwinden. Als Frau des Colonels in die Öffentlichkeit zu gehen, würde nur die Lüge aufrechterhalten, dass unsere Ehe gültig war.

Seine Brust hob sich mit einem tiefen Atemzug, seine Augen konzentrierten sich auf meine.

„Bitte", sagte er plötzlich.

Ich verschluckte mich fast an der Luft, die ich einatmete. Ich hatte das Wort „bitte" noch nie von ihm gehört. Ich hätte nicht gedacht, dass er überhaupt wusste, dass es existierte.

„Warum?", fragte ich misstrauisch und suchte in seinem Gesichtsausdruck nach Anzeichen verborgener Absichten.

Ich hatte mir schon gedacht, dass der Zweck, überhaupt eine Frau zu bekommen, darin bestand, dass sie ihn zu wichtigen Veranstaltungen begleiten würde. Der Ball des Gouverneurs musste ein wichtiges Ereignis sein, wenn er mich tatsächlich nett darum gebeten hatte. Er schrie nicht und zerbrach nichts. Noch nicht jedenfalls.

„Diese Heirat war die Idee des Gouverneurs-", begann er.

„Oh, ich verstehe. Du möchtest ihm zeigen, dass du sein Geschenk zu schätzen weißt? Und da das *Geschenk* ich bin, muss ich mitspielen. Richtig?"

Er ließ sich Zeit mit seiner Antwort, sein Kiefer bewegte sich unter seinem Bart, die Augen auf mich gerichtet. „Richtig."

Ich konnte mich nicht sofort entscheiden, ob seine Direktheit beleidigend oder bewundernswert war, aber ich war entschlossen, ebenso ehrlich zu sein.

„Nun, siehst du, das würde meinen Absichten nicht helfen. Denn ich denke, es ist am besten, diese Ehe aufzulösen."

Die Muskeln in seinem Gesicht zuckten. Er ballte die Hände zu Fäusten. Überraschenderweise folgte keine Explosion. Da ich sein Temperament bereits erlebt hatte, schätzte ich seine jetzige Beherrschung.

„Warum?", fragte er mit rauer, leiser Stimme.

„Warum?", wiederholte ich schockiert. „Machst du Witze? Siehst du das Problem hier wirklich nicht?" Ich fuchtelte mit der Hand zwischen uns hin und her. „Du hast mich seit meiner Ankunft hier nur angeschrien und angeknurrt. Und ich mag die Vorstellung nicht besonders, für den Rest meines Lebens angeschrien und angeknurrt zu werden."

Er verlagerte sein Gewicht von Huf zu Huf.

„Du hast auch geschrien."

Mein eigenes Temperament erhitzte sich bei dieser Anschuldigung.

„Weil du zuerst geschrien hast!"

„Du schreist mich gerade an", bemerkte er, ärgerlich ruhig.

„Verdammt", fluchte ich leise. Ich versteckte mein Gesicht in meinen Händen und atmete tief ein, um meine Aufregung zu beruhigen.

Normalerweise brauchte es viel, um mich aufzuregen. Der Colonel hatte es innerhalb weniger Sekunden nach seiner Ankunft geschafft.

„Ich würde auch gern, dass du überlegst, unsere häusliche

Situation diese Woche nicht dem Komitee offenzulegen." Seine Stimme klang angespannt, die Ruhe darin erzwungen. „Ich möchte nicht, dass sich Regierungsorganisationen in mein Privatleben einmischen. Was in meinem Haushalt passiert, ist ganz allein *meine* Angelegenheit."

„Nicht *ganz*", widersprach ich. „Nicht, wenn ich auch ein Teil deines Haushalts bin. Zumindest vorerst."

„Daisy." Er holte tief Luft und bewegte sich auf mich zu.

Ich rutschte ganz ans andere Ende der Matratze, als er näherkam und sich auf die Bettkante setzte.

„Nur ein Bruchteil der Männer in Voran hat jemals die Möglichkeit zu heiraten", sagte er. „Meine Chance wurde mir bei einer landesweiten Zeremonie präsentiert, mit unseren hohen Beamten und einem Großteil der Stadtbevölkerung. Ich war nicht der Einzige, der auf deine Ankunft auf unserem Planeten gewartet hat. Wenn unsere Ehe funktioniert, hätten viele weitere voranische Männer die Chance, eine menschliche Frau zu bekommen."

„Aber es funktioniert *nicht*...", schüttelte ich langsam den Kopf.

„Vielleicht", stimmte er zu. „Aber wenn meine lang erwartete Frau nur wenige Tage nach ihrer Ankunft abhaut, würde das einen öffentlichen Skandal verursachen, von dem ich mich vielleicht nie vollständig erholen werde."

„Einen Skandal?"

War *das* wirklich seine Sorge? Sein Ruf?

„Also machst du dir Sorgen, was Fremde über dich denken könnten?", musterte ich ihn. „Du willst dich der Stadt im besten Licht präsentieren, aber dein Verhalten zu Hause ist dir völlig egal?"

Er zuckte zusammen.

„Es ist mir egal, was Fremde über mich denken, aber ich bin besorgt um die Zukunft dieses Programms."

„Wirklich?" Dass der Colonel sich überhaupt um etwas kümmerte, war neu für mich. „Warum hast du mir das nicht früher gesagt? Warum hast du nicht versucht, ein höfliches Gespräch mit mir zu führen, bis jetzt?"

„Ich, äh... habe Gespräche geführt", wandte er ein.

Ich schüttelte den Kopf und verdrehte die Augen vor Verzweiflung.

„Was wir hatten, waren keine Gespräche. Selbst bevor das Geschrei begann, gab es nur Grunzen, einsilbige Antworten und angespannte Auseinandersetzungen."

Glaubte er wirklich, dass all das Teil einer liebevollen Beziehung zwischen Mann und Frau war?

„Ich sah-", er hielt inne und korrigierte sich dann, „ich *sehe* keinen Grund, mich anders zu verhalten, als ich bin. Bei niemandem, nicht nur bei meiner Frau."

„Du sagst also, dass das ist, wer du bist? Du bist *immer* der elende Mistkerl, der du in den letzten vier Tagen warst?"

Er verzog das Gesicht.

„Für eine Frau fluchst du ziemlich viel."

„Und wie ein typischer Mann bringst du das in mir hervor", erwiderte ich.

Er hob eine dicke Augenbraue, sagte aber nichts.

Ich war wirklich beeindruckt von seiner Selbstbeherrschung an diesem Morgen. Also *konnte* er seinen Ärger zurückhalten, wenn er wirklich wollte, auch wenn er ziemlich steif und unwohl aussah. Es musste ihn eine enorme Anstrengung kosten, dieses explosive Temperament zu kontrollieren.

Auch ich tat mein Bestes, um relativ ruhig zu bleiben. Vielleicht ein bisschen zu spät, aber endlich führten wir ein richtiges Gespräch.

„Ich muss dich warnen", sagte ich. „Ich bin nicht besonders gut darin, mit Gouverneuren zu plaudern. Ich habe noch nie einen getroffen. Ich hätte keine Ahnung, was ich sagen oder tun soll."

„Du musst nichts tun, sei einfach du selbst." Er zuckte mit den Schultern.

„Ich selbst sein?" Ich schnaubte ein Lachen. „Pass auf, was du dir wünschst, Colonel."

Sein Gesichtsausdruck hatte sich etwas entspannt.

„Selbst wenn du etwas Ungewöhnliches tust, würde dir das niemand übelnehmen. Du kommst von einem anderen Planeten. Einige Eigenheiten in deinem Verhalten wären verständlich und sogar zu erwarten."

Der Gedanke an mich selbst als „Eigenheit" brachte mich zum Lächeln.

„Und du meinst, es würde dir nichts ausmachen, mit der 'seltsamen' Alienfrau in der Öffentlichkeit aufzutauchen? Die Leute werden uns bestimmt anstarren."

„Oh, das werden sie." Sein Bart teilte sich plötzlich mit einem Lächeln. Es war klein, kaum vorhanden, aber es brach dennoch durch. „Lass sie starren. Wenn jemand es wagt, mehr als das zu tun, muss er sich mit mir auseinandersetzen. Du wirst dir keine Sorgen machen müssen."

Die Selbstsicherheit, mit der er die Aufgabe übernommen hatte, mich vor der Menge zu schützen, war ansprechend.

Ich holte tief Luft. Der Morgen erschien jetzt heller, als hätte sich ein Sturm verzogen. Ich beschloss, den Moment zu nutzen, bevor er vorbei war.

„Wenn ich tue, worum du mich bittest, würdest du mich gehen lassen?" Ich machte mir nichts vor. Der Colonel hatte beschlossen, an diesem einen Morgen vernünftig zu sein, nur weil er etwas von mir brauchte. Ich musste diese Gelegenheit nutzen, um einige Dinge klarzustellen.

Wie auf Knopfdruck verschwand das Lächeln aus seinem Gesicht, sein Ausdruck verschloss sich.

„Du kannst nicht gehen."

Ich blieb standhaft. „Aber ich kann nicht bleiben. Wenn du weiter darauf bestehst, würdest du mich gegen meinen Willen hier festhalten. Das Komitee-"

Er stöhnte und fuhr mit den Fingern durch das Fell auf seinem Kopf.

„Lass das Komitee aus dem Spiel." Er sprang vom Bett und lief vor mir auf und ab. „Hasst du es hier wirklich so sehr?" Er hielt abrupt an und sah mich an.

Ich zerknüllte das Laken in meinen Händen und drückte es an meine Brust. Es war nicht der Ort, den ich hasste. Meine Entscheidung zu gehen, hatte alles mit ihm zu tun, nicht mit seinem Haus oder diesem Planeten.

„Ich kann mir nicht vorstellen, den Rest meines Lebens hier mit dir zu verbringen", sagte ich brutal ehrlich. „Wir sind zu..."

Ähnlich, wurde mir klar.

Ich wollte sagen, dass wir zu unterschiedlich waren, aber plötzlich erkannte ich, dass das Gegenteil wahr sein könnte. Wir waren zu ähnlich, um miteinander auszukommen. Wir hatten beide ein Temperament. Nur hatte ich bis jetzt nie bemerkt, dass ich eines hatte. Der Colonel hatte es in mir zum Vorschein gebracht. Er war in der Lage, mein Blut mit einem

Wort oder sogar einem Blick zum Kochen zu bringen. Außerdem neigten wir beide dazu, erst zu handeln oder zu sprechen und später zu denken.

„Wenn du innerhalb von Tagen nach deiner Ankunft gehst", erklärte der Colonel, „würde ich zum Gegenstand öffentlicher Empörung und höchstwahrscheinlich einer Regierungsuntersuchung werden. Obwohl ich eine öffentliche Person bin, bin ich ein Privatmensch, Daisy. Ich möchte die Kontrolle und das Eindringen in mein Zuhause und mein Privatleben vermeiden."

„Du verstehst, dass das nicht ausreicht, damit ich mit dir verheiratet bleibe?"

„Möglicherweise", neigte er seine Hörner in einem Nicken. „Aber würdest du überdenken, sofort zu gehen?"

Ich dachte einen Moment über seine Bitte nach. Wenn man mich nett fragte, hatte ich es schon immer schwer, nein zu sagen.

„Ist es dir so wichtig?"

„Ja", antwortete er, sein Ausdruck offen und aufrichtig.

Ich seufzte schwer.

„Warum hast du nicht schon früher so mit mir geredet? Warum schreien und Dinge werfen?"

Er blickte zur Seite und wirkte, wenn nicht gerade beschämt, so doch zumindest etwas reumütig.

„Harter Arbeitstag und ein von Natur aus schlechtes Temperament", gestand er und gab dann zu, „auch das mangelnde Verständnis der Situation."

Ich lachte kurz auf. „Nun, ich fand Ehrlichkeit schon immer eine bewundernswerte Eigenschaft bei Menschen."

„Wirst du dann bleiben?"

„Wirst du die Auflösung des Ehevertrags unterschreiben?"

Er zögerte, sein Mund in eine störrische Linie gepresst.

Ich verschränkte die Arme vor der Brust. „*Das* ist der Deal. Dein Ruf und die Zukunft des Verbindungsprogramms im Austausch für meine Freiheit."

„Wie lange bist du bereit, bei mir zu bleiben?", fragte er zurück.

Ich fühlte mich in seiner Gegenwart immer noch unwohl. Dieses Gespräch gab mir jedoch Hoffnung. Die unmittelbare Zukunft erschien nicht mehr so beängstigend oder trostlos.

„Ich denke, ich könnte bis zum Ende des Monats bleiben, wenn das Schiff unserer Delegation abfahren soll." Bis dahin gab es ohnehin keine anderen Schiffe, die zur Erde zurückkehrten.

„Das ist zu früh", schüttelte er energisch den Kopf. „Der Vertrag sieht mindestens ein Jahr vor."

„Es hängt davon ab, wie die Dinge laufen." Ich blieb standhaft. „Tägliche Schreiereien könnten selbst einen Monat zu lang erscheinen lassen. Ein Jahr davon könnte mich dazu bringen, eher von einer deiner Glaskuppeln zu springen, als einen Moment länger unter demselben Dach mit dir zu bleiben."

„Spring nicht." Seine Stirnfalten vertieften sich, als er sich wieder auf das Bett setzte, diesmal auf meiner Seite der Matratze.

„Das würde ich lieber nicht tun." Ich zog meine Beine unter der Decke hoch, um mehr Platz für ihn zu schaffen. „Lass uns einfach versuchen, erst zu reden, dann zu schreien. Du und ich, beide. Okay?"

Er neigte seine Hörner mit einem kurzen Nicken.

„Wirst du dann heute Abend zum Ball kommen?"

Ich holte tief Luft. „Ist es dir wichtig, dass ich komme?"

„Ja. Der Gouverneur ist nicht nur das Oberhaupt unseres Landes, er ist auch ein sehr guter Freund von mir. Ich würde gerne seiner Bitte nachkommen."

„Nun. Da das gewissermaßen Teil des Deals ist, den wir gerade geschlossen haben, werde ich kommen."

„Danke." Er erhob sich vom Bett.

Er glättete das Fell an seinen Schläfen mit den Händen, passte dann seine Uniform an und sagte in einem ziemlich förmlichen Ton: „Ich hole dich direkt nach der Arbeit ab. Sei bereit."

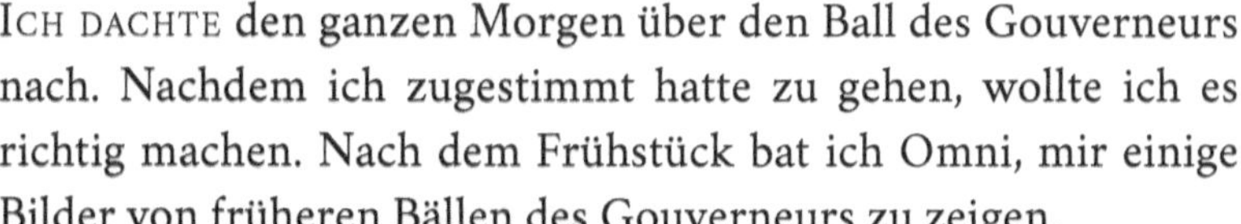

ICH DACHTE den ganzen Morgen über den Ball des Gouverneurs nach. Nachdem ich zugestimmt hatte zu gehen, wollte ich es richtig machen. Nach dem Frühstück bat ich Omni, mir einige Bilder von früheren Bällen des Gouverneurs zu zeigen.

Anscheinend liebte das Oberhaupt der voranischen Regierung Partys. Es gab nicht nur einen, sondern gleich drei Bälle in seinem Palast, allein im letzten Jahr. Der Ball, zu dem der Colonel und ich heute Abend gehen würden, schien keinen anderen Zweck zu haben, als den Colonel zu ehren und seine neue menschliche Frau der voranischen Gesellschaft zu präsentieren.

Jetzt verstand ich, warum der Colonel sich so bemüht hatte, mein Erscheinen dort zu sichern. Er konnte unmöglich bei einer Versammlung von Menschen auftauchen, die speziell gekommen waren, um einen Außerirdischen von einem anderen Planeten anzuglotzen, ohne besagten Außerirdischen an seinem Arm.

Das bedeutete, ich würde im Mittelpunkt der Aufmerksamkeit stehen, egal was ich tat oder trug. Wenn mich jedoch alle anstarren würden, wollte ich, dass sie es zumindest aus den richtigen Gründen taten.

Ich studierte die Kleider der wenigen Frauen, die bei früheren Veranstaltungen anwesend waren, und suchte dann in meinem Kleiderschrank nach etwas Ähnlichem, aber noch Besserem. Ich wollte für diesen Anlass fantastisch aussehen. Schließlich kam ich als Ehefrau des Mannes, der die gesamte voranische Armee befehligte, und ich hatte zugestimmt, die Rolle zu spielen.

Glücklicherweise bot mein gut bestückter Kleiderschrank viele geeignete Optionen. Nachdem ich eine Reihe atemberaubender Kleider anprobiert hatte, entschied ich mich schließlich für eines aus zartrosa Chiffon mit rosa-goldener Stickerei am Oberteil, Tüllärmeln und einem fließenden, mehrschichtigen Rock. Sein Stil war elegant genug für ein so hochkarätiges Ereignis wie den Ball des Gouverneurs, aber auch süß und luftig, um meinem persönlichen Geschmack zu entsprechen.

Kurz vor dem Abendessen zog ich das Kleid an und schminkte mich. Omni schaffte es, meine Haare zu locken, nachdem ich ihm genau erklärt hatte, wie es gemacht werden musste. Ich hatte sogar eine passende Haarspange aus Roségold, die mit winzigen Kristallen und Perlen besetzt war. Und auf einem der Schuhregale im Schrank fand ich ein Paar wunderschöner, mit Kristallen besetzter Sandalen.

Als Omni mich über die Landung des Flugzeugs des Colonels informierte, war ich vollständig angezogen und bereit zu gehen.

Mit einem letzten schnellen Blick in den brandneuen Spiegel, der den zerbrochenen ersetzt hatte, eilte ich aus dem Zimmer.

Ein leichtes Flattern der Vorfreude hob meine Stimmung. Eine Party bedeutete doch immer Spaß, oder?

Das könnte schließlich ein aufregender Abend werden.

GREVAR

„Willkommen zu Hause, Colonel Kyr-"

„Wo ist sie?", unterbrach er die KI.

Seit Daisy in seinem Haus wohnte, fühlte sich das Nachhausekommen nicht mehr gleich an. Eine weibliche Präsenz unter seinem Dach war für ihn generell fremd. Er hatte sogar seine KI als männlich programmiert. Eine echte Frau hier wohnen zu haben, war eine völlig neue Erfahrung.

Vor ihr bedeutete Nachhausekommen Zeit zum Entspannen, Abschalten und sogar faul sein für eine Weile. Jetzt erhitzte sich alles in ihm und summte vor Aufregung, sobald er die Schwelle überschritt.

Obwohl Daisy sich hauptsächlich im Schlafzimmer aufzuhalten schien, selbst in seiner Abwesenheit, hinterließ sie Spuren ihrer Anwesenheit in seinem Raum - vom Umstellen der Hängepflanzen auf der Frühstücksterrasse, um mehr Sonnenlicht in dem Bereich zu ermöglichen, wo sie wohl spät am Morgen ihren Tee trank, bis hin zu vielen Momentaufnahmen des Lebens in Voran, die in Omnis Gedächtnis gespeichert waren.

Sogar der Geruch der Backzutaten in der Vorratskammer erinnerte ihn jetzt an sie.

Und das Gefühl endete nicht, sobald er morgens zur Arbeit ging. Seine Gedanken neigten dazu, den ganzen Tag zu ihr abzuschweifen.

Er fand Büroarbeit irritierend und oft herausfordernder als selbst einem Angriff von *Fescods* auf einem Schlachtfeld zu begegnen. Insgesamt war die Arbeit im Büro natürlich sicherer als an der Front auf Tragul zu kämpfen, dem Planeten, auf dem *Fescods* noch immer aktiv waren. Er hatte die Sicherheit des Büros bei der Annahme der Beförderung berücksichtigt. Er hatte eine Familie, und seine Söhne brauchten ihn gesund und lebendig.

Das Leben in der Stadt erlaubte ihm auch, in der Nähe der Schule seiner Kinder zu bleiben. Er mochte es, jederzeit nur einen kurzen Flug von ihnen entfernt zu sein.

„Ich habe ihr gesagt, sie solle bereit sein." Er stampfte in den Hauptraum. Irritation regte sich unter seiner Haut. Das verdammte Meeting hatte länger gedauert als geplant. Es blieb jetzt keine Zeit mehr, auf eine Frau zu warten, die stundenlang ihre Nase puderte.

„Ich bin bereit!" Daisys klare, melodische Stimme ertönte von der Spitze der Treppe.

Er blinzelte und ließ seinen Kiefer fallen, als er die Vision aus rosa Chiffon und hüpfenden Locken, die seine Frau war, die Treppe zu ihm herunterrennen sah.

Der Rock ihres Kleides bauschte sich in einer voluminösen Welle um sie herum. Das bestickte Oberteil umschloss ihre verlockenden Kurven an allen richtigen Stellen. Der Ausschnitt war tief genug, um die zarten Rundungen ihrer Brüste auf äußerst ansprechende Weise zu zeigen, aber hoch genug, um für die Veranstaltung, zu der er sie mitnahm, angemessen zu sein.

Ihre graublauen Augen funkelten vor Aufregung. Ihr helles, orange-rotes Haar umrahmte ihr liebliches Gesicht wie Sonnenschein.

„Ich bin bereit." Sie hielt auf der letzten Stufe an und holte Atem. „Sehe ich in Ordnung aus?"

„Du bist..." Er ließ seinen Blick bewundernd ihre gesamte Gestalt hinabwandern und kämpfte dann gegen den plötzlichen Drang, nach ihr zu greifen. Er wünschte zu wissen, wie genau sich ihr Körper in seinen Armen anfühlen würde, wenn er sie genauso umarmte, wie sie war, eingehüllt in den Stoff des Kleides. „So..." Die Worte schienen ihn verlassen zu haben.

Dann fiel sein Blick auf ihre Schuhe. Auf ihre *Zehen*, eigentlich. Das war, woran er sich erinnerte, wie diese kurzen Anhängsel der Menschen genannt wurden. Sie erwiesen sich als das bizarrste an ihr, sogar mehr als das Fehlen von Hörnern.

Unverhältnismäßig kürzer als die Finger, wurden die *Zehen* durch die mit Juwelen besetzten Riemen ihrer Sandalen zusammengequetscht. Die leuchtend rote Farbe, mit der sie die Zehennägel lackiert hatte – identisch mit der auf ihren Fingernägeln – ließ sie noch mehr wie entstellte Finger aussehen.

Grotesk. Sogar gruselig.

„Ähm..." Offensichtlich bemerkte sie sein Starren und zog ihre Füße zurück, versteckte sie unter dem Saum ihres langen Rocks. „Ich sollte mich wahrscheinlich umziehen..."

„Nein." Ihm wurde verspätet klar, dass er seinen Gesichtsausdruck nicht bewacht hatte, während er auf ihre Füße starrte. „Ändere nichts. Du siehst wunderschön aus."

Er streckte die Hand nach ihr aus.

Kopfschüttelnd wich sie die Treppe hinauf zurück, von ihm weg. Der Funke glücklicher Aufregung verschwand aus ihren Augen.

„Ich bin gleich zurück." Sie drehte sich auf ihren Absätzen um und eilte die Treppe wieder hinauf.

„Daisy!", rief er ihr nach und hasste sich selbst. „Du siehst umwerfend aus, ich schwöre! *Alles* an dir."

Mit einem Aufblitzen von rosa Chiffon verschwand sie hinter den Schlafzimmertüren.

KAPITEL 8

DAISY

„Daisy." Der Colonel rutschte unruhig hin und her, während wir beide im Fluggerät saßen und durch den Abendhimmel flogen.

„Mir geht's gut. Alles ist cool."

Das zu sagen machte die Dinge nicht „gut". Das wusste ich. Ich konnte in diesem Moment einfach keinen weiteren Streit ertragen. Meine Fähigkeit, mit Geschrei umzugehen, war längst erschöpft.

Nicht, dass der Colonel aussah oder klang, als würde er gleich wieder losbrüllen.

„Es ist nicht *gut*." Er tippte etwas auf dem Kontrollpanel und drehte sich dann zu mir.

Unerwartet nahm er meine Hand in seine, was all meine Gedanken durcheinanderbrachte.

„Musst du nicht... du weißt schon, dieses Ding fliegen?", murmelte ich. Ich entzog ihm meine Hand und zeigte auf die Lichter des Kontrollpanels.

„Es ist ein selbstfliegendes Fluggerät."

„Aber hast du es nicht vorher gesteuert? Auf unserem Weg vom Raumhafen zu deinem Haus?" Ich blickte hinunter auf die hohen Glasstrukturen von Voran, die unter uns vorbeizogen. Das Fluggerät schien weder an Höhe zu verlieren noch vom Kurs abzukommen.

„Ich brauchte damals etwas, um meine Hände zu beschäftigen."

„Warum?"

„Um damit klarzukommen, dass ich...", er zuckte zusammen und mied meinen Blick, „dass ich nervös war."

Ich hatte Schwierigkeiten mit der Vorstellung, dass der Colonel jemals nervös sein könnte; er wirkte immer so unerschütterlich selbstsicher.

„Habe *ich* dich so fühlen lassen?", fragte ich ungläubig. „Normalerweise werden Menschen in meiner Gegenwart nicht nervös. Man hat mich als unkompliziert und bodenständig bezeichnet – all die Dinge, die man über jemanden sagt, bei dem man sich wohlfühlt, bei dem man nicht auf seine Worte oder Taten achten muss. Du weißt schon, wie ein enges Familienmitglied – diese eine harmlose, quirlige Cousine, die jeder zu haben scheint, die nie lange beleidigt ist und einfach lächelt –"

Er griff wieder nach meiner Hand und unterbrach mein Geplapper.

„Du siehst wunderschön aus, Daisy. Das meine ich ernst."

Ich schob meine Füße tiefer unter meinen Sitz.

In seinem Haus hatte ich die offenen Sandalen gegen weiße, knöchelhohe Stiefeletten getauscht. Ihre Keilabsätze gaben meinen Füßen sogar ein hufartig wirkendes Aussehen.

„Das Kleid steht dir perfekt", beharrte er.

„Okay. Danke." Ich machte mir Sorgen, dass meine Hand jeden Moment zu schwitzen beginnen würde, eingeschlossen in seiner großen, warmen Handfläche. Ich zog daran, aber er ließ nicht los.

„Und die Sandalen waren auch schön. Du musstest nicht wechseln."

„Nein. Ich bin froh, dass ich es getan habe." Ich blickte zu ihm auf. „Siehst du, ich schäme mich nicht für meine Zehen. Ich habe sie seit über fünfundzwanzig Jahren, und ich liebe sie genauso, wie sie sind. Ich habe sie in hübschen Farben lackiert und sie mein ganzes Leben lang stolz in Riemchensandalen und Flip-Flops zur Schau gestellt. Ich bin nicht verlegen, weil ich Füße habe, egal was du von ihnen halten magst. Der einzige Grund, warum ich meine Schuhe gewechselt habe, ist, dass ich heute Abend wirklich nicht denselben Blick, den du vorhin hattest, im Gesicht jedes Voraniers sehen konnte, den ich gleich treffen werde." Ich holte tief Luft. „Nicht heute Abend. Es waren bereits sehr stressige Tage."

Ich versuchte erneut, meine Hand aus seiner zu ziehen, aber er verschränkte seine Finger mit meinen und bedeckte dann meine Hand mit seiner anderen. Es gab für mich keine Möglichkeit mehr, sie zurückzuziehen, und ich beschloss, dass ich sie gar nicht mehr zurücknehmen wollte, und überließ sie seinem Besitz. Meine Hand fühlte sich ziemlich gut an, eingebettet in die Wärme seiner zwei großen, rauen Handflächen.

„Ich wollte dich nicht beleidigen, Daisy." Seine Stimme war tief, sein Ton so rau wie immer. Allerdings mischte sich ein weicherer Klang hinein. „Es war nur... Es kam unerwartet."

„Meine gruseligen Zehen?" Ich verdrehte die Augen.

„Du hast vor heute Abend geschlossene Schuhe getragen, und ich habe noch nie nackte Füße gesehen", erklärte er mit defensivem Unterton. „Ich habe von Zehen gehört, aber... Es tut mir leid, okay? Kannst du das alles bitte vergessen? Ich möchte, dass du den heutigen Abend genießt."

Ich erinnerte mich an die erste Begegnung mit den Voraniern am Raumhafen. Einige ihrer körperlichen Merkmale hatten mich damals schockiert, ihre Hufe eingeschlossen. Sogar meine Schwester hatte den Colonel als „beängstigend aussehend" bezeichnet.

„Ich verstehe. Ich bin nicht beleidigt", sagte ich zu ihm. Ich konnte ohnehin nie lange auf jemanden böse sein. „Ich fand deine Augen anfangs auch beängstigend."

„Meine Augen?" Er blinzelte. „Beängstigend?"

„Menschen haben keine roten Augen. Sie zu sehen, war anfangs etwas beunruhigend."

„Anfangs." Er neigte seinen Kopf zur Seite. „Aber wie ist es jetzt?"

Ich schaute auf und fand mit meinen Augen die seinen. Als ich so nah bei ihm im begrenzten Raum des Fluggeräts saß, mit meiner Hand in seinen beiden gehalten, überkam mich plötzlich ein Bewusstsein, und ich senkte meinen Blick, ohne etwas zu sagen.

„Man hat mir gesagt, ich hätte *wilde* Augen." Seine Stimme wurde tiefer, eine unbekannte samtartige Note darin erreichte tief mein Inneres mit einer warmen Resonanz. „Findest du sie immer noch beängstigend, Daisy?"

Er schob einen Finger unter mein Kinn und hob meinen Kopf, zwang mich, seinen Augen wieder zu begegnen – feuerrot, mit kohlschwarzen Schlitzen als Pupillen.

„Definitiv *wild*", sagte ich leise. Mein Kopf drehte sich leicht, als würde ich irgendwohin fallen. Vielleicht unter einen Zauber? Ich schluckte schwer. „Intensiv, aber nicht beängstigend."

Er lehnte sich näher, strich mit seinem Daumen über meine Unterlippe, und ich zog sie schnell zwischen meine Zähne. Das Fluggerät schien plötzlich viel zu klein, die lebhaften Farben des Sonnenuntergangs umschlossen uns von allen Seiten.

„Sind wir schon da?", fragte ich, unfähig, meinen Blick von seinen Augen abzuwenden, die heller und heißer zu werden schienen.

„Da?" Als wäre er in die Realität zurückgerissen worden,

blinzelte er, und seine buschigen Augenbrauen rückten näher zusammen. „Ja. Fast. Aber es gab noch etwas, das ich tun wollte, bevor wir ankommen."

Er lehnte sich über meinen Schoß und öffnete ein Fach im Fluggerät vor mir und nahm eine flache, orangefarbene Box heraus.

„Ich möchte, dass du diese heute Abend trägst."

Er öffnete den Deckel der Box und holte einen Haufen orange-grüner Kugeln heraus, jede etwa so groß wie eine Murmel.

„Was ist das?", fragte ich und kniff die Augen zusammen, unsicher, was er damit meinte, dass ich sie tragen sollte.

„Es ist das Schmuckset, das mein Vater meiner Mutter geschenkt hat, als er um sie warb."

Die Kugeln sahen eher wie Kinderverkleidungsperlen aus als wie etwas, das eine erwachsene Frau tragen würde, aber ich liebte die leuchtenden, schimmernden Farben.

„Es ist hübsch."

Er rückte näher, legte die Kette um meinen Hals und schloss den Verschluss in meinem Nacken. Die zahlreichen Perlenschnüre fielen über meine gesamte Brust und reichten fast bis zu meiner Taille.

„Hat sie ihn dann geheiratet?", fragte ich und fühlte mich wie ein Weihnachtsbaum, behangen mit leuchtenden, runden Schmuckstücken.

„Das hat sie." Er holte zwei Spiralen heraus, die mit denselben orangen, grünen und braunen Wirbeln aufgefädelt waren. „Dies ist *Shalel*, ein äußerst seltenes Mineral, das nur auf dem Planeten Aldrai abgebaut wird. Mein Vater hat damals ein Vermögen für dieses Set bezahlt. Und jetzt ist es wirklich unbezahlbar." Er wickelte je eine Spirale um jeden meiner Unterarme. „Mein Vater gab es mir nach der Zeremonie im Gouverneurspalast letztes Jahr, direkt nach der Ankündigung meiner bevorstehenden Heirat."

Ich war aufgeregt gewesen, als erste Braut für Neron ausgewählt zu werden. Für den Colonel, das verstand ich, hatte diese Heirat eine noch größere Bedeutung. In Voran war unsere Verbindung eine Staatsangelegenheit – eine wirklich große Sache.

„Ich bin der erste Sohn meines Vaters, der heiratet", fuhr der Colonel fort. „Er wollte, dass du das hier bekommst."

„Danke."

Ich nahm meine Süßwasserperlenohrstecker heraus, um ihn die langen Perlenschnüre in meine Ohren stecken zu lassen.

„Wie viele Brüder hast du?", fragte ich, während er das tat.

„Vier. Der fünfte starb bei der Geburt, zusammen mit meiner Mutter."

„Oh nein", keuchte ich. „Das tut mir so leid, Colonel."

Er runzelte leicht die Stirn und zog eine Schulter zurück. „Es ist mehr als vierunddreißig Jahre her. Genug Zeit ist vergangen."

„Zeit hilft definitiv." Ich seufzte. „Aber heilen wir jemals vollständig von einem Verlust? Meine Oma starb, als ich sechzehn war, und ich vermisse sie immer noch jeden Tag."

„Wie geht es dem Rest deiner Familie?", fragte er nach einer Pause. „Geht es ihnen gut?"

„Ja. Meine Eltern leben und es geht ihnen gut. Und ich habe eine ältere Schwester, die verheiratet ist und zwei Kinder hat, einen Jungen und ein Mädchen, meine Nichte und meinen Neffen." Ich lächelte, als ich an sie alle dachte.

Er starrte mich intensiv an.

„Du vermisst sie." Es war keine Frage.

„Ja." Ich nickte und unterdrückte einen weiteren Seufzer.

„Ist das der Grund, warum du nach Hause zurückkehren willst?"

„Was? Nein. Ich habe die bewusste Entscheidung getroffen, meine Heimat und Familie zu verlassen, um hierher zu kommen."

„Warum bist du nach Voran gekommen, Daisy?"

Diese Frage hätte er mir schon vor langer Zeit stellen sollen. Vorzugsweise sogar, bevor er den Anruf getätigt hatte, um mich hierher zu bringen. Er hätte mich fragen sollen, warum ich bereit war, meinen Planeten zu verlassen, um mit ihm zu leben. Oder besser noch, er hätte meinen verdammten Brief lesen sollen.

Ich atmete tief ein und schaute dann direkt in seine leuchtend roten Augen. Es hatte keinen Sinn zu lügen, es war nicht so, als müsste ich mir jetzt noch Sorgen machen, was er von mir denken würde.

„Weil ich gehofft habe, hier meinen Platz und meinen Sinn zu finden, Colonel. Ich habe mich darauf gefreut, hier mein Zuhause zu schaffen und mit dir eine Familie zu gründen."

„Meine Familie", wiederholte er.

„Richtig."

Ich hatte gehofft, dass er, seine Kinder und ich eines Tages eine glückliche Familie werden könnten, aber das schien jetzt wie ein anderes Leben – die Zeit, als ich noch dumme Hoffnungen hatte und bevor ich das „Vergnügen" hatte, den Colonel persönlich kennenzulernen.

Ich wandte mich ab, und wir saßen einige Momente schweigend da.

Da ich kein Fan von Stille war, außer wenn ich allein war, brach ich sie zuerst: „Wo sind deine Brüder? Und dein Vater?"

„Sie leben alle in Kixel, der kleinen Stadt, in der ich aufgewachsen bin."

„Werden sie dich bald besuchen kommen?"

„Nein."

Er hob prompt eine weitere Kugelperlenschnur aus der Box und beugte sich vor, um mein Ohr erneut zu inspizieren.

„Wie viele Löcher hast du in deinem Ohr?", fragte er und wechselte offensichtlich das Thema.

Ich rutschte auf meinem Sitz hin und her. „Nur eins in jedem."

„Also gut." Er ließ die übrigen Perlen zurück in die Box fallen und legte diese wieder in das Fach. „Diese werden genügen müssen."

DIE HÄNDE gegen das Glas der Flugzeugseite gedrückt, starrte ich auf die brillante Ansammlung von Glaskuppeln auf der Spitze eines breiten Wolkenkratzers. Von innen mit mehrfarbigen Lichtern beleuchtet, hob sich das gesamte Gebäude gegen den sterbenden Sonnenuntergang ab wie ein riesiger kostbarer Edelstein.

„Der Gouverneurspalast", kündigte der Colonel an und zeigte auf die großartige Konstruktion aus Glas, Farbe und Licht.

Das Fluggerät legte an und landete auf einer kleinen offenen Plattform mit einem Glasweg, der damit verbunden war. Der Rand des Weges verschmolz mit der Seite unseres Fluggeräts und schloss die Winterluft aus. Die Tür des Fluggeräts glitt auf, und wir stiegen beide aus.

Der kurze Weg führte uns unter die erste Glaskuppel.

„Wow!" Ich drehte mich um und nahm die schimmernden Lichter unter den hohen Bögen mit leuchtenden, üppigen Blumengirlanden überall wahr.

Voranier in leuchtender Kleidung verweilten hier in kleinen Gruppen. Die Aufmerksamkeit aller richtete sich auf mich, sobald ich meinen Fuß auf das üppige Gras unter der Kuppel setzte. Aber die Hauptveranstaltung schien unter der größten Kuppel der Ansammlung stattzufinden, direkt voraus.

„Lass uns gehen." Der Colonel bot mir in einer galanten Geste seinen Ellbogen an.

Ein Luftstoß entwich aus meiner Brust. Eine ordentliche Dosis Angst mischte sich mit meiner Aufregung und Erwartung.

„Okay." Ich packte seinen Arm und klebte ein breites Lächeln auf mein Gesicht. „Lass es uns durchziehen."

Als wir uns unter die Hauptglaskuppel bewegten, verdichtete sich die Aufmerksamkeit der Menge. Neugierige Blicke glitten an meinem Körper herab und ließen meine Haut vor Unbehagen prickeln und die feinen Haare auf meinen Armen aufstellen. Mein Herz raste, während ich mich fragte, was sie alle über mich dachten – die blasse, horn- und schwanzlose Rothaarige von einem anderen Planeten.

Die Voranier selbst boten etwas Erstaunliches zum Anschauen. Die reich verzierten Kleider der Männer waren offensichtlich geschaffen worden, um Aufmerksamkeit zu erregen. Die meisten anwesenden Männer hatten ihre Hufe und Hörner mit Mustern bemalt, die zu ihren Outfits passten.

Der Colonel lenkte mich zu einer Gruppe von Männern in der Mitte des Raumes. Ein Kreis von ihnen teilte sich, als wir uns näherten, und enthüllte einen großen Mann in einem langen Mantel in Gold, Grün und Weiß. Seine zitronengelben Augen leuchteten vor Aufregung auf, als sein Blick auf mich fiel.

„Oh, und da ist sie! Du hast sie viel zu lange für dich allein behalten, Kyradus." Er machte ein paar Schritte auf uns zu und ergriff meine freie Hand in beide seiner Hände. „Madame Colonel." Er lächelte und neigte seine kunstvoll bemalten Hörner zu mir.

„Gouverneur Ashir Kaeya Drustan", stellte mir der Colonel den Mann vor.

„Oh, Gouverneur..." Da ich keine Ahnung hatte, was das Protokoll war oder ob es überhaupt eins gab, machte ich einen Knicks. „Ich bin sehr geehrt, Sie kennenzulernen."

„Ist sie nicht entzückend?", schwärmte der Gouverneur und blickte über seine Schulter zu seinem Gefolge, als würde er sie einladen, sich seiner Bewunderung anzuschließen. „Höflich und reizend. Und so exotisch." Er zog eine Locke meines Haares herunter, die über meine Schulter gefallen war, und beobachtete mit offensichtlicher Faszination, wie sich die Locke zurückschnellte, als er sie losließ. „Nur unter uns", lehnte er sich näher, als ob er ein Geheimnis mit mir teilen wollte, „ich finde den Rest eurer menschlichen Delegation außerordentlich langweilig und öde."

Ich fand nichts darauf zu erwidern, lächelte einfach breiter und starrte ihn wie eine komplette Idiotin an.

„Sagen Sie mir, Madame Colonel, wie gefällt Ihnen das Leben auf Neron bisher?", fragte er mich. Seine Zitronenaugen funkelten vor Neugier unter seinen unmöglich langen Wimpern hervor.

Seine lebhafte, extrovertierte Art beruhigte mich und schmolz etwas von der anfänglichen Besorgnis. Seine Art, über mich zu sprechen, als wäre ich ein exotischer Vogel, störte mich anfangs nicht einmal.

„Nun, ich habe noch nicht viel von Neron gesehen", wagte ich vorsichtig zu sagen und hoffte, dass es nicht wie eine Beschwerde klang.

„Trotzdem", bestand er darauf und winkte mit seiner Hand zum Raum und der Menge, die uns jetzt umgab. „All das muss so ganz anders sein als das, was Sie gewohnt sind."

„Oh ja, das ist es." Ich hielt meinen Blick auf ihn gerichtet und versuchte, die wachsende Anzahl von Voraniern zu ignorieren, die sich um uns versammelten. Die Aufmerksamkeit des gesamten ballsaalvollen Publikums war überwältigend. „Die Unterschiede zwischen unseren Welten sind überwältigend. Aber um mich in Voran heimisch zu fühlen, konzentriere ich mich vorerst lieber auf Ähnlichkeiten."

Seine gepflegten Augenbrauen schossen zu seinen mit grünen Ranken und goldenen Blumen bemalten Hörnern hinauf.

„Finden Sie, dass es viele Ähnlichkeiten gibt?", klang er ungläubig.

„Ziemlich viele." Ich nickte fest. „Möglicherweise sogar mehr als Unterschiede."

Er neigte seinen Kopf, Neugier leuchtete durch seinen Gesichtsausdruck.

„Bitte erzählen Sie."

„Nun, wie Menschen haben Voranier zwei Augen, zwei Hände, eine Nase und einen Mund." Ich hielt mich davon ab, *zwei Füße* zu sagen.

Der Gouverneur warf seinen Kopf zurück und lachte laut und herzlich.

„Dem kann ich nicht widersprechen!" Er schüttelte seinen Kopf und wandte sich der Menge um uns herum zu.

Die Männer lachten ebenfalls als Antwort und klatschten in die Hände.

„Was noch?", fragte er und blickte zu mir zurück, Aufregung tanzte in seinen Augen.

„Wie Sie leben wir in Häusern, bauen Städte und reisen in Fahrzeugen." Ich dachte an die Gründe, warum der Colonel mit einer Heirat belohnt worden war und warum er darauf bestanden hatte, sie aufrechtzuerhalten. „Beide Arten schätzen Mut, Loyalität und Freundschaft. Wir alle halten Ehre und Dankbarkeit hoch im Kurs. Das ist ein guter Anfang, denke ich."

„Das ist es mit Sicherheit." Der Gouverneur lächelte weiterhin und wirkte sowohl amüsiert als auch beeindruckt.

Der Mann zu seiner Rechten senkte seinen Kopf an das Ohr seines Chefs. „Ich bitte um Verzeihung, Gouverneur, aber wir haben heute Abend einen engen Zeitplan."

Ich folgte seinem Blick und schaute über meine Schulter zurück. Eine Schlange schien sich hinter uns zu bilden. Die Leute warteten darauf, das Staatsoberhaupt zu begrüßen.

„Kyradus", sprach der Gouverneur meinen Ehemann an, der an meiner Seite blieb. „Stellen Sie sicher, dass Sie sie wieder vorbeibringen, bevor Sie beide heute Abend gehen." Dann wandte er sich mir zu und drückte meine Hand noch einmal in seinen beiden. „Ich würde gerne hören, was Sie über unsere kleine Veranstaltung denken."

KAPITEL 9

Mit offenem Mund bestaunte ich meine Umgebung und vergaß dabei fast, dass alle auf dem Ball mich anstarrten. Eine bunte Gruppe voranischer Männer spielte auf der Bühne unter den Girlanden aus weißen und goldenen Blumen lebhafte Musik. Glänzende Chromständer mit Tabletts voller Häppchen und Getränke glitten durch die Menge.

Ich fühlte mich wie eine Außenseiterin und war dem Colonel dankbar, dass er an meiner Seite blieb. Ständig kamen Leute auf uns zu, um mit ihm zu sprechen und mich anzuglotzen.

„Grevar!" Eine hohe Stimme schrillte plötzlich durch die Luft.

Ein ungewöhnlich kleiner Voraner erschien vor uns. Eine Frau, wie ich erkannte, als ich ihr pink-gelbes Kleid bemerkte, das ihre leuchtend magentafarbenen Augen betonte.

„Ich bin so froh, dich zu sehen." Sie packte den Colonel an

seinen Ohren und zog seinen Kopf für einen Schmatzer auf seine Lippen herunter.

Offenbar waren voranische Frauen noch freundlicher als die Männer, der übliche zweihändige Handschlag reichte ihr nicht.

„Du hast deine Frau mitgebracht?" Sie wandte sich mit einem entzückten Lächeln zu mir.

„Hi-", begann ich, aber sie ließ mich nicht ausreden. Sie packte meine Ohren und gab auch mir einen energischen Kuss auf den Mund.

War das also ein Ding unter voranischen Frauen? Fremde zur Begrüßung zu küssen?

Ich konnte ihren süßen Lippenstift auf meinen Lippen schmecken. Aus dem Augenwinkel sah ich, wie der Colonel diskret seinen Mund mit dem Fell auf seinem Handrücken abwischte. Ich konnte nicht dasselbe tun, da meine Ohren noch immer fest von den zierlichen Fingern der winzigen Frau gehalten wurden.

„Ich bin so stolz auf Grevar", sprudelte sie los. „Er hat eine Frau bekommen!"

„Glücklicher Mann." Ich wackelte mit den Augenbrauen.

„Glück hat damit nichts zu tun." Sie schüttelte den Kopf, wobei die Schnüre mit winzigen Silberglöckchen an den Spitzen ihrer Hörner melodisch klingelten. „Er hat es sich total verdient. Stimmt's, Cousin?"

„Cousin?" Ich blickte zum Colonel.

„Lievoa", stellte er mir die Frau vor. „Eines der vier Kinder vom Bruder meines Vaters."

„Und die einzige Tochter", fügte Lievoa stolz hinzu, während sie endlich meine Ohren losließ, die sich jetzt glühend heiß anfühlten.

„Ich bin Daisy." Ich senkte meinen Kopf zu einer höflichen Verbeugung.

„Ich weiß. Dein Name wurde verkündet, sobald Grevar dich ausgewählt hatte." Sie lehnte sich etwas näher. „Es muss eine schwierige Aufgabe gewesen sein. Ich habe gehört, es gab Tausende von Bewerbungen zur Auswahl."

„Genau", sagte ich und verbarg die Ironie in meiner Stimme nicht, damit der Colonel, der sich in Hörweite befand, sie hören konnte. „Der Auswahlprozess hätte Wochen, wenn nicht Monate dauern sollen."

„Anscheinend hat es ihn weniger als eine Stunde gekostet!" Sie presste ihre gefalteten Hände an ihre Brust. „Er muss gewusst haben, dass du die Richtige bist, sobald er dein Bild gesehen hat. Es war Schicksal."

„Schicksal", murmelte ich leise. „Oder ein leuchtendes ‚glückliches' Kleid."

Eine Gruppe Männer näherte sich dem Colonel und lenkte seine Aufmerksamkeit von uns ab.

„Apropos Kleider." Lievoa blickte an meinem Körper herab. „Magst du dieses hier?"

„Das hier?" Ich strich mit meiner Hand über den weichen, luxuriösen Stoff. „Ich liebe es."

„Wirklich?" Sie strahlte mich mit einem weiteren erfreuten Lächeln an. „Oh, das macht mich so glücklich. Es kam aus meinem Kleiderladen."

„Tatsächlich?"

„Natürlich hast du nicht gedacht, dass Grevar die gesamte Garderobe für dich ganz allein zusammengestellt hat. Sobald deine Größen bestätigt waren, rief er mich panisch an und bettelte um Hilfe."

Ich strich wieder mit der Hand meinen Rock hinunter. Panik und Betteln schienen definitiv nicht dem Stil des Colonels zu entsprechen. Trotzdem wurde mir innerlich warm bei dem Gedanken, dass er meiner Ankunft gegenüber nicht völlig gleichgültig gewesen war.

„Die Garderobe ist exquisit. Die Kleider, die Schuhe... Ich hätte wissen müssen, dass er Hilfe hatte."

„Natürlich hatte er die." Sie warf dem Colonel, der mit der

Gruppe Männer sprach und uns nicht mehr hören konnte, einen mitfühlenden Blick zu. „Der arme Kerl hat die meiste Zeit seines Lebens nichts als Armeeuniformen getragen. Er hatte keine Ahnung, wo er bei Frauenkleidung überhaupt anfangen sollte. Zum Glück habe ich einen großartigen Geschmack. Die meisten Kleider, die ich in meinem Laden verkaufe, entwerfe ich selbst."

„Wirklich? Ist das hier auch dein Design?"

„Ja!"

Ich berührte die Stickerei meines Mieders mit einer neuen Wertschätzung.

„Das ist erstaunlich, Lievoa. Du bist sehr talentiert."

„Danke." Sie lächelte mich breit an. „Es gibt nicht so viele Frauen in Voran, die ein gut gemachtes Kleidungsstück wirklich zu schätzen wissen."

„Nun, es gibt generell nicht so viele Frauen in Voran." Ich lachte. „Du bist die erste, die ich kennengelernt habe."

„Oh nein! Das müssen wir ändern. Komm." Sie zog mich an der Hand. „Ich stelle dich den Frauen hier vor, die ich kenne."

Der Colonel blickte von seinem Gespräch auf und warf uns einen besorgten Blick zu, als Lievoa mich wegzog.

„Ich bin gleich zurück", versicherte ich ihm, bevor ich dem Klingeln der silbernen Glöckchen folgte, die die Hörner seiner Cousine schmückten.

„Hast du die Zwillinge schon kennengelernt?", fragte Lievoa mich unterwegs.

„Du meinst die Kinder des Colonels?"

Sie nickte und erzeugte eine Reihe melodischer Klingeltöne von ihren Glöckchen.

„Nein, ich habe sie nicht kennengelernt. Sie sind nicht zu Hause. Er behält sie rund um die Uhr in der Schule."

Es war schwer, den Groll aus meiner Stimme herauszuhalten. Ich konnte das Gefühl nicht abschütteln, dass der Colonel seine Kinder nur als Statussymbol betrachtete, genau wie eine Ehefrau.

„Alleinstehenden Männern ist es nicht erlaubt, ihre Kinder zu Hause aufzuziehen", warf Lievoa beiläufig über ihre Schulter.

„Willst du damit sagen, er konnte es nicht, selbst wenn er es gewollt hätte?" Das war neu für mich.

„Nö. Laut Gesetz müssen alle Kinder bis zum Alter von neun Jahren in der Einrichtung bleiben, die für sie mit Hilfe genetischer Eignungstests ausgewählt wurde. Das wusstest du nicht?"

„Nein. Das stand nicht in der Informationsbroschüre."

„Seltsam." Sie zuckte mit den Schultern. „Was stand denn in dieser Broschüre?"

„Nun, die geografischen Karten von Neron und dem Land Voran. Die Bevölkerungsgröße und Regierungsformen. Eure wichtigsten Industrien. Natürliche Ressourcen..."

„Alles sehr nützliche Dinge, wie es scheint", spottete sie sarkastisch. „Hat Grevar nichts Besseres in seiner Unterhaltungsbibliothek?"

Vielleicht hatte er das, aber wir hatten noch nicht darüber gesprochen, weil wir überhaupt nicht viel geredet hatten.

Während ich allein war, hatte ich in Omnis Datensystem einen Kanal mit täglichen Nachrichtenbriefings gefunden, einen Kanal, der Wetterupdates streamte, und einen mit verschiedenen Finanzmarktinformationen. Meistens hatte ich nur nach Bildern von Voranern gesucht, die ihrem Alltag nachgingen. Ich mochte es, sie anzuschauen, es unterhielt und bildete mich und ließ mich auch weniger einsam fühlen.

Lievoa warf mir einen langen Blick zu.

„Grevar sollte wirklich seine Unterhaltungsbibliothek aktualisieren und erweitern. Er hat vielleicht nicht viel Freizeit, um sie zu genießen, aber das heißt nicht, dass du es nicht würdest. Shows zu schauen ist auch eine großartige Möglichkeit, mehr über unser Leben hier in Voran zu lernen."

Sie drehte sich um, um weiterzugehen, und führte mich durch die Menge quer durch den Raum.

„Du hast von den Zwillingen gesprochen...", erinnerte ich sie, begierig, mehr über sie zu erfahren. „Und wie die Kinder in Voran aufgezogen werden."

„Nun, mit seltenen Ausnahmen wachsen die meisten Voraner in einer Kinderbetreuungseinrichtung auf", fuhr sie fort und verlangsamte ihren Fortschritt durch den Raum ein wenig. „Väter arbeiten, um ihre Familien zu unterstützen. Deshalb wurde vor Generationen entschieden, dass zum Wohle unserer Gesellschaft ein universelles System zur Aufzucht aller Kinder notwendig war. Nach dem Alter von neun können die Kinder zu einer Tagesschule übergehen und zu Hause leben. Wenige Väter schaffen das allerdings, da die meisten außerhalb des Hauses arbeiten. Ich persönlich lebte in der Schule, bis ich sechzehn war. Alle meine Brüder blieben auch nach dem neunten Lebensjahr."

„Es gibt also keine privaten Tagesstätten oder Babysitter?"

„Nein. Das universelle System ist die einzige Möglichkeit für die Regierung, eine konsistente Qualität der Bildung und eine gleichwertige Gesundheitsversorgung für alle Kinder zu gewährleisten. Die Aufrechterhaltung einer angemessenen Wiederbevölkerung unseres Landes ist eine Angelegenheit von globaler Bedeutung, was jedes Kind äußerst kostbar macht, verstehst du."

„Ich verstehe."

„Voran ist auch ein großartiger Ort, um eine Frau zu sein. Viele Möglichkeiten und jede Menge Verehrer." Sie kicherte, dann packte sie meinen Arm und schob mich nach vorn. „Und hier sind wir."

Ich fand mich vor einer bunten Gruppe von vier Frauen wieder, die neben einem mobilen Buffetstand verharrten. Drei der vier schienen sich in verschiedenen Stadien der Schwangerschaft zu befinden.

Alle vier drehten sich zu uns um und musterten mich mit Interesse.

„Die neue Madame Colonel Kyradus, meine Damen", stellte Lievoa mich mit singender Stimme vor.

„Einfach nur Daisy, bitte", fügte ich mit einem Lächeln hinzu, neugierig, endlich einige voranische Frauen kennenzulernen.

Lievoa sagte mir schnell alle ihre Namen und die Titel ihrer Ehemänner, die ich möglicherweise nicht beim ersten Mal behalten würde. Niemand küsste mich diesmal auf den Mund. Diese Form der Begrüßung musste dann wohl nur für Familienmitglieder reserviert sein, erkannte ich mit Erleichterung.

„Und Frau Gouverneurin Drustan persönlich." Lievoa deutete dramatisch auf die große Frau, die die Gruppe zu dominieren schien.

Ihr grün-lila Kleid floss über ihren stark schwangeren Bauch, der Stoff hatte einen schillernden Glanz wie Pfauenfedern. Cluster von bunten Kugeln hingen von ihrem Hals, ihren Ohren und Hörnern herab, was mich endlich das Gefühl gab, nicht übermäßig geschmückt zu sein mit all dem Schmuck, mit dem der Colonel mich dekoriert hatte.

„Frauen können mich Shula nennen", sagte sie mit tiefer, samtiger Stimme und wischte Lievoas Förmlichkeiten mit einer anmutigen Geste einer stark beschmückten Hand beiseite. Wie die ihres Mannes waren auch Shulas Augen gelb. Nur im Gegensatz zur zitronengelben Farbe des Gouverneurs waren ihre dunkelgolden.

„Ich hoffe, deine Reise nach Neron war gut?", fragte eine der Frauen, die Shula flankierten. Ich glaube, Lievoa hatte sie als Iriha vorgestellt.

„Ziemlich ereignislos." Ich zuckte mit den Schultern und

lächelte. „Ich habe den größten Teil davon im Kälteschlaf verbracht."

„Wie war das?", mischte sich die andere Frau ein, ihre lila Augen weit vor Staunen geöffnet.

„Das kann ich nicht sagen. Ich habe überhaupt nichts gespürt. Das Aufwachen war am Anfang allerdings etwas verschwommen."

„Gefällt es dir, mit Colonel Kyradus verheiratet zu sein?", fragte Iriha. „Er ist ein hoch angesehener Kriegsheld, aber ich weiß nicht viel über ihn. Er ist eher ungesellig."

„Ich finde ihn ein bisschen rau um die Kanten", fügte die dritte Frau hinzu.

„Das trifft es ziemlich genau", murmelte ich leise.

Shula zuckte zusammen und rieb sich den Bauch.

„Tritt es wieder?", fragte Iriha mitfühlend.

„In letzter Zeit viel." Shula nickte.

„Wann ist das Baby soweit?", fragte ich fröhlich, Freude für sie strahlte in mir. Auf die Ankunft eines neuen Babys zu warten, muss noch aufregender sein als auf den Weihnachtsmorgen zu warten.

„Jederzeit nächste Woche." Shula lehnte sich etwas zurück, dann von einer Seite zur anderen, um ihre Wirbelsäule zu dehnen. „Und es sind drei Babys, nicht nur eines."

„Drei?" Ich ballte meine Hände an meiner Seite und hielt mich zurück, um nicht nach ihrem Bauch zu greifen. Ich wusste, dass nicht alle Frauen das mögen, so sehr ich auch wünschte, einen Tritt eines ihrer Babys zu spüren. „Du und der Gouverneur müsst so aufgeregt sein."

„Das sind nicht seine." Sie schüttelte den Kopf, wodurch die Schnüre mit Kugeln an ihren Ohren und Hörnern schwankten.

„Nein?"

„Das sind die Drillinge des Senators Phirnic", erklärte sie. „Drei Jungen. Unsere könnten als nächstes kommen, aber wir haben uns noch nicht entschieden."

Richtig, ich hätte wissen müssen, dass die Möglichkeit besteht, dass sie Kinder von jemand anderem austrägt. Das war ein Teil der voranischen Kultur - verheiratete Frauen halfen alleinstehenden Männern, Familien zu gründen, durch künstliche Befruchtung.

„Wie vielen Kindern hast du schon das Leben geschenkt? Wenn es dir nichts ausmacht, dass ich frage, natürlich", fügte ich schnell hinzu.

„Dies ist meine dritte Schwangerschaft", antwortete Shula mit offensichtlichem Stolz.

„Das ist faszinierend und so freundlich von dir, dem Senator und den anderen zu helfen, ihre Familien zu gründen."

Sie warf mir einen abschätzenden Blick zu, ihre goldgelben Augen bewerteten und berechneten.

„Ist es nicht die Hauptpflicht und das Privileg jeder Frau, Kinder zu gebären und ihre Welt zu bevölkern?"

Nun, persönlich würde ich nicht sagen „jeder Frau". Auf der Erde fanden viele Menschen beider Geschlechter ihren Lebenszweck jenseits der Fortpflanzung. Auch das Wort „Pflicht" klang für mich etwas seltsam. Allerdings bin ich nicht hergekommen, um meine Wege durchzusetzen, sondern um ihre zu lernen. Außerdem lud Shulas Tonfall trotz ihrer Fragen nicht zu einer Debatte ein.

Also murmelte ich nur ein unverbindliches „Ich nehme an, in gewisser Weise..."

„Selbst mit dem Liaison-Heiratsprogramm", fuhr Shula fort, „fällt das Bevölkerungswachstum in unserem Land vollständig auf die voranischen Frauen. Menschliche Weibchen können nicht gezüchtet werden."

Da sie verschiedenen Spezies angehörten, konnten Voraner und Menschen sich nicht fortpflanzen. Dies war bereits im Labor bewiesen worden. Ich konnte nicht sofort sagen, ob sie einfach eine Tatsache feststellte oder mich in irgendeiner Weise beleidigen wollte.

„Nun, es gibt mehr an einer Person als ihre Fähigkeit, Kinder zu produzieren, richtig?"

„Möglicherweise." Sie zuckte mit den Schultern.

„Oh, komm schon, Shula." Lievoa verdrehte die Augen. „Wir alle haben viele Interessen außer Schwangerschaften und Geburt. Das ist nicht das, was eine Person definiert, und das ist nicht der Grund, warum wir Freunde sind."

„Ich spreche nicht von Freunden." Shula würdigte Lievoa keines Blickes und behielt ihre Augen auf mir. „Es geht um den Wert einer Frau für ihren Ehemann. Welchen Nutzen hat eine Ehefrau, die niemals Nachkommen produzieren kann?"

Das war hart. Ihre Worte und Haltung ließen keinen Zweifel mehr zu – sie wollte beleidigen. Sie implizierte im Grunde, ich wäre für einen voranischen Ehemann nutzlos, selbst wenn wir es schaffen würden, eine liebevolle und fürsorgliche Beziehung aufzubauen. Ich vergaß alle meine diplomatischen Absichten. Mein Blut erhitzte sich vor Wut über die Beleidigung.

„Du hast einen gefeierten Kriegshelden als Ehemann." Sie gab nicht auf. „Er hat hart gearbeitet, um dahin zu kommen, wo er ist, er hat buchstäblich sein Leben für seinen Status und seine Position riskiert. Was bringst du in diese Ehe ein?"

Ich fühlte mich schlecht gerüstet für diesen Kampf – ich hatte keine liebevolle Beziehung, die ich verteidigen konnte. Stattdessen konzentrierte ich mich auf eine interspezifische Ehe im Allgemeinen.

„Ich könnte mir viele Vorteile vorstellen, wenn man sein Leben mit jemandem teilt", sagte ich.

Sie presste ihre Lippen zusammen. „Sprichst du von Sex?"

„Shula! Das ist gemein." Lievoa packte meinen Arm. „Lass uns gehen, Daisy."

Vielleicht hätte ich auf sie hören sollen, aber ich konnte es nicht so stehen lassen. Ein Teil von mir konnte es nicht akzeptieren, dass jemand so herablassend zu mir war, jemand, den ich gerade erst kennengelernt hatte und dem ich keinen Grund gegeben hatte, mich nicht zu mögen. Zumindest glaubte ich das.

„Ich spreche definitiv nicht nur von Sex!" Ich spürte, wie meine Wangen vor Empörung glühten, mein Gesicht musste wie üblich all meine Gefühle zeigen.

„Dann hast du mich völlig verloren." Shula blieb frustrierenderweise ruhig, ihre Stimme höhnisch.

Plötzlich trat sie näher an mich heran. Sie schob ihre Schulter zwischen Lievoa und mich und lehnte sich zu meinem Ohr.

„Wie kannst du wirklich sein Leben teilen, wenn du nicht seinen Hintergrund oder seine Kultur teilst?", zischte sie leise, nur für mich hörbar. „Du musst dich auf eine Maschine verlassen, um überhaupt zu verstehen, was er sagt. Wie kannst du möglicherweise die Verbindung aufbauen, die für eine erfolgreiche lebenslange Vereinigung notwendig ist? Der einzige Nutzen für eine Ehefrau wie dich könnte höchstens Sex sein. Nicht anders als die Lustmaschinen im Einkaufszentrum."

Das war eine offene Beleidigung. Meine Sicht verschwamm vor Empörung. Meine Atmung wurde flach und meine Hände zitterten.

„Willst du damit sagen, ich könnte nichts anderes als ein Sexspielzeug für meinen Ehemann sein?"

„Genau." Sie hielt ihre Stimme gesenkt. Mir wurde klar, dass sie wissen musste, dass ihr Verhalten ihres Status unwürdig war und daher keine Zeugen für unser Gespräch haben wollte. „Mach dir keine Illusionen, du bist nichts als ein glorifiziertes Sexspielzeug für ihn", fuhr sie fort. „Das heißt, wenn er dich körperlich attraktiv findet. Obwohl er dich wahrscheinlich sowieso ficken würde. Es wäre nicht Grevars Art, den Gentleman zu spielen, wenn eine willige Frau in seinem Bett liegt. Er ist zu wild, um seine Triebe zu zügeln. Umwerfend gutaussehend, rau und so köstlich ungezähmt..." Ihre Stimme verwandelte sich in ein träumerisches Murmeln, bevor sie verstummte, als ihr Blick irgendwohin zur Seite wanderte.

Ihrem Blick folgend, sah ich, wie er auf dem Colonel auf der anderen Seite des Raumes landete. Er unterhielt sich immer noch mit derselben Gruppe von Männern. Sie waren von Gouverneur Drustan, Shulas Ehemann, begleitet worden, aber ihre Aufmerksamkeit galt eindeutig meinem Mann.

Als ob er Shulas Blick spürte, drehte sich der Colonel über seine Schulter. Als er kurz ihren Blick traf, gab er ihr ein tiefes, respektvolles Nicken.

„Derjenige, mit dem ich zusammen war, mochte mich genauso, wie ich bin, ‚rau und ungehobelt.' Besonders im Schlafzimmer." Die Worte, die er mir während unseres letzten Streits an den Kopf geworfen hatte, klangen in meinen Ohren wider.

Könnte Shula diejenige sein, von der er gesprochen hatte? Sie klang, als wäre sie sehr vertraut mit den Gewohnheiten des Colonels im Schlafzimmer – mehr als ich es war, trotz der Tatsache, dass ich seine Frau war.

„Was ist das?" Shula neigte ihren Kopf, offensichtlich die Veränderung in meinem Gesichtsausdruck bemerkend. Mehr als alles andere in diesem Moment wünschte ich mir, ich hätte irgendwann in meinem Leben ein Pokerface beherrscht. „Er hat dich nicht gefickt, oder? Nach all der Zeit, in der du in seinem Haus warst, hat er dich nicht angefasst." Ein schiefes Lächeln der Zufriedenheit breitete sich auf ihrem Gesicht aus. „Er fand dich doch nicht nach seinem Geschmack."

Sie hatte richtig geraten. Es hatte keine wahre Intimität zwischen dem Colonel und mir gegeben, und jetzt würde es auch keine mehr geben, da ich ihn bald verlassen würde. Dies war eine bittere Erinnerung daran, was für eine Farce meine Ehe geworden war.

Shulas offensichtliche Freude tat weh, und es erwies sich als der letzte Tropfen für mich.

Meine Wut kochte über.

„Oh, wir haben gefickt", sagte ich, laut und deutlich, für alle Frauen um uns herum hörbar. „Wir haben so viel und so hart gefickt, dass ich keine Energie mehr hatte, das Haus überhaupt zu verlassen – die glorifizierte Sexpuppe, die ich bin, wie du sagtest. Er ist tatsächlich ein wildes Tier, definitiv wert, jahrelang für ihn zu schmachten. Und glaub mir", ich lehnte mich vor, als ob ich im Begriff wäre, ein Geheimnis zu enthüllen. „So großartig er auch vorher gewesen sein mag, er ist nur noch besser geworden – rau, wild, unersättlich und immer noch sehr ungezähmt."

Shula verengte ihre Augen zu mir, presste ihren Mund so fest zusammen, dass ihre Lippen fast verschwanden. Dann wanderte ihr Blick über meine Schultern, und ihr Gesichtsausdruck wurde weicher.

„Ist alles in Ordnung, Daisy?" Ich spürte die Hand des Colonels auf meinem unteren Rücken.

„Hi." Ich blickte zu ihm auf. Zum ersten Mal brachte sein plötzliches Erscheinen Erleichterung statt Spannung. Ich war wirklich froh, ihn zu sehen, obwohl er so mürrisch aussah wie immer.

Seine Augenbrauen zogen sich zu einem Stirnrunzeln zusammen, er verlagerte seinen Blick von mir zu Shula, und ich fragte mich, ob er etwas von meinen Lügen gehört hatte. Heiße Scham breitete sich bei dem Gedanken in mir aus.

„Grevar", murmelte Shula atemlos, verratend, wie sehr sie ihn immer noch wollte. „Wie schön, dich wiederzusehen. Die Frau Colonel erzählte uns gerade, wie tief ihr euch in nur wenigen Tagen verliebt habt. Ich freue mich so für euch."

Seine Hand auf meinem Rücken zuckte leicht, und ich versteifte mich, während ich darauf wartete, dass er sprach und mich entlarvte.

„Danke." Sein Arm glitt um meine Taille, als er mich an seine Seite zog. „Daisy erwies sich als unwiderstehlich, ich hatte keine Chance."

Er beugte sich unerwartet vor und platzierte einen Kuss auf meine Schläfe.

„Meine Damen." Der Colonel nickte den Frauen zu. „Frau Gouverneurin." Er wandte sich an Shula, die sprachlos dastand. „Ich fürchte, ich muss meine Frau von euch stehlen. Der Gouverneur besteht darauf, sie noch einmal zu sehen, bevor wir heute Abend gehen."

Ein Schwarm warmes Kribbeln tanzte wild in mir, als er mich wegführte.

KAPITEL 10

DAISY

„Nimm dir einen Schal!", rief der Colonel von unten an der Treppe. „Es schneit draußen."

„Colonel Kyradus möchte, dass du einen Schal trägst", leitete Omni im Schlafzimmer an mich weiter.

„Ich habe ihn gehört." Ich eilte zum Kleiderschrank und nahm einen weißen, flauschigen Schal von einem der Regale. „Ganz Voran muss ihn gehört haben, wie er mit dieser Donnerstimme brüllt", murmelte ich, während ich die Treppe hinunterlief.

„Fertig?" Der Colonel nahm mir den Schal aus den Händen und legte ihn um meine Schultern.

Es war eine Woche seit meiner Ankunft in Voran vergangen. Mein erstes Folgetreffen mit dem Verbindungskomitee war für heute Morgen angesetzt.

Der Colonel hatte sich freiwillig angeboten, mich zu begleiten, möglicherweise nur, um sicherzugehen, dass ich niemandem etwas über unsere Vereinbarung erzählen würde.

Trotzdem war ich froh, ihn als Unterstützung dabei zu haben. Über mein Privatleben ausgefragt zu werden, würde nicht angenehm sein, auch wenn nicht viel *Privates* passiert war, worüber man sprechen könnte.

„Lass uns gehen." Mit seiner Hand an meinem unteren Rücken führte er mich zur Landeplattform.

„Oh, es ist so wunderschön!" Ich legte den Kopf in den Nacken und beobachtete, wie die großen, flauschigen Schneeflocken auf das Glas der Kuppel über uns herabflatterten. Bei der Hektik beim Anziehen heute Morgen hatte ich keine Gelegenheit gehabt, es zu bewundern.

„Hast du noch nie Schnee gesehen?", fragte der Colonel und beobachtete mich, während ich den gemächlichen Schneefall betrachtete.

„Doch. Aber ist es nicht immer so bezaubernd? Fast magisch, wie in einem Märchen?"

„Wunderschön", stimmte er zu, während er immer noch *mich* anschaute, nicht den Schnee.

Der warme Ausdruck in seinen Augen war nicht völlig neu. Ich hatte ihn in letzter Zeit ein- oder zweimal dabei erwischt, wie er mich mit ähnlichem Interesse und Bewusstsein angesehen hatte. Diesmal handelte es sich jedoch nicht nur um einen flüchtigen Blick. Er starrte mich offen an, und ich hatte keine Ahnung, was ich mit dem warmen, flauschigen Gefühl anfangen sollte, das sich als Antwort in meiner Brust ausbreitete.

„Nun, wir sollten besser gehen", murmelte ich und ging zum Flugzeug. „Wir wollen Nancy und Alcus nicht warten lassen."

Es war seltsam und wunderbar, den Schneefall durch das Glas des Flugzeugs zu beobachten, während ich unter meinem Schal ein ärmelloses Sommerkleid trug. Voranier, wie ich früh erfahren hatte, liebten grünes Gras und Blumen. Sie holten den Sommer ins Haus, um ihn das ganze Jahr über zu genießen, und ignorierten den Winter völlig. Alle Wohn- und öffentlichen Räume waren unter riesigen Glaskuppeln eingeschlossen. Man brauchte nicht einmal Winterkleidung zu besitzen, da es überhaupt nicht notwendig war, nach draußen zu gehen. Überall wurde die Temperatur auf ziemlich gleichem Niveau gehalten.

Ich trug jedoch meine Stiefeletten, da ich die Voranier nicht mit dem Anblick meiner Füße schockieren wollte.

„Das ist die Militärakademie." Der Colonel zeigte auf die gerundeten Glaskonstruktionen, die das Dach eines weitläufigen Gebäudes zierten, über das wir gerade hinwegflogen. „Die Schule, wo meine Jungs sind."

Ich erinnerte mich, was Lievoa mir über die voranischen Gesetze in Bezug auf Kinder erzählt hatte.

„Du siehst sie nicht oft."

„Mindestens ein Wochenende im Monat. Manchmal öfter, abhängig von ihrem Bildungsplan und meinen Arbeitsverpflichtungen."

„Das muss schwer sein."

Eine Familie, für die ich früher als Babysitterin gearbeitet hatte, war kurz bevor ich nach Neron gehen musste, in eine andere Stadt gezogen. Ich vermisste die Kinder, mit denen ich gearbeitet hatte, und das waren nicht einmal *meine* Kinder.

Der Colonel sprach jedoch nicht oft über seine Söhne. Dies war das erste Mal, dass er sie seit diesem unglücklichen Abendessen erwähnte.

„Vermisst du... sie?"

Er zog seine breiten Schultern zurück und wandte sich dann von mir ab, als wolle er den Schnee außerhalb des Flugzeugglas beobachten.

„Ja." Sein Adamsapfel bewegte sich, als er schluckte. Seine Stimme klang rauer als sonst. „Ich fliege auf dem Weg zur und von der Arbeit über ihre Schule, obwohl es nicht auf dem Weg liegt. Es kostet mich jeden Tag eine zusätzliche Stunde, aber ich erhasche oft einen Blick auf sie, wenn sie morgens ihre Übungen machen oder abends spielen."

„Wann ist dein nächster Besuch bei ihnen?"

„Dieses Wochenende." Er räusperte sich, sein Ton wurde leichter. „In fünf Tagen."

Ich dachte zurück an den Moment, als er mir ihre vollständigen Namen genannt hatte.

„*Olvar Shula Kyradus und Zun Shula Kyradus.*"

Beide hatten *Shula* darin.

„Ist es in Voran üblich, den Namen der Mutter als zweiten Vornamen des Kindes zu verwenden?", fragte ich.

„Ja", antwortete er.

„Ist Shula, die Frau des Gouverneurs, dann die Mutter deiner Kinder?"

Es könnte durchaus mehr als eine Shula in der Stadt Voran geben, aber irgendwie wusste ich bereits, dass sie es war.

„Ja."

Auf dem Rückweg vom Gouverneurspalast hatte der Colonel mich gefragt, worüber Shula und ich uns auf dem Ball unterhalten hatten, und ich hatte ihm eine sehr allgemeine Antwort gegeben.

Ich glaubte, er hatte mich gehört, wie ich ihr gegenüber über unser nicht existierendes Sexleben log, und ich befürchtete, er würde es ansprechen, wenn ich ihm von Shulas Kommentaren erzählen würde. Ehrlich gesagt fühlte ich mich auch für sie peinlich berührt und hatte keine Lust, ihre Worte ihm oder jemand anderem zu wiederholen.

Jetzt hatte sich alles zusammengefügt.

„Lass mich raten." Ich holte tief Luft. „Deine Söhne wurden *nicht* durch künstliche Befruchtung gezeugt?"

„Nein. Shula und ich waren früher Liebhaber."

Mein Herz zog sich mit einem plötzlichen Schmerz zusammen. Warum sollte mich die Geschichte des Colonels mit einer anderen Frau stören? Nichts davon ging mich etwas an. Es betraf mich überhaupt nicht.

„War sie damals schon die Frau des Gouverneurs?" Ich

konnte mich nicht zurückhalten, ich musste mehr wissen. Alles davon. „Als ihr..."

„Natürlich nicht", starrte er mich entrüstet an. „Drustan ist seit der Akademie mein Freund. Ich hätte niemals Sex mit Shula gehabt, wenn sie schon seine Frau gewesen wäre. Tatsächlich habe ich sie zuerst kennengelernt."

„Wirklich?"

Seine Brust hob sich, als er tief einatmete. „Ich war derjenige, der sie ihm vorgestellt hat."

„Also hat der Gouverneur am Ende deine Frau gestohlen?", platzte es aus mir heraus.

Nachdem ich Shula kennengelernt hatte, fragte ich mich, ob der Colonel nicht eigentlich Glück gehabt hatte, *dieser* Kugel auszuweichen. Aber wenn er noch immer unter ihr litt... Mitgefühl für ihn regte sich in mir.

„Da wurde nichts *gestohlen*." Der Colonel schüttelte den Kopf. „Drustan ging auf faire, ehrliche Weise vor – deshalb sind wir immer noch Freunde. Er hat Shula im selben Jahr einen Antrag gemacht wie ich. Sie hat ihn gewählt."

„Warum?"

Ich fand Gouverneur Drustan angenehm genug, aber ich erinnerte mich, wie Shula den Colonel auf dem Ball angesehen hatte, mit Sehnsucht und vielleicht sogar etwas Bedauern.

„Das war vor fast sechs Jahren, Daisy. Ich war ein Armeehauptmann, der kurz davor stand, in einen Krieg geschickt zu werden, von dem ich möglicherweise nicht zurückkehren würde. Drustan war ein aufstrebender Politiker mit glänzenden Karriereaussichten vor sich. Shula hat ihre Wahl getroffen."

„Ich wette, sie bereut es jetzt, da du noch sehr lebendig und zu allem Überfluss auch noch Armeeoberst bist", sagte ich, nicht ohne einen Hauch von Schadenfreude.

„Shula ist glücklich mit Drustan", antwortete er bestimmt. „Als seine Frau ist sie die höchstplatzierte Frau in Voran. Er hat ihr alles gegeben, was sie je wollte, und mehr."

„Wenn du das sagst."

Warum würde sie dann den Ehemann einer anderen mit so viel Sehnsucht anschauen? Wenn sie von ihrem eigenen alles bekommen hatte, was sie je wollte?

Das sagte ich ihm natürlich nicht. Stattdessen suchte ich nach etwas anderem, das ich zu ihm sagen konnte, etwas, das ihn vorzugsweise diese Frau vergessen lassen würde. Nur gab es kein Vergessen. Sie war die Mutter seiner Kinder, die sich geweigert hatte, seine Frau zu werden.

„Es tut mir leid, Colonel."

„Das muss es nicht. Es ist in Voran völlig normal", sagte er ruhig. „Shula bekam in diesem Jahr elf Heiratsanträge, einschließlich der von Drustan und mir. Egal, wen sie wählte, zehn Männer mussten abgewiesen werden. Ein durchschnittlicher voranischer Mann macht in seinem Leben viele Anträge und bleibt am Ende trotzdem wahrscheinlich ledig."

„Wie viele Anträge hast du gemacht?"

Er schaute wieder aus dem Fenster.

„Einmal hat mir gereicht."

Da ich nicht wusste, was ich sonst sagen sollte, um ihn an diesem Punkt aufzumuntern, streckte ich schweigend die Hand aus und nahm seine in meine. Es war schön und tröstlich gewesen, als er zuvor meine Hand gehalten hatte. Ich hoffte, dass er jetzt auch meine Unterstützung für ihn spüren würde.

DAS KOMITEETREFFEN ERWIES sich als langweiliger und weniger stressig als ich erwartet hatte.

Der Colonel hielt meine Hand, wie es ein liebevoller Ehemann tun würde. Ich klimperte mit den Wimpern in seine Richtung und überzeugte sowohl Menschen als auch Voranier davon, dass wir uns prächtig verstanden.

Ich versuchte jedoch, es nicht zu übertreiben, da der Colonel und ich in nur drei Wochen dasselbe Gebäude aufsuchen würden, um dieselbe Gruppe von Menschen zu bitten, unsere Ehe aufzulösen und mich zur Erde zurückzubringen. Mit der Unterstützung des Colonels glaubte ich jedoch, dass es möglich sein würde, das zu erreichen.

Der Rest der Woche verlief ziemlich reibungslos. Der Colonel und ich hatten uns in eine Routine eingefunden, die für uns beide zu funktionieren schien. Er ging zur Arbeit, während ich noch im Bett lag. Ich verbrachte den Tag damit, Omnis Unterhaltungsbibliothek zu erkunden – aktualisiert und stark erweitert durch die Bemühungen von Lievoa, die mir reichlich interessante Bilder, lustige Shows und nützliche Dokumentationen über das voranische Leben schickte. Ich lernte von Omni auch die aldraianische Technik der Pflanzenpflege. Die Bewohner des nahegelegenen Planeten Aldrai galten in diesem Teil der Galaxie als die führenden Experten für Gartenbau. Ich hatte erfahren, dass Aldraianer buchstäblich in ihren Gärten lebten – sie bauten keine Häuser.

Wann immer ich konnte, experimentierte ich auch weiterhin mit dem Backen in der Küche. Der Colonel weigerte sich noch immer, mich alleine aus dem Haus gehen zu lassen, was mich immens ärgerte. Ich konnte nicht alle Zutaten über Omni bestellen. Es war unmöglich zu bestimmen, was ich brauchte, ohne dass ich die Dinge anfassen, schmecken und riechen konnte, um herauszufinden, womit ich sie in meinen Rezepten ersetzen könnte.

Er weigerte sich stur, das zu verstehen, was zu einigen weiteren Ausbrüchen zwischen uns führte. Dieser Mann konnte mein Blut zum Kochen bringen, indem er kaum etwas sagte.

Glücklicherweise hatte er sichtbare Anstrengungen unternommen, sein Temperament zu kontrollieren, was ich zu schätzen wusste, und ich versuchte, im Gegenzug auch auf meine eigenen Stimmungen zu achten. Das hatte unsere

Auseinandersetzungen kürzer, weniger explosiv und weniger belastend für uns beide gemacht.

Am kommenden Wochenende würde der Colonel arbeitsfrei haben, also hatte er einen ganzen Tag in der Militärakademie mit den Zwillingen eingeplant.

Am Tag davor aßen wir beide zu Abend in seinem wunderschönen Esszimmer.

„Was ist das?", starrte ich auf die tiefe Schüssel, die Omni vor mich gestellt hatte, sobald ich Platz genommen hatte.

Etwa ein Dutzend grauer, egelähnlicher Würmer wimmelte im schwarzen Wasser in der Schüssel, was meinen Magen aufwühlte.

„Das sind *Recols*, Madame Kyradus."

„Ich wollte heute Abend feiern", lächelte der Colonel strahlend über den Tisch, vor ihm stand eine identische Schüssel.

„Feiern? Mit denen?" Ich gab mir große Mühe, nicht auf die schleimigen Dinge zu schauen, die sich in meiner Schüssel streckten und schlängelten. „Wie? Was macht man mit denen?"

Die Toilette runterspülen, würde ich tun.

„Du isst sie." Das Lächeln des Colonels wurde breiter.

„*Recols* sind eine seltene Delikatesse aus den Unterwasserhöhlen von Aldrai", erklärte Omni. Ich hätte schwören können, dass ich auch in seiner mechanischen Stimme einen Hauch von Freude hörte. „Äußerst schwer zu fangen und astronomisch teuer."

„Die Ausgabe lohnt sich." Der Colonel schien heute Abend in außergewöhnlich guter Stimmung zu sein, und ich glaubte, das hatte alles damit zu tun, dass er sich darauf freute, morgen seine Kinder zu sehen.

Ich verstand seinen Wunsch, das zu feiern. Aber Würmer? Warum Würmer?

„Guten Appetit." Er fischte einen mit seinen Fingern aus der Schüssel. Das Ding streckte sich und krümmte seinen weichen Körper um eine seiner Klauen, als er ihn zu seinem Mund hob.

„Oh Gott..." Ich starrte ihn schockiert an. „Du wirst doch nicht..."

Mein Magen krampfte sich zusammen, als er das blasse, egelartige Ding in seinen Mund steckte. Ich schob den Stuhl vom Tisch weg und stürzte zum nächsten Waschraum.

„Daisy?", donnerten die Hufe des Colonels auf dem gefliesten Boden, als er mir hinterherrannte.

Ich schaffte es, die Badezimmertür vor seiner Nase zu schließen, und sank vor der Toilette auf die Knie, bevor sich mein Magen darin entleerte.

„Gott, das war ekelhaft", stöhnte ich und versuchte, das Bild des sich in den Fingern des Colonels windenden Wurms aus meinem Kopf zu bekommen.

„Daisy!" Er schlug etwas Schweres gegen die Badezimmertür – seine Faust oder möglicherweise seinen Huf, vielleicht beides.

„Gib mir nur... eine Minute." Ich spülte meinen Mund aus und wusch dann mein Gesicht.

„Geht es dir gut?", rief er hinter der Tür. „Sag es mir, oder ich breche die Tür auf!"

„Gut. Mir geht's gut." Ich trank etwas Wasser aus dem Hahn und öffnete dann die Tür, endlich bereit, ihm wieder gegenüberzutreten.

„Daisy." Er packte mich an den Oberarmen und starrte intensiv in mein Gesicht. „Was ist passiert? Bist du krank?" Er schob seine Hände nach oben und umfasste mein Gesicht. „Du siehst farbloser aus als gewöhnlich."

„Danke." Ich lächelte über seine Ausdrucksweise.

Das Fell auf seinen Handrücken kitzelte sanft meinen Nacken, während er mein Gesicht untersuchte. Die Besorgnis in seinen Augen war echt, und das mochte ich viel zu sehr – er sorgte sich wirklich. „Mir geht's jetzt gut, versprochen."

Mein Lächeln linderte die Sorge in seinem Gesicht.

„Stimmte etwas nicht mit den *Recols*?", fragte er.

War überhaupt irgendetwas richtig an diesen Dingen? Selbst ihr Name erinnerte mich an das Wort „zurückschrecken". Wie passend.

„Entschuldige, ich wollte deine Feier nicht verderben, aber ich glaube nicht, dass ich die jemals essen kann... Ich würde auch lieber nicht zusehen, wie du sie isst." Ein Schauder durchlief meinen ganzen Körper. „Bitte?"

Er nahm seine Hände von meinem Gesicht und legte sie auf meine Schultern, aber er zog sie nicht von mir zurück, und das gefiel mir mehr, als es sollte. Ich liebte das Gefühl seiner warmen, großen Hände auf mir.

„Haben Erdlinge keine solchen Speisen?", fragte er.

„Oh Gott, nein!", schüttelte ich schnell den Kopf, dann dachte ich genauer darüber nach. „Nun, es gibt frittierte Grillen, aber die wären bereits tot, wenn man sie isst. Hummer werden lebendig gekocht, was irgendwie eklig ist, wenn man darüber nachdenkt. Oh, und rohe Austern. Manche finden die wirklich ekelhaft... Sie sind lebendig, wenn man sie isst, aber sie winden sich nicht."

„Also hat dich die Bewegung der *Recols* gestört?"

Ich berührte seine Hand auf meiner Schulter und streichelte sein kurzes Fell auf ihr, wie ich früher meine Katze gestreichelt hatte. Es fühlte sich ähnlich tröstlich an.

„Ich denke, es ist das ganze Paket, ehrlich gesagt – ihre Form, ihre Farbe und ja, auch ihr Gewinde."

„Ich habe die *Recols* nicht bestellt, um dich zu verärgern", erklärte er, und ich glaubte ihm. „Ich habe nicht erwartet, dass du so reagierst."

„Ich verstehe. Ich verspreche, es dir nicht nachzutragen." Ich lächelte wieder.

Ich war überhaupt nicht verärgert über ihn, aber ich würde diesen Dingern nie wieder nahekommen.

Er starrte mich einen kurzen Moment lang an, sein intensiver Blick verweilte auf meinen lächelnden Lippen.

„Komm, wir essen etwas anderes." Schließlich nahm er seine Hände von mir, trat zurück, und ich lehnte mich unwillkürlich nach ihm, als ob ich von einem Schwerkraftfeld zu ihm hingezogen würde. „Ich möchte, dass wir zusammen zu Abend essen."

„Sicher. Solange es etwas weniger Zappeliges ist, bitte." Ich folgte ihm zurück ins Esszimmer.

Die Schüsseln mit den schleimigen Kreaturen waren glücklicherweise vom Tisch entfernt worden. Die üblichen karierten Tabletts standen an ihrer Stelle.

„Es tut mir leid. Du hast gesagt, diese Dinge seien teuer", sagte ich. „Ich hoffe, sie werden nicht verschwendet."

Er lachte kurz. „Keine Sorge. Ich werde nächste Woche ein äußerst dekadentes Mittagessen bei der Arbeit haben. Das ganze Büro wird sabbern."

„Sind sie wirklich so eine Delikatesse?"

Er hob eine Augenbraue und gab mir ein schiefes Grinsen. „Unfassbar dekadent."

„Es tut mir leid, dass ich das nicht zu schätzen wusste."

„Hör auf, dich zu entschuldigen." Er zuckte mit den Schultern und warf sich ein Stück Fleisch in den Mund. „Ich bin sicher, es gibt mehr als eine Sache, die ich an der Erde auch abstoßend finden würde."

„Nun, all diese menschlichen Zehen, zum Beispiel!", lachte ich, und er stimmte mit ein.

„Zehen sind nicht so schlimm." Er schüttelte den Kopf. „Ich könnte mich absolut daran gewöhnen, sie zu sehen."

Ich kreuzte meine Füße in blassrosa Ballettschuhen unter dem Tisch.

„Heißt das, ich kann anfangen, hier barfuß herumzulaufen?", neckte ich ihn.

„Ähm." Sein Bart versteckte sein Lächeln, aber ich bemerkte das fröhliche Glitzern in seinen Augen. „Fangen wir erst mal mit Sandalen an."

„Ich habe einige Peeptoe-Pumps im Schrank." Ich kicherte. „Ich könnte damit anfangen, einen Zeh nach dem anderen zu zeigen."

Trotz seines rauen Beginns erwies sich dieses Abendessen als das beste, das ich bisher im Haus des Colonels hatte. Es lag höchstwahrscheinlich an seiner besseren Laune wegen des bevorstehenden Besuchs bei seinen Kindern.

„Colonel, wäre es in Ordnung, wenn ich morgen mit dir die Jungs besuchen würde?", fragte ich, bevor ich mir Zeit gab, darüber nachzudenken.

Der Weg meiner Worte vom ersten Auftreten in meinem Gehirn bis zum Verlassen meines Mundes war schon immer außergewöhnlich kurz gewesen, was mich in der Vergangenheit einige ziemlich peinliche Momente gekostet hatte. Ich hatte kein Recht, zu verlangen, seine Familie zu treffen – ich würde ihn in ein paar Wochen verlassen. Aber er schien heute Abend entspannt und zugänglicher als je zuvor, und ich konnte nicht anders.

„Du willst meine Söhne kennenlernen?", fragte er, und sein Gesichtsausdruck wurde ernst.

„Ja", antwortete ich ernsthaft. „Ich würde sie gerne treffen. Wenn es dir nichts ausmacht."

Die Zwillinge waren ein großer Teil meiner Gründe, nach Neron zu kommen. Es wäre unglaublich traurig, von hier wegzugehen, ohne sie überhaupt getroffen zu haben.

Er schien einen Moment darüber nachzudenken.

„Wir werden sie etwa sieben Stunden lang haben", sagte er, „vom Frühstück bis kurz vor dem Abendessen."

„Also kann ich mitkommen?", hellte sich meine Stimmung auf, meine Brust füllte sich schnell mit Aufregung, die bereit war, herauszuplatzen.

„Wenn es dich glücklich macht–"

„Oh, das wird es!" Ich sprang von meinem Stuhl auf und eilte zu seiner Seite des Tisches. „Danke!", warf ich impulsiv meine Arme um seinen Hals.

Da der Colonel saß, wurde sein Kopf gegen meine Brust gedrückt, als ich ihn umarmte – seine Hörner stiegen direkt vor meinem Gesicht auf, seine Wange wurde gegen meine Brüste gedrückt.

Der angespannte Klang seines Räusperns brachte mich wieder zu Sinnen, und ich ließ ihn schnell aus meiner Umarmung los.

„Ähm..." Ich kratzte verlegen an meinem Ohr und zog mich auf meinen Platz zurück.

Das anhaltende Gefühl seines in mein Dekolleté gedrückten Bartes kräuselte sich mit einem Bewusstsein entlang meiner Haut. Ich rieb über meine Brust, und er folgte meiner Geste mit seinen lebhaften roten Augen.

Worüber hatten wir gerade gesprochen? Ich hatte Schwierigkeiten, meine Gedanken zu sammeln.

Natürlich, seine Kinder, um Himmels willen!

„Also, ähm… Werden wir die Jungen vom Schulgelände mitnehmen dürfen?"

Er blinzelte, hob eine Hand zu seiner Wange, die gerade zwischen meine Brüste gedrückt worden war. Dann zog er seine Hand schnell zurück. „Ja. Wohin möchtest du gehen?"

Ich dachte an meine Babysitter-Tage zurück. Um diese Jahreszeit lieben Kinder es, im Schnee zu spielen, und wir hatten in Voran nach dem jüngsten Schneefall reichlich davon. Ich fragte mich, ob Voranier Schneemänner bauten oder wussten, wie man Schneeengel machte.

„Haben die Jungen warme Kleidung, um nach draußen zu gehen?", fragte ich.

„Warum?"

„Ich dachte, wir könnten sie in einen Außenpark bringen. Habt ihr Orte im Freien, wo Kinder freilaufen und spielen können? Wir könnten alle ein bisschen im Schnee spielen. Oder gehen Voranier nie außerhalb ihrer Glaskuppeln?"

„Doch. Wir gehen im Sommer ständig nach draußen", versicherte mir der Colonel.

„Und im Winter?"

„Nur wenn wir müssen. Die Militärakademie hat Outdoor-Training im Lehrplan. Ich habe viele Überlebenskurse im Freien absolviert, unter allen Bedingungen –"

„Oh, aber man kann die Natur *genießen*, nicht nur überleben." Ich presste meine Hände an meine Brust. „Selbst wenn ihr keine Wintersportarten betreibt, Schnee kann so viel Spaß machen."

Er starrte mich einen Moment lang an, mit einem Hauch eines Lächelns, das sich in den Tiefen seines Bartes versteckte.

„Gut", wiederholte er mein Lieblingswort. „Gehen wir nach draußen."

KAPITEL 11

DAISY

Ich wippte auf den Fersen meiner pelzbesetzten Stiefel, während ich auf dem grasbewachsenen Dach des Hauptgebäudes der Militärakademie stand. Hier unter der riesigen Kuppel war es warm, aber in der Flugmaschine des Colonels wartete ein flauschiger Wintermantel auf mich, zusammen mit einem struppigen Pelzmantel für ihn und Winterkleidung für die Kinder.

„Wo bleiben sie bloß?", murmelte ich ungeduldig. „Wie viel länger noch?"

Als Teil der großen Gruppe von Eltern – hauptsächlich Väter – standen der Colonel und ich entlang des gesamten Umfangs des Dachbereichs und warteten darauf, dass die Kinder zu uns gebracht würden.

„Was dauert denn so lange?", fragte ich ungeduldig und bemühte mich, die Blicke der Väter und des Personals zu ignorieren.

Als eine der wenigen Frauen unter der Kuppel und die

einzige Menschin zog ich viel Aufmerksamkeit auf mich. Das Geglotze hätte mich unwohl fühlen lassen, wäre da nicht die Vorfreude auf das baldige Treffen mit den beiden Kleinen gewesen. Es lenkte meine Aufmerksamkeit von der Menge und ihrer Musterung ab.

„Bald." Der Colonel tätschelte meinen Arm in einer beruhigenden Geste. „Sie haben eine Reihe von Protokollen zu befolgen, bevor die Kinder entlassen werden können." Er verlagerte sein Gewicht auf den anderen Huf. „Darf ich dich um etwas bitten?"

„Klar. Was ist es?" Ich warf ihm einen Blick zu.

Sein Gesichtsausdruck, noch ernster als sonst, ließ mich innehalten.

„Ich möchte dich meinen Kindern lieber nicht als meine Frau vorstellen", sagte er. „Ich will nicht, dass sie wissen, dass wir verheiratet sind."

Ich hatte sowieso nicht vor, ihnen das zu erzählen, aber etwas in mir verlor an Spannung bei seiner Bitte. Als ob ein Teil meiner Aufregung abgebröckelt wäre mit dieser Erinnerung daran, wie die Dinge wirklich zwischen uns standen.

„Aber würden die Kinder das nicht schon wissen?" Das ganze Land wusste es.

„Nach den Regeln des Ministeriums für Kindererziehung und Wohlbefinden müssen alle Familiennachrichten den Schülern von nahen Verwandten überbracht werden, sofern nicht anders angewiesen."

„Und du hast es ihnen nie erzählt?" Es war schon Monate her, seit er von mir erfahren hatte.

„Nein. Ich wollte dich erst persönlich kennenlernen."

Ich machte ihm keinen Vorwurf, dass er seine Kinder schützen wollte.

„Wissen sie überhaupt, dass ich hier bin?"

„Nein. Ich wollte es ihnen später sagen, nachdem –" Er hielt inne. „Nun, nachdem du dich eingewöhnt hättest."

Aber das hatte ich nicht. Ich hatte mich nicht in meine Rolle als seine Frau und Stiefmutter seiner Kinder eingelebt, wie die ganze Welt es von mir erwartet hatte. An diesem Punkt war ich nicht einmal ihr Kindermädchen. Soweit die Kinder jemals wissen würden, war ich ein Niemand – ein zufälliger Besucher von einem anderen Planeten, der aus ihrem Leben verschwunden sein würde, wenn ihr Vater das nächste Mal hierherkäme.

All das fühlte sich so unendlich traurig an.

Ja, mein Ehemann war... manchmal schwierig. Abgesehen von diesem anfänglichen Ausbruch von Lust waren die einzigen Gefühle, die er mir gegenüber gezeigt hatte, die der Pflicht und Verantwortung. Diese Ehe war nichts weiter als ein Statussymbol für ihn und leere, fehlgeleitete Hoffnungen für mich. Aber ich fragte mich, was passiert wäre, wenn wir uns genug angestrengt hätten, es funktionieren zu lassen.

Im Moment fühlte es sich an, als hätten wir es überhaupt nicht versucht.

„Ist schon gut", sagte ich zu ihm. „Ich verstehe. Du brauchst dir keine Sorgen zu machen. Ich bin nur zu Besuch hier."

Er beobachtete mich einen weiteren Moment aufmerksam und öffnete dann den Mund, als wollte er etwas sagen.

Die breiten Schiebetüren am gegenüberliegenden Ende der Kuppel öffneten sich endlich, und mehrere Kolonnen kleiner Voranier marschierten heraus. Nach Größe geordnet, vom Kleinsten bis zum Größten, füllten ein paar hundert Kinder den Grasplatz unter der Kuppel.

Im Gleichschritt gehend, hielten sie perfekte Ordnung wie bei einer echten Militärparade. Bis etwa zur Hälfte. Als die Kinder begannen, ihre Väter in der Menge der Eltern zu erkennen, schwankten die Reihen und Kolonnen und lösten sich dann auf.

„Papa! Papa!" schien plötzlich von überall zu kommen, als die Kinder zu ihren Eltern rannten.

„Da sind sie!", grinste der Colonel, trat vor und joggte dann zu den herannahenden Kindern.

Zwei kleine Fellbündel in grauen Uniformen lösten sich von der Menge und stürmten auf ihn zu.

„Papa!"

Er fing sie auf, jeden in einem Arm, und drehte sie ein paar Mal im Kreis. Ihre kleinen Arme um seinen dicken Hals geschlungen, kicherten sie und bedeckten sein Gesicht mit Küssen.

Mein Herz schmolz und schmerzte beim Anblick der drei, und ich presste meine Hände an meine Brust und kämpfte darum, die Fassung zu bewahren.

„Ich habe jemanden mitgebracht, der euch kennenlernen möchte." Er setzte die Jungen auf den Boden und neigte seine Hörner in meine Richtung.

Die Kinder ließen ihn los und starrten mich mit zwei Paar weit geöffneten Augen an.

„Was ist das?", fragte einer und machte einen zögerlichen Schritt auf mich zu.

„Nicht *was*! Olvar, wo sind deine Manieren?", fragte der Colonel entsetzt, und ich lachte.

„Ich heiße Daisy." Ich ging in die Hocke, um auf Augenhöhe mit ihnen zu sein.

„Bist du ein Mädchen?", fragte der andere und trat von einem Huf auf den anderen neben seinem Bruder. Ihre kleinen Uniformen sahen fast identisch aus wie die ihres Vaters, grau mit gold-roten Verzierungen. Statt seiner beeindruckenden Epauletten trugen sie jedoch schmale goldene Streifen auf ihren Schultern.

„Eine Frau", korrigierte der Colonel. „Und ich verlange, dass ihr beide Daisy mit Respekt behandelt."

„Ja, Vater", sagten sie im Chor.

Da sie identische Kopien voneinander waren, wäre es unmöglich, sie auseinanderzuhalten. Allerdings bemerkte ich, dass ihre Augenfarbe unterschiedlich war. Olvars Augen waren leuchtend rot, genau wie die ihres Vaters. Zuns waren lebhaft orange, eine Mischung aus dem Rot des Colonels und dem Goldgelb ihrer Mutter.

„Ich bin so froh, dass euer Vater mich heute mitgebracht hat." Ich lächelte und bot Olvar meine Hand an, der zufällig etwas näher bei mir war. Er schien ein bisschen mutiger zu sein als sein Bruder. „Es ist schön, euch kennenzulernen."

Mit einem ernsten Gesichtsausdruck nahm der Junge meine Hand in seine beiden, senkte den Kopf in einer perfekt ausgeführten förmlichen Verbeugung.

„Es ist auch schön, Sie kennenzulernen, Madame..." Er warf seinem Vater einen fragenden Blick zu, als ob er nach der richtigen Form fragen würde, mich anzusprechen.

„Daisy", stieß ich schnell hervor. „Nennt mich bitte einfach Daisy."

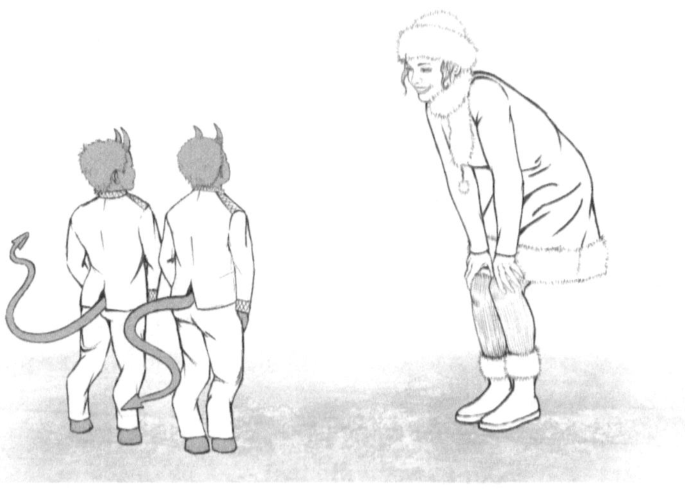

„Was ist ein *Daisy*?"

„Es ist der Name einer Blume von der Erde, dem Planeten, von dem ich komme. Aber es ist auch mein Vorname."

„Bist du ein Erwachsener? Weil es nicht richtig ist, einen Erwachsenen beim Vornamen anzusprechen, es sei denn, sie sind Familie. Bist du Familie?"

Der Colonel hustete kurz von der Seite.

„Ich bin eine Freundin", sagte ich schnell zu Olvar. „Freunde nennen sich beim Vornamen, oder? Du wirst mich Daisy nennen, und ich nenne dich Olvar. Abgemacht?"

Er blinzelte, blickte zu seinem Vater und dann wieder zu mir.

„Abgemacht." Er nickte feierlich und schüttelte meine Hand zwischen seinen beiden.

„Und du musst Zun sein?" Ich bot dem zweiten Jungen meine Hand an, der sich hinter seinem Bruder zurückhielt.

„Ja..." Er kratzte sich an der Schulter.

„Zun." Olvar stieß seinen Bruder mit dem Ellbogen in die Seite.

„Oh, ähm." Zun kam näher zu mir und ergriff meine Hand mit beiden Händen in der voranischen Begrüßung. „Ich bin sehr erfreut, dich kennenzulernen... Daisy."

„Prima." Ich zerzauste das Fell auf dem Handrücken mit meiner anderen Hand. Zuns Fell war viel feiner als das seines Vaters. Es stand auf seinem Kopf ab und lockte sich über seinen Ohren auf die gleiche Weise wie das seines Bruders. „Ratet mal, was wir jetzt tun werden?"

„Was?" Zun neigte seinen Kopf zur Seite und zupfte an seinem Ohr. Neugier leuchtete in seinen hellorangefarbenen Augen.

„Wir gehen nach draußen." Ich lächelte.

„Wohin nach draußen?", fragte Olvar und hüpfte näher. So nah, dass ich in meiner Hocke zurückweichen musste, damit er mich nicht vor Aufregung mit seinen kleinen Hörnern aufspießte.

„Ihr werdet schon sehen." Im Vergleich zum Colonel waren ihre Hörner winzig, kaum acht Zentimeter lang, wenn überhaupt. Mir fiel ein Ring mit Zeichen auf, der in Olvars rechtes Horn geschnitzt war. Sein Bruder hatte auch ein ähnliches Design. „Was bedeutet die Schrift auf deinem Horn?"

„*Olvar Shula Kyradus. Kadett #397576-H der Voran-Militäraka-demie*", rezitierte er stolz, ohne über die lange Nummer zu stolpern.

„Papa hat mehr", wies Zun darauf hin.

Mit einem gütigen Ausdruck in seinen Augen zauste der Colonel das flauschige Fell auf dem Kopf seines Sohnes.

„Diejenigen, die für eine militärische Laufbahn ausgewählt werden, bekommen ihre erste Schnitzerei kurz nach der Geburt." Er nahm Zuns Hand in seine rechte Hand, fasste Olvars mit seiner linken und führte uns alle zum Parkhangar. „Mit dem Fortschritt der Karriere und dem Rang erweitert sich der Eintrag."

Neben ihm gehend, betrachtete ich die lange Spirale von Schnitzereien auf seinem rechten Horn. Sie begann etwa acht Zentimeter von der Spitze und wirbelte bis zur Basis hinunter, wobei kaum ein schmaler sauberer Raum über dem Fell auf seinem Kopf zu sehen war.

„Was passiert, wenn dir der Platz ausgeht?"

„Die Hörner wachsen. Mit dem Alter allerdings viel langsamer. Der Trick ist wohl, im gleichen Tempo durch die Ränge aufzusteigen, wie die Hörner wachsen." Er lachte. Der tiefe Klang hallte angenehm durch meine Brust.

„Könnte es nicht stattdessen elektronische Aufzeichnungen geben?", fragte ich.

„Die gibt es. Das hier ist nur eine alte Tradition, um die eigenen Leistungen öffentlich zu zeigen", sagte er und fügte beiläufig hinzu: „Und eine gute Möglichkeit, einen toten Körper eines auf dem Schlachtfeld gefallenen Soldaten zu identifizieren. Besonders wenn der Rest von ihm bis zur Unkenntlichkeit zerstört wurde."

„Tot?" Ich starrte ihn an und blickte dann zu den Kindern.

Er fing meinen Blick auf.

„Meine Söhne sind zukünftige Soldaten, Daisy. Sie kennen die Risiken, die mit ihrem Beruf verbunden sind."

„Bist du damit einverstanden?"

„Wenn in ihrer Zukunft ein vorzeitiger Tod liegt, kann ich nur hoffen, dass er mit Ehre und Würde einhergehen wird. Wir alle sterben früher oder später. Ein ehrenvoller Tod auf dem Schlachtfeld ist besser als viele andere."

„OH NEIN!", rief ich und duckte mich, um einem Schneeball auszuweichen, der in meine Richtung flog. „Ich brauche eine Pause."

Schwer atmend vom Rennen durch Schneewehen im verlassenen Außenpark ließ ich mich auf den Hintern in die nächste Schneeverwehung plumpsen. Ich hatte heute Morgen so viel gelacht, dass meine Gesichtsmuskeln zu krampfen begannen.

„Daisy!" Die Jungs krachten mit voller Geschwindigkeit in mich hinein und warfen mich nach hinten. „Wir sind noch nicht fertig."

„Zehn Minuten, Jungs, bitte", bettelte ich. „Ich komme gleich mit euch die Festung fertig bauen, sobald ich wieder zu Atem komme. Versprochen."

„Kommt, meine Herren." Der Colonel riss die beiden von mir weg. „Wir beginnen mit einer weiteren Mauer für die Festung, während die Dame ihre Kraft zurückgewinnt."

Sobald ihr Vater sie absetzte, trat Olvar mit seinem Huf nach oben und bespritzte seinen Bruder mit Schnee.

„Hey!" Zun sprang zur Seite und richtete seine Mütze, die ihm immer wieder über die Augen rutschte, obwohl sie von seinen durch die Löcher in der Oberseite steckenden Hörnern gehalten wurde. Zun streckte seinem Bruder die Zunge heraus. „Bäääh."

Mein Kiefer klappte herunter. „Wow!"

Dunkelrot und am Ende zugespitzt, musste seine Zunge mindestens doppelt so lang sein wie meine.

„Das ist aber eine Zunge, die du da hast, Mister-" Ich hielt mich schnell zurück, als ich merkte, dass ich mich nicht darauf konzentrieren sollte. „Das ist übrigens nicht die Art, seinen Bruder zu behandeln."

„Ich habe auch so eine Zunge!" Olvar sprang hinzu, öffnete seinen Mund und rollte seine Zunge heraus. Ich wusste nicht, dass Voranier typischerweise so lange Zungen hatten.

„Zeig uns deine!", riefen die Jungs und hüpften um mich herum. „Zeig uns!"

„Nun, es ist eigentlich nicht sehr höflich, anderen Leuten die Zunge rauszustrecken."

„Bitte! Bitte!"

„Okay, nur dieses eine Mal." Ich schluckte, dann öffnete ich meinen Mund, um ihnen mein unzureichendes Organ zu zeigen. Ich streckte es so weit wie möglich heraus und wackelte mit dem Ende.

„Sie ist rosa!", keuchte Olvar.

„Und so kurz." Zun starrte darauf und dann zu mir, Mitgefühl breitete sich auf seinem niedlichen, kleinen Gesicht aus. „Hat dir jemand die abgeschnitten?"

„Nein!", lachte ich. „Ich wurde so geboren. Alle Menschen auf der Erde haben kürzere Zungen als Voranier, wie es scheint."

„Papas Zunge ist die längste", informierte mich Olvar stolz. „Zeig's ihr, Papa."

Offensichtlich unwohl bei der Bitte räusperte sich der Colonel.

„Oh, das ist schon in Ordnung...", begann ich zu protestieren.

Aber er hatte bereits seinen Mund geöffnet und rollte die Zunge heraus, die tatsächlich bis zu seiner Brust reichte.

„Siehst du? Siehst du?", riefen die Jungs und stießen mich an. „Ist Papas Zunge nicht die längste überhaupt?"

„Nun, ja, das ist..." Das Lächeln verschwand von meinem Gesicht, als mir unerwartet der Gedanke kam, wie es sich anfühlen würde, ihn zu küssen.

Es ging von da an bergab. Richtig steil *bergab*. Ich rutschte im Schnee herum und zwang mich, nicht an all die wundervollen Dinge zu denken, die er wahrscheinlich mit dieser Zunge anstellen könnte.

„Also gut, Jungs." Der Colonel scheuchte sie in Richtung des schneebedeckten Bereichs, den wir kaum berührt hatten. Ein guter Teil des Parks war bereits mit Schneeengeln und Schneemännern bedeckt.

„Ich halte sie zehn Minuten auf. Sei bereit, sie werden dann zu dir kommen", sagte er zu mir, bevor er ging, um seinen Söhnen zu folgen.

Ich beobachtete die drei, wie sie den Schnee entlang des Umkreises des neuen Abschnitts der Festung, die wir gemeinsam zu bauen begonnen hatten, festtrampelten. Dann begannen sie, die Wände aus Schneebällen zu errichten, die sie herumrollten, um sie größer zu machen. Der Colonel stützte zwei riesige an jedem Ende der Mauer auf. Dann begann er, die viel kleineren, die seine Kinder für ihn gemacht hatten, sorgfältig anzuordnen.

Er hatte unendliche Geduld im Umgang mit seinen Söhnen und erklärte und zeigte ihnen, wie man Dinge macht, so oft es nötig war, bis sie es richtig verstanden.

In Anbetracht seines explosiven Temperaments war ich schockiert, dass er kein einziges Mal die Stimme gegen die Jungen erhoben hatte. Nicht, dass er das gemusst hätte. Seine

Kinder schienen ihn gut zu lesen. Sie hörten mit ihrem Herumtollen auf, sobald er ihnen einen strengen Blick zuwarf.

„Die zehn Minuten sind um!" Olvar rannte zurück und fiel vor mir in den Schnee. Sein Bruder purzelte direkt über ihn.

„Sollen wir dann gehen?", fragte ich und klatschte in die Hände, wobei ich den Schnee von meinen Fäustlingen abschüttelte. „Die Festung fertig bauen?"

„Nein, ich bin müde vom Festungsbau." Zun rollte sich auf den Rücken und breitete seine Arme weit aus, um einen weiteren Schneeengel zu machen.

„Komm schon." Olvar stupste seinen Bruder mit seinen Hörnern an. „Ich rolle *dich* zu einem Ball!" Er packte Zun und rollte ihn im Schnee herum. „Ich mache dich zu einem Turm für unsere Festung."

„Ähm..." Ich bewegte mich, um einzugreifen.

„Er wird in Ordnung sein." Der Colonel hielt mich mit seiner Hand auf meiner Schulter auf.

„Bist du sicher?" Ich beobachtete, wie die beiden einen kleinen Hügel hinunterkugelten, kicherten und mit ihren Hufen traten.

„Absolut." Er setzte sich neben mich in den Schnee. „Was ist das Schlimmste, was passieren kann?"

„Nun-"

„Das war eine rhetorische Frage", unterbrach er mich. „Als Elternteil habe ich eine Liste, die so lang ist wie mein Schwanz, mit all den schrecklichen Dingen, die meinen Kindern in jeder Minute passieren könnten. Ich versuche nur, mich nicht darüber zu beunruhigen oder meine Ängste auf sie zu projizieren. Lass sie Kinder sein."

Ich ließ mich wieder in den Schnee zurücksinken und faltete die Hände in meinem Schoß.

„Welche Rolle spielt die Mutter bei der Erziehung ihrer Kinder in Voran?", fragte ich.

„Eine minimale. Es sei denn, es sind die Kinder ihres

Ehemanns." Er legte seine Unterarme auf seine gebeugten Knie. „Alle elterlichen Rechte gehen an den Vater, wenn er nicht mit der Mutter verheiratet ist. Das ermöglicht einer Frau, mehr Kinder zu haben, wenn mit jedem weniger Verantwortung verbunden ist."

„Ich verstehe."

Ich wischte etwas Schnee von meinem weißen Mantel über meinem Knie.

„Colonel...", begann ich und fühlte das Bedürfnis, mich zu entschuldigen. „Es tut mir leid, dass ich dir vorgeworfen habe, ein schlechter Vater zu sein."

Er lachte kurz auf.

„Das war nicht das Einzige, was du mir vorgeworfen hast."

Ich warf einen verstohlenen Blick in seine Richtung und war erleichtert zu sehen, dass er nicht beleidigt schien. Sein Gesichtsausdruck blieb entspannt, sogar glücklich.

„Nun, einiges davon war wahr. Stimmst du dem nicht zu?", fragte ich und hob eine Augenbraue. „Gib zu, Omni musste in den ersten paar Tagen eine wahnsinnige Menge zerbrochenes Glas aufräumen."

„Stimmt." Er hatte den Anstand, beschämt auszusehen. „Es tut mir auch leid."

„Ich liebe es, dieses Wort von dir zu hören." Ich drehte mein Gesicht mit einem Lächeln zu ihm. „Es ist Musik in meinen Ohren."

Den Kopf zurückwerfend, lachte er laut. Ein tiefer und herzlicher Klang. Er erwies sich als hochansteckend, da ich auch ein Lachen nicht zurückhalten konnte.

Nachdem ich eine Weile im Schnee gesessen hatte, spürte ich, wie die Kälte unter meine warme Kleidung kroch. Ich zog meine Fäustlinge aus und rieb meine Hände, um sie aufzuwärmen.

„Kalt?", fragte er und zog auch seine Handschuhe aus.

„Ein bisschen."

„Komm her." Er rückte näher und nahm meine kalten Hände in seine großen und überraschend immer noch warmen.

„Danke. Ich wünschte, ich hätte auch etwas Fell auf meinen Handrücken. Das hält deine Hände zusätzlich zu den Handschuhen warm, oder?"

Er wirkte abgelenkt und antwortete nicht sofort.

„Daisy", sagte er und rieb meine Hände zwischen seinen. „Würdest du noch einmal überlegen, ob du gehen willst, wenn der Monat vorbei ist? Du hast vorhin gesagt, dass du es vielleicht tust."

„Nun, ich..." Seine Bitte überraschte mich.

Vieles hatte sich geändert, seit ich zum ersten Mal mit ihm die Bedingungen für mein Verlassen von Voran ausgehandelt hatte. Das Zusammenleben mit dem Colonel war sicherlich weniger stressig geworden. Könnte ich länger als einen Monat bleiben? Ein Jahr, wie ich es geplant hatte?

Wer konnte sagen, was das kommende Jahr bringen würde?

Ich nahm meine Hände zurück und steckte die Fäustlinge wieder an.

„Meine Arbeit erlaubt es mir nicht, die Jungen jedes Wochenende nach Hause zu holen", fuhr der Colonel fort, bevor ich eine Antwort finden konnte.

„Du hast mir gesagt, dass es auch wegen ihres Bildungsplans ist."

„Das auch." Er nickte. „Allerdings erhalten einige Familien die Erlaubnis, ihre Kinder jedes Wochenende mit nach Hause zu nehmen."

„Wie?"

„Eltern können einen Kurs über die ernährungstechnischen und erzieherischen Anforderungen für ihre Kinder belegen. Solange sie die Prüfung bestehen und regelmäßig Auffrischungskurse besuchen, um sicherzustellen, dass sie die Standards der Schule zu Hause aufrechterhalten, dürfen sie ihre Kinder jedes Wochenende mitnehmen."

„Warum hast du den Kurs dann nicht belegt?"

„Das habe ich. Aber es ist für mich viel schwieriger, die Erlaubnis zu bekommen. In meiner Position kann ich jede Minute des Tages zur Arbeit gerufen oder sogar von zu Hause abgeholt werden, im Falle eines Notfalls. Das Gesetz erlaubt es nicht, kleine Kinder unbeaufsichtigt zu lassen, auch, wenn ich das sowieso nicht tun würde."

„Ich verstehe." Das war in vielen Ländern auf der Erde auch illegal.

Es klang, als könnte der Colonel wirklich von einem Kindermädchen profitieren, das bei ihm wohnt. Nur dass das voranische Gesetz das nicht erlaubte.

Er wandte sich mir zu und suchte meinen Blick.

„Daisy, würdest du zustimmen, den Kurs zu belegen und für das ganze Jahr zu bleiben?", sagte er in einem Atemzug.

Da die Kinder jetzt im Bild waren, machte mein Hierbleiben mehr Sinn.

Der Colonel jagte mir keine Angst mehr ein. Dennoch blieb eine gewisse Spannung zwischen uns bestehen.

Ich fühlte mich nicht länger verängstigt oder unwohl in seiner Gegenwart, aber ich konnte mich auch nicht völlig entspannen. Wann immer er einen Raum betrat, verlagerte sich meine Aufmerksamkeit auf ihn und stimmte sich auf jedes seiner Worte oder jede seiner Bewegungen ein.

Ihn als meinen Arbeitgeber zu haben, sollte jedoch die Dinge klären, da wir beide endlich klare Rollen hätten, um unsere Beziehung zu definieren. Von jetzt an wäre ich sein Kindermädchen, und er wäre mein Chef.

Ich beobachtete, wie die Jungen einander durch den Schnee jagten, ihre kurzen kleinen Schwänze hinter ihnen peitschten und ihr Lachen durch die kühle Luft hallte.

„Ich könnte den Kurs auf jeden Fall belegen." Ich nickte und starrte auf die Kinder, die im Schnee spielten, zwei Paar Hörner, die in der Mittagssonne glitzerten. „Ich würde dir gerne helfen, auf die beiden aufzupassen."

Der Colonel atmete tief aus.

„Ich kann nicht glauben, dass meine Kinder gerade dort erfolgreich waren, wo ich versagt habe", sagte er mit einem Lächeln in seiner tiefen Stimme.

Ich warf ihm einen misstrauischen Blick zu. „Hast du gerade deine Kinder benutzt, um mich zum Bleiben zu überreden?"

„Und es hat sich gelohnt!" Er grinste mich ohne einen Hauch von Reue an. „Hey Jungs! Olvar, Zun, ratet mal was?"

„Was?", fragten sie und hüpften auf uns zu.

„Daisy bleibt ein ganzes Jahr bei uns", verkündete er fröhlich und zwinkerte mir zu.

„Ein Jahr!" Sie drehten sich zu mir um.

„Minus die zwei Wochen, die schon vergangen sind", fügte ich schnell hinzu.

Der Colonel ignorierte meine Aussage. „Wir werden euch jedes Wochenende nach Hause holen."

Die juwelenfarbigen Augen der Kinder leuchteten vor Freude, die mein Herz wärmte.

„Können wir jede Woche Schneemänner bauen?", fragte Olvar.

„Nun, solange es Schnee gibt, denke ich schon." Ich breitete meine Hände aus.

„Ja!" Sie sprangen beide gleichzeitig auf mich zu und drückten mich zurück in den Schnee.

Sie kicherten und brachten mich zum Lachen, als ich mit ihnen im Schnee herumrollte.

Der Colonel hatte Recht. Es hat sich definitiv gelohnt.

KAPITEL 12

DAISY

„Wo ist das verdammte Ding!", dröhnte die tiefe Stimme des Colonels von unten. Das Geräusch seiner stampfenden Hufe hallte durch die gesamte Ansammlung von Kuppeln seines Hauses.

Mit einem letzten Blick auf mein Spiegelbild strich ich den ausgestellten Rock meines hellblauen Kleides glatt, schob meine Füße in ein Paar cremefarbene Pumps und rannte aus dem Schlafzimmer.

Es war über eine Woche seit unserem Spieltag im Schnee vergangen. Mein Elternkurs im Ministerium für Kindererziehung und Wohlbefinden hatte gestern begonnen. Der Colonel wollte mich auf seinem Weg zur Arbeit zu meiner zweiten Unterrichtsstunde absetzen.

„Was suchst du?", fragte ich, während ich die Treppe hinunter in den Hauptraum lief.

„Mein verdammtes persönliches Tablet", knurrte er, schob

die Blumengirlanden beiseite, um hinter den Töpfen an der Wand zu suchen. „Ich lege es immer genau hierhin!" Er schlug mit der Faust auf einen der Pflanzenkübel. „Jeden verdammten Morgen. Und jetzt komme ich zu spät zur Arbeit!"

„Ach, wirst du nicht." Ich winkte ab. „Du bist sowieso immer ein Jahr zu früh überall. Omni?", fragte ich und wandte mich dem Rahmen auf dem Stab zu, der leise summend in der Nähe stand. „Weißt du, wo das Tablet des Colonels ist?"

„Leider ist dieses Gerät nicht mit meinem System verbunden. Ich kann es nicht lokalisieren", klang die KI niedergeschlagen.

Ich wusste, dass der Roboter keine Gefühle hatte, er spiegelte nur die Intonationen der Menschen wider, aber ich tat er mir trotzdem leid.

„Colonel Kyradus hat mich nicht über den Standort des Tablets informiert, als er es verlegt hat", fügte Omni entschuldigend hinzu.

„Wenn ich den Standort *kennen* würde, um dich zu informieren, dann wäre es ja nicht verlegt, oder?", tobte der Colonel.

„Warst du nicht nach dem Frühstück im Bad?", fragte ich und stürzte ins Badezimmer im Erdgeschoss.

Tatsächlich lag das Tablet genau dort, hinter dem länglichen Blumentopf neben dem Handtrockner am Waschbecken.

Zurück im Hauptraum drückte ich es dem Colonel in die Hände.

„Hier. Hör auf herumzustampfen und den armen Roboter anzuschreien. Und vergiss nicht, es im Fluggerät auf dem Weg zur Arbeit aufzuladen."

Er brummte, starrte auf das Tablet in seinen Händen und hob dann den Blick zu mir.

„Warum lasse ich zu, dass du mich wie ein Kind zurechtweist, noch dazu vor meiner Haushalts-KI?"

Ich stemmte die Hände in die Hüften.

„Weil ich so ziemlich die einzige Person auf diesem Planeten bin, die keine Angst hat, dir die Dinge so zu sagen, wie sie sind."

Ich brauchte keine Angst vor ihm zu haben, ich vertraute darauf, dass der Colonel mir niemals wehtun würde. Ich spürte auch, dass er es schätzte, die Wahrheit von mir zu hören.

Ich griff nach der Tasche mit meinem eigenen Tablet und einigen Schreibutensilien vom Haken an der Tür.

„Oh, und natürlich, weil du mich *magst*", neckte ich ihn, in der Hoffnung, die Spannung zu zerstreuen, die immer noch wie eine Gewitterwolke über ihm hing.

Sein Blick blieb an mir haften und wurde intensiver. Die Spannung in der Luft löste sich nicht auf, aber ihre Natur schien sich irgendwie zu verändern und verscheuchte mein Lächeln.

„Ähm, wir sollten gehen", sagte ich leise und drehte den Griff meiner Tasche in meinen Händen. „Jetzt riskierst du wirklich, zu spät zu kommen."

Er bewegte sich jedoch nicht von der Stelle und starrte mich weiterhin an.

„Wie fühlst du dich heute wegen des Unterrichts, Daisy?", fragte er.

Gestern, vor dem Beginn, war ich krank vor Nervosität gewesen.

Ich hatte erfahren, dass mindestens die Hälfte der Studenten in meinem Kurs Frauen sein würden. Meine Begegnung mit voranischen Frauen beim Ball des Gouverneurs war nicht besonders gut verlaufen, natürlich wegen Shula. Sie hatte mir einen Einblick gegeben, wie Frauen von der Erde in Voran wahrgenommen werden könnten, und ich hatte mich *nicht* darauf gefreut, weitere Beleidigungen von irgendjemandem zu hören.

Zum Glück hatten sich meine schlimmsten Befürchtungen nicht bewahrheitet. Gestern war es ziemlich gut gelaufen. Sicher, es hatte Blicke und sogar einige Flüstereien hinter meinem Rücken gegeben, aber niemand hatte gewagt, mich direkt zu beleidigen. Die meisten hatten tatsächlich sichtbar versucht, nett zu mir zu sein.

„Bist du sicher, dass ich nicht mit dem Kursleiter sprechen soll?", fragte der Colonel und starrte unter seinen buschigen Augenbrauen hervor. „Ich kann heute Morgen Zeit finden, den Unterrichtsraum zu besuchen. Niemand würde es wagen, auch nur daran zu denken, dich schlecht zu behandeln, nachdem ich mit ihnen fertig bin."

„Oh, das weiß ich", schnaubte ich lachend bei der Vorstellung, am Arm des großen, unfreundlichen Colonels zum Unterricht zu erscheinen. „Die meisten würden wahrscheinlich vor Angst in die Hose machen, wenn sie dich sehen." Ich machte darüber nicht einmal Witze. Der Colonel in einem Wutanfall war erschreckend. Das wusste ich aus eigener Erfahrung.

„Jeder, der dir respektlos begegnet, begegnet auch mir respektlos", knurrte er.

„Beruhige dich." Ich tätschelte seine Hand, die immer noch das verdammte Tablet hielt. „Niemand ist respektlos zu mir. Alle waren höflich und zuvorkommend. Oh, und eine Frau, ihr Name ist Diecrie, aber der Kursleiter nannte sie Frau Richterin Cistridus, sagte mir sogar, wie froh sie war, dass die voranische Regierung mit dem Verbindungsprogramm vorangekommen ist. Ihr Vater ist kürzlich verstorben. Er war allein und einsam. Sie hofft, dass ihre drei Brüder schließlich die Ehre verdienen werden, menschliche Frauen zu haben, die sie lieben können und mit denen sie alt werden können."

Der Colonel trat einen Schritt näher zu mir.

„Siehst du, das hier", er wedelte mit der Hand zwischen uns, „ist größer als du und ich. Es ist eine Hoffnung für viele Männer in meinem Land." Er legte seine Hand auf meine Schulter und ließ sie dann zu meinem nackten Oberarm gleiten, den er umfasste.

Die Wärme in seinen Augen erhitzte sich langsam, als er mit seinem Daumen kleine Kreise auf meiner Haut zeichnete.

Mein Arm kribbelte, wo seine Hand ihn berührte, und das Gefühl breitete sich nach unten aus. Die Spannung in der Luft knisterte jetzt vor Hitze, und ich wusste nicht, was ich damit anfangen sollte. Ich hatte das Gefühl, entweder vor ihm wegzulaufen oder mich auf ihn zu stürzen und ihn heftig zu küssen.

Keines dieser Szenarien wäre angemessen für das, was wir jetzt waren – ein Chef und eine Angestellte. Ich hatte gehofft, dass klare Rollen unsere Beziehung vereinfachen würden. Im Gegenteil, sie war nur noch komplizierter geworden.

Ein Arbeitgeber sollte nicht die Arme seines Kindermädchens streicheln, und sie sollte nicht jeden kleinen körperlichen Kontakt mit ihm so sehr genießen, wie ich es tat.

Also ging ich mit der Situation auf die einzige Art und Weise um, die ich kannte, indem ich einen dummen Witz machte.

„Nun, wenn voranische Männer hoffen, menschliche Frauen zu bekommen, sollten sie sich besser an den Anblick menschlicher Füße gewöhnen. Je früher sie die Tatsache akzeptieren, dass unsere Frauen Zehen haben, desto geringer ist die Chance, dass sie ausflippen, wie du es getan hast."

„Hey", sein Ausdruck entspannte sich zu einem Lächeln, als er kicherte. „Ich habe nichts gegen deine Zehen. Du weißt, dass ich kein Wort sagen würde, wenn du komplett barfuß herumlaufen würdest."

„Wirklich nicht? Aber das würde mir die Chance nehmen, dich aufzuziehen. Außerdem sind all die Schuhe, die du für mich besorgt hast, zu niedlich, um barfuß zu laufen. Ups...", ich sah zu Omnis Bildschirm in der Nähe, „jetzt müssen wir uns wirklich beeilen." Ich packte ihn unter seinem Arm und zog ihn in Richtung Parkplattform. „Sonst kommen wir beide zu spät."

Als wir im Fluggerät saßen, beschloss ich, dass er heute Morgen in einer ausreichend guten Stimmung war, um ein anderes Thema anzusprechen. Wieder einmal.

„Colonel, du musst bemerkt haben, dass ich versuche, etwas in der Küche zuzubereiten", begann ich vorsichtig.

„Ja. Was versuchst du zu tun?" Er verband sein Tablet mit dem Kontrollpanel zum Aufladen.

„Backen. Ich möchte herausfinden, wie ich meine Rezepte von zu Hause mit voranischen Zutaten backen kann."

„Warum? Magst du unsere Desserts nicht?"

Das war nicht der Punkt, aber er war von Anfang an so stur in dieser ganzen Sache gewesen.

„Nein, alles, was ich bisher in Voran gegessen habe, war lecker. Außer den *Recols* natürlich. Da mein Unterricht um Mittag endet, habe ich einen ganzen Nachmittag, an dem ich nichts zu tun habe."

„Backst du so gerne?", fragte er mich neugierig.

Keine Wutausbrüche, bemerkte ich, bisher so gut.

„Es entspannt mich", erklärte ich. „Backen ist etwas, das ich seit meiner Kindheit tue. Meine Großmutter hat mir das Backen beigebracht, und es macht mich glücklich. Ich liebe auch die Kreativität, die in die Dekoration fließt. Ich habe jahrelang in einer Bäckerei gearbeitet, bevor sie endgültig geschlossen hat. Ich habe sogar davon geträumt, eines Tages meine eigene Bäckerei zu eröffnen, nur hat mein Gehalt nie ausgereicht, um viel für die Gründung eines eigenen Unternehmens zu sparen. Jedenfalls hat es Spaß gemacht."

„Nun, du weißt, dass du meine Erlaubnis hast, alles im Haus zu benutzen. Back, was immer du willst. Sag Omni, was du brauchst."

Und da war es wieder. Mir war erlaubt, zu tun, was ich wollte, solange ich unter der Kuppel seines Hauses blieb, wie eine Fliege unter einem Glas gefangen.

„Siehst du, da liegt das Problem. Ich kann nicht bestellen, was ich nicht kenne. Ich muss mit jemandem sprechen, der in Voran backt, der die Zutaten verkauft, damit sie mich in die richtige Richtung weisen können."

„Du willst also zum Gewürzmarkt?"

Das klang vielversprechend.

„Gibt es so etwas?"

„Ja, im Einkaufszentrum. Aber ich kann dich erst möglicherweise Ende nächster Woche dorthin bringen."

„Kann ich nicht alleine gehen?", fragte ich und lächelte so süß wie möglich, während ich unschuldig mit den Wimpern klimperte.

Anstatt zu antworten, öffnete er ein Fach unter dem Kontrollpanel des Fluggeräts und nahm einen kleinen Behälter heraus.

„Was ist das?", fragte ich, als er ihn mir anbot.

Als ich den Deckel anhob, fand ich zwei runde voranische Gebäcke, die ich oft zum Frühstück hatte. Ihre Konsistenz erinnerte mich immer noch an Ton. Der leicht süße Geschmack jedoch war mir langsam ans Herz gewachsen.

„Du hast heute Morgen nicht viel gefrühstückt", sagte der Colonel, als ich ihn fragend anstarrte. „Du neigst dazu, schneller gereizt zu werden, wenn du hungrig bist."

„Wirst du mich gleich verärgern?", fragte ich und nahm eine der beiden Scheiben heraus.

Er hatte Recht, in der Eile dieses Morgens hatte ich den größten Teil meines Frühstücks unberührt gelassen. Ich hatte jedoch nicht erwartet, dass er es bemerken würde, geschweige denn, dass er mir einen Snack einpacken würde.

„Danke." Ich nahm einen großen Bissen vom Gebäck. „Also, kann ich einkaufen gehen?"

„Allein? Unter keinen Umständen."

Wie er vorhergesagt hatte, regte sich in mir Irritation. Ich ließ sie an dem Gebäck in meiner Hand aus, indem ich ein weiteres riesiges Stück davon abbiss, bevor ich antwortete.

„Warum nicht? Es ist nicht gefährlich. Es ist ja nicht so, als wären wir in einem Kriegsgebiet oder so. Voran ist eine zivilisierte Stadt."

„Außer dass du überall in der Menge auffallen würdest." Sein Gesichtsausdruck wurde steinhart, unnachgiebig.

Ich wusste, dass ich viel Aufmerksamkeit auf mich ziehen würde, aber das bedeutete nicht, dass ich angegriffen werden würde oder was auch immer der Colonel befürchtete.

Von allem, was ich über Voran gelernt hatte, war es ein friedlicher Ort. Seine Bewohner gerieten nicht ohne Grund in Streitereien, und ich hatte sicherlich nicht vor, jemandem einen Grund zu geben, mich anzugreifen.

„Ich bin inzwischen an die unerwünschte Aufmerksamkeit gewöhnt", versicherte ich ihm. „Blicke und Geflüster stören mich nicht besonders."

„Ich fürchte, jemand könnte mehr tun als das", antwortete er düster.

„Wie was? Mich für Lösegeld entführen?"

„Vielleicht."

„Passiert das oft in dieser Stadt?"

„Nein."

„Nun, wie wahrscheinlich ist es dann, dass mir das passiert?"

„Ich weiß es nicht!", erhob er schließlich doch seine Stimme. „Aber ich will kein Risiko eingehen, um es herauszufinden. Außerdem kennst du die Stadt nicht so gut, oder die Anordnung des Einkaufszentrums."

„Wirklich?", stöhnte ich, unfähig, meine Frustration noch länger zurückzuhalten. „Komm schon, ich bin sicher, dass ich mich in einem Einkaufszentrum zurechtfinden werde. Außerdem würde ich gerne mehr von Voran sehen. Ein Teil des Grundes, warum ich nach Neron kam, war, eine neue Kultur kennenzulernen, und ich kann nicht viel über die Stadt lernen, wenn ich nur darüber fliege."

Er holte tief Luft, und ich wappnete mich für einen weiteren Streit.

„In Ordnung", gab er so plötzlich nach, dass ich dachte, ich hätte ihn falsch verstanden. „Lass mich darüber nachdenken. Mir fällt vielleicht etwas ein."

Nun, es lief diesmal besser als erwartet. Da mir ein Grund zum Streiten fehlte, aß ich schweigend mein Gebäck.

Vielleicht war es möglich, auch bei anderen Dingen einen Mittelweg zu finden? Irgendwann?

KAPITEL 13

DAISY

Am Tag nach meiner ersten vollständigen Unterrichtswoche hatte der Colonel zufällig einen freien Vormittag. Ein frühes Meeting von ihm war abgesagt worden und er würde erst später zur Arbeit gehen.

Wir frühstückten zusammen. Dann ging er runter in den Übungsraum, um zu trainieren, und ich beschloss, Omni beim Pflanzen der grau-blauen Blumen, *Lilcae*, zu helfen, die der Colonel im Esszimmer haben wollte.

„Diese sind ziemlich bescheiden, verglichen mit den anderen, die du hier drin hast." Ich stellte das Tablett mit den Erdpellets, die die zarten Pflanzen enthielten, auf den Esstisch, den Omni mit einer Plastikfolie abgedeckt hatte. „Warum hat der Colonel sie bestellt?"

„Er hat den Grund nicht mitgeteilt."

„Nun, das überrascht mich nicht. Er erklärt seine Handlungen nicht sehr oft, oder?" Ich kletterte auf den Tisch und hob ein Pellet an, um es in das Bündel röhrenförmiger Pflanzgefäße zu setzen, die Teil des Kronleuchters waren.

Eine von Omnis Drohnen schwebte über meiner Schulter. „Achte darauf, dass du auch die Spitze des unteren Blattes mit Erde bedeckst. Es wird Wurzeln bilden und für ein raffinierteres Wurzelsystem sorgen." Die KI war ein rigoroser Regelbefolger und hielt sich penibel an die Gartenprozesse vom Planeten Aldrai.

Ich tat, wie angewiesen, und begrub vorsichtig die Spitze des blassgrünen Blattes in der Erde.

„Interessant", ertönte Omnis Stimme diesmal von seinem Rahmen am Tisch.

Ich schaute in diese Richtung. Das Bild meines Gesichts mit der frisch gepflanzten Blume daneben erschien auf dem Bildschirm. Zwei Kreise zoomten heran, einer auf mein Auge, der andere auf die kleine Blüte der Pflanze.

„Die Farbe der *Lilcae*-Blüten ist fast identisch mit der Farbe deiner Augen. Ich frage mich, ob das der Grund war, warum der Colonel sie hier haben wollte."

Ich schnaubte lachend und klopfte sanft die Erde um das Pellet mit dem Setzling, den ich gerade in den Pflanzenbehälter gesetzt hatte.

„Das ist definitiv nicht der Grund, warum er sie bestellt hat. Der Colonel schert sich einen Dreck um meine Augen."

„Madame Kyradus, solche Ausdrucksweise gehört sich nicht für eine Dame", tadelte Omni.

„Nun, dann ist es ja gut, dass ich keine *Dame* bin", lachte ich.

„Sie sind die Frau eines der ranghöchsten Beamten des Landes-"

„Der *ranghöchste Beamte* flucht auch wie ein Schmied, falls dir das nicht aufgefallen ist. Und sag mir nicht, dass das in Ordnung ist, weil er ein Mann ist."

„Es gibt sicherlich eine klare Trennung zwischen den Geschlechtererwartungen für Männer und Frauen in Voran-"

„Okay, okay." Ich winkte ab. „Ich werde nicht mit dir über die gesellschaftlich akzeptablen Geschlechterrollen hier diskutieren. Ich lehne mich nicht gegen die voranische Kultur auf. Ich bin nicht hergekommen, um eine kulturelle Revolution zu starten. Aber wenn ich im Privaten ein oder zwei unartige Wörter fallen lasse, wird deshalb niemand schlechter dastehen, oder? Der Colonel hat nichts mehr dagegen." Er hatte schon lange aufgehört, mein gelegentliches Fluchen zu kommentieren. „Und du würdest es sowieso niemandem erzählen, oder?" Ich wackelte mit den Augenbrauen in Richtung des Rahmens.

Das Bild auf seinem Bildschirm verwackelte, dann ertönte ein Piepen.

„Was ist das? Omni, geht es dir gut?"

„Ankommendes Fluggerät", informierte er mich.

„Wo?" Ich sprang vom Tisch. „Warum?"

Während der Wochen, die ich im Haus des Colonels verbracht hatte, hatten wir keine Besucher gehabt.

„Was wollen sie?" Ich wischte mir die Erde von den Händen.

„Der Grund für den Besuch wurde mir nicht mitgeteilt."

„Was *wurde* mitgeteilt? Hat der Colonel etwas gesagt? Erwartet er jemanden?"

„Es stehen keine Besucher auf seinem Zeitplan für heute."

„Was soll ich tun?" Ich zog die rüschenbesetzte Latzschürze aus, die ich trug, um mein gelbes Kleid mit dem bauschigen Rock und weißen Spitzenbesatz vor Schmutz zu schützen. „Soll ich sie einfach hereinlassen? Die Gastgeberin spielen?" Was, wenn es hohe Beamte wären, die den Colonel sehen wollten? Ich würde sicherlich irgendein Protokoll vermasseln, während ich sie empfange. „Ich sollte den Colonel holen."

Ich stürzte zur Seitentreppe, die nach unten zum Fitnessraum auf der unteren Ebene führte.

„Wer könnten sie sein?", murmelte ich auf dem Weg zur Treppe vor mich hin.

„Die Cousine von Colonel Kyradus", informierte mich Omni plötzlich. „Frau Lievoa Kyradus."

Als unverheiratete Frau benutzte Lievoa noch immer ihren Vornamen und den Nachnamen ihres Vaters, des Bruders von Colonels Vater.

„Omni!", blieb ich auf der Stelle stehen, bevor ich die Treppe erreichte. „Warum hast du das nicht gleich gesagt?"

„Du hast bis jetzt nicht gefragt."

Ich stieß einen frustrierten Atemzug aus und drehte mich um, um zur Parkplattform zu gehen.

„Bei all der Technologie, die du in diesem Rahmen von dir packst, sollte man meinen, du wärst in der Lage, die Besucher namentlich anzukündigen, bevor ich hier völlig durchdrehe."

„Daisy!" Lievoa sprang aus ihrem kleinen, metallisch-rosa Fluggerät und lief zu mir, als ich die Parkplattform betrat.

„Hi Lievoa." Ich lächelte und machte mich auf ihre Begrüßung gefasst, wobei ich bereits Mitleid mit meinen Ohren hatte.

Sie packte sie, zog mich für einen Schmatzer zu sich heran.

„So schön, dich wiederzusehen! Bist du bereit zu gehen?"

„Gehen? Wohin?" Ich starrte sie verwirrt an.

Lievoa ließ meine Ohren los und strich ihr rosa Kleid mit aufgedruckten lila Blumengirlanden glatt. Ihre Hörner, Hufe und die Spitze ihres Schwanzes waren mit dünnen, silbernen Spiralen bemalt.

„Ins Einkaufszentrum. Grevar sagte, du wolltest einkaufen gehen." Sie plauderte so energisch, dass die Schnüre mit bunten Perlen und bemalten Muscheln, die über ihre Brust drapiert waren, klapperten. „Wir können den ganzen Tag zusammen verbringen, auch im Einkaufszentrum zu Mittag essen. Ich muss nur kurz in meinem Kleidergeschäft vorbeischauen, und ich habe heute Nachmittag einen Poliertermin."

„Was? Moment mal." Ich wedelte mit beiden Händen, völlig verwirrt. „Wann hat er mit dir gesprochen? Er hat mir nichts gesagt. Es ist der Gewürzmarkt, zu dem ich gehen wollte.

Omni?", rief ich zurück in den Hauptraum. „Hat der Colonel heute irgendwelche Termine für mich hinzugefügt?"

„Nein, Madame Kyradus", kam die ruhige Stimme der KI.

„Der Gewürzmarkt grenzt an das Einkaufszentrum", sprach Lievoa etwas langsamer, wahrscheinlich um mir Zeit zu geben, mitzukommen. „Grevar hat mich vor ein paar Tagen angerufen und mich gebeten, dich zum Einkaufen mitzunehmen, weil er nicht wollte, dass du allein gehst. Ich sagte, ich müsste in meinen Terminplan schauen, meine Tage sind ziemlich voll, weißt du."

Sie rieb sich das Kinn und hielt einen Moment inne.

„Nun, wenn ich darüber nachdenke, glaube ich nicht, dass ich jemals zu ihm zurückgekommen bin, um es zu bestätigen." Sie zuckte mit den Schultern. „Wie auch immer. Ich habe zufällig heute Zeit. Und hier bin ich. Willst du mitkommen oder nicht?"

„Oh, ja, will ich! Gib mir einen Moment, ich bin im Nu fertig." Ich drehte mich auf den Fersen um, um ins Schlafzimmer zu rennen, dann drehte ich mich wieder zu ihr um. „Muss ich mich umziehen? Was meinst du?"

Lievoa musterte mich kritisch. „Nein. Dieses Kleid ist schön. Eines meiner Lieblingsstücke. Du könntest vielleicht etwas Schmuck hinzufügen, es sieht sonst etwas kahl aus."

„Okay, komm und warte im Hauptraum." Ich winkte ihr, mir nach drinnen zu folgen. „Möchtest du in der Zwischenzeit etwas Tee? Vielleicht?"

„Nein. Wir werden im Einkaufszentrum essen. Beeil dich bitte. Ich bin eine sehr beschäftigte Frau und habe noch andere Termine."

Ich ließ sie im Hauptraum und rannte nach oben. Im Schrank wechselte ich von meinen bequemen Ballerinas zu einem Paar eleganterer geschlossener Sandalen. Ich durchsuchte die Schmuckbox, die ich mitgebracht hatte, und suchte nach etwas Passendem für Neron.

Meine dünnen Silberketten und Süßwasserperlen wirkten viel zu zurückhaltend für diesen Planeten. Und ich traute mich nicht, das Schmuckset, das der Colonel mir geschenkt hatte – sein unbezahlbares Familienerbstück – in das Einkaufszentrum zu tragen.

Schließlich zog ich eine lange Kette mit großen, leuchtenden Glasperlen hervor, die ich zwar hübsch fand, aber für die meisten Orte auf der Erde zu groß und auffällig. Auf Voran sollten diese genau richtig sein.

Ich wickelte die Perlenkette mehrmals um meinen Hals und rannte dann nach unten.

„Ich sage dem Colonel Bescheid, dass ich gehe!", rief ich Lievoa zu, während ich zur Treppe eilte, die zum Übungsraum auf der unteren Ebene führte.

Der belebende Duft von Hitze und Männlichkeit – der Duft des Colonels – erreichte mich, noch bevor ich die letzte Stufe erreicht hatte.

Er trainierte in der Mitte des Raums und kämpfte mit einer der ausgestopften elektronischen Puppen.

Nur mit einer engen Shorts bekleidet, griff der Colonel die Puppe an, während er deren Manöver geschickt auswich. Nicht durch seine steife Uniform eingeschränkt, waren seine Bewegungen sowohl geschmeidig als auch kraftvoll. Sein schweißnasses Fell klebte an seinen hervortretenden Muskeln darunter.

Ich starrte ihn an, fasziniert von dieser offenkundigen Zurschaustellung von Männlichkeit. Ob jemand den Colonel für gutaussehend hielt oder nicht, niemand würde seine unausweichliche, animalische Anziehungskraft leugnen können. Mein Körper hatte vom ersten Moment an, als wir uns trafen, darauf reagiert. Ihn jetzt so viel besser zu kennen, hatte meine Abwehr dagegen nur geschwächt.

Ich hatte keine Angst mehr vor seiner rohen Kraft; ich sehnte mich danach, sie auf andere Weise zu spüren. Ich stellte mir diese Arme vor, wie sie mich in einer erdrückenden Umarmung umschlangen, seinen Mund, der meinen ungehemmt verschlang. Diese schlanken Hüften passten perfekt zwischen meine Schenkel... Ich wollte, dass er mich mit der gleichen Leidenschaft nahm, die er in den Kampf steckte.

Seit jener ersten Nacht, als er mich heftig als seine Frau beanspruchen wollte, hatte es nichts Körperliches zwischen uns gegeben, außer gelegentlichem Händehalten. Und jetzt befürchtete ich, dass es nie dazu kommen würde. Der Gedanke erfüllte mich mit einem tiefen Gefühl des Verlusts.

Seinen Schwanz zum Ausgleich nach hinten schwenkend, ging der Colonel in die Hocke und wich einem weiteren Schlag der Puppe aus. Dann streckte er seinen Huf aus und traf damit die Seite des Roboters.

Eine holografische Anzeige flackerte über dem Kopf der Puppe auf, und ihre ausdruckslose Stimme las die Punktzahl für die Stärke und Anzahl der Treffer vor.

Der Colonel zog das in eine Tasche der Puppe gestopfte Handtuch heraus und wischte sich den Schweiß von Gesicht und Hals. Als er sich umdrehte, sah er mich.

„Daisy?" Er kam zu mir herüber, und plötzlich vergaß ich, wie man atmet.

Aus der Nähe war seine Präsenz noch überwältigender und überforderte all meine Sinne. Sein heißer, berauschender Duft umhüllte mich wie eine Liebkosung. Der Anblick von ihm – groß, breit und stark – füllte mein Blickfeld. Das Fell an seinem Bauch war viel kürzer als an seinen Armen und seiner Brust und ließ seine Granitbauchmuskeln erscheinen, als wären sie mit feinem Samt überzogen.

Ich ballte meine Hände zu Fäusten an meinen Seiten und bekämpfte den intensiven Drang, ihn zu streicheln.

„....ist etwas passiert?"

Mir wurde plötzlich klar, dass der Colonel mit mir sprach, während ich ihn anstarrte.

„Entschuldige...", blinzelte ich und versuchte mich zu erinnern, wofür ich hergekommen war.

„Geht es dir gut?", fragte er besorgt, was mich dumm fühlen ließ.

Die verräterische Röte erhitzte sofort meine Wangen.

„Nein... ich meine ja. Mir geht's gut." Mit Mühe riss ich meinen Blick von seinen Hüften und Bauchmuskeln los und konzentrierte mich stattdessen auf den Raum hinter ihm. „Tut mir leid... ähm, Lievoa ist hier."

„Lievoa? Sie hat sich nie bei mir zurückgemeldet." Er warf das Handtuch zurück zur Puppe.

„Sie hat es vergessen." Mein Blick kehrte wieder zu ihm zurück, angezogen von seinem Körper wie von einem Magneten. Ich starrte auf seine breite Brust, die mit grauem, welligem Fell bedeckt war. „Sie hat jetzt Zeit, um mit mir einkaufen zu gehen."

„Wann wirst du zurück sein?" Er trat näher. So nah, dass die von ihm ausstrahlende Hitze meine nackten Arme streifte.

„Später am Nachmittag." Ich wusste, ich sollte einen Schritt zurück machen, um Abstand zu halten, aber ich blieb stehen und stahl mir einen weiteren Moment dieser intimen Nähe zu ihm.

„Wird sie dir dann Mittagessen geben?", fragte er, als wäre ich ein Kind, das zu jemandem nach Hause zum Spielen geht.

Ich konnte ein Lächeln bei diesem Vergleich nicht zurückhalten.

„Wir werden im Einkaufszentrum essen."

„Omni", warf der Colonel über seine Schulter zu einer in der Nähe schwebenden Drohne. „Hast du ein Kreditarmband für Daisy?"

Eine andere Drohne schwebte lautlos die Treppe hinunter mit einem breiten, goldenen Armreif, der in einer ihrer Zangen gehalten wurde.

„Kauf, was immer du willst." Der Colonel klemmte den

Armreif um mein linkes Handgelenk und ließ seine Finger für einige Momente auf meinem Arm verweilen. „Und sei vorsichtig da draußen."

„Danke."

„Nimm dein Tablet mit, ruf mich sofort an, wenn du Hilfe brauchst."

Ich nickte mit einem warmen Gefühl der Dankbarkeit, das sich in mir ausbreitete. Es fühlte sich schrecklich schön an, jemanden wie den Colonel nur einen Anruf entfernt zu haben, bereit, zu mir zu eilen, wenn ich Hilfe brauchte.

„DU SOLLTEST DAS UNBEDINGT NEHMEN!" Lievoa strich den voluminösen Rock des Chiffoncocktailkleides glatt, das ich in ihrem Geschäft anprobierte. „Diese blassgrüne Farbe passt so gut zu deinen Haaren."

„Ich habe bereits viel von Colonels Geld ausgegeben", argumentierte ich.

Wir hatten über eine Stunde lang auf dem Gewürzmarkt eingekauft und mit Dutzenden von Verkäufern gesprochen. Jeder von ihnen hatte einen Rat für das Erdenmädchen, das gerne backte. Ich hatte viele Notizen gemacht und eine Menge Sachen gekauft, die wir von Einkaufszentrum-Drohnen zu Lievoas Fluggerät schicken ließen.

„Warum nennst du ihn den Colonel?", fragte sie unerwartet. „Enge Familienmitglieder sprechen sich normalerweise mit Vornamen an. Und Ehemann und Ehefrau sind so eng wie es nur geht."

„Oh. Das ist... äh, das ist ein Ding von der Erde", sagte ich schnell und suchte hektisch nach einem anderen Thema. „Kann ich diesen Schal sehen, bitte?"

Lievoas Kleiderladen entpuppte sich als ein riesiges, mehrstöckiges Geschäft mit Drohnen in jeder Ecke und lebenden Einkaufsassistenten auf jeder Etage. Lievoa hatte mich überredet, einige Kleider anzuprobieren. Ich konnte nicht nein sagen. Die Kleidung war wunderschön, und ich hatte es schon immer geliebt, mich zu verkleiden. Allerdings hatte ich nicht vor, etwas zu kaufen.

„Diesen?" Sie band mir einen goldenen Schal als Haarband um den Kopf. „Er ist perfekt! Du musst ihn auch nehmen. Ich gebe dir natürlich einen Familienrabatt, und mach dir keine Sorgen, Grevars Geld auszugeben. Was hat er gesagt, als er dir dieses Kreditarmband gab?"

„Kauf, was immer du willst."

„Siehst du?" Sie zuckte lässig mit den Schultern. „Dies ist ein Frauenarmband, er hat es offensichtlich speziell für dich anfertigen lassen. Es ist der Traum jedes Mannes, eine Frau zu haben, die er verwöhnen kann. Grevar wird froh sein, dass du Spaß hattest und etwas gefunden hast, das dir gefällt. Sag einfach ‚danke' zu ihm, wenn du deine neuen Kleider zum ersten Mal trägst. Das wird ihn glücklich machen."

Außer, dass ich nicht die Ehefrau des Colonels war. Nicht im wahren Sinne des Wortes. Mein Elternkurs endete in zwei Wochen. Danach würden Olvar und Zun regelmäßig zwei Tage pro Woche zu Hause verbringen. Ich hatte das Gefühl, dass ich endlich meinen wahren Zweck für mein Hiersein erfüllen würde. Meine eigentliche Beschäftigung würde bald beginnen.

Würde ein Arbeitgeber so viel für sein Kindermädchen ausgeben? Selbst wenn sie als seine Frau getarnt war?

Würde eine echte Nanny den intensiven Wunsch haben, ihre Hände über die Bauchmuskeln ihres Chefs zu reiben, so wie ich es heute Morgen hatte?

Die Rolle eines Kindermädchens kam mit Einschränkungen, denen ich, wie mir klar wurde, nicht folgen konnte. Daher kam diese ganze Verwirrung überhaupt erst. Mein Kopf, mein

Körper – und ja, auch mein Herz – waren sich alle uneinig darüber, was ich wollen sollte und was nicht.

Ich schloss für einen Moment die Augen und kämpfte darum, meine Gedanken und Gefühle zu sammeln.

Ein Kindermädchen würde über ein Gehalt verhandeln, das an sie gezahlt werden sollte, anstatt ein Kleid zu kaufen. Geld definierte eine Beziehung besser als Worte.

Eine Ehefrau würde die Kleidung kaufen, ohne zu viel darüber nachzudenken.

Was davon wollte ich wirklich sein?

„Ich nehme es", sagte ich zu Lievoa.

„Großartig! Lass mich auch passende Schuhe finden. Wir werden sie nach Maß bestellen müssen, weißt du, da deine Füße die einzigen menschlichen Füße in ganz Voran sind." Sie kicherte und griff nach ihrem Tablet.

Nachdem ich das Kleid, den Schal, die Schuhe und auch einige Modeschmuckstücke, die zu allem passten, gekauft hatte, gelang es mir endlich, den Laden zu verlassen.

Lievoa und ich aßen unter einem der Innengartenhäuschen zu Mittag, die mit Blumengirlanden behängt waren. Dann gingen wir zur Schönheitsboutique, wo Lievoa für diesen Nachmittag einen Poliertermin gebucht hatte. „Polieren", wie sie mir auf dem Weg erklärt hatte, umfasste eine Reihe von Prozeduren, die ihre Hörner, Hufe und Krallen glatt und glänzend machen sollten. Der Service beinhaltete auch das Aufmalen von Designs darauf.

Im Gegensatz zu vielen anderen Orten in Voran gab es in dem Einkaufszentrum fast so viele Frauen wie Männer. Niemand schien es eilig zu haben. Gruppen von Menschen versammelten sich unter den mit Weinranken drapierten Pavillons, die zwischen den Geschäften aufgebaut waren, genossen Erfrischungen, die von Drohnen serviert wurden, und plauderten mit Freunden.

Wie erwartet, wurde ich viel angestarrt. Mittlerweile war die

Nachricht von meiner Ankunft überall verbreitet worden. Die Bilder von mir am Arm des Colonels beim Gouverneursball waren in jeder Druckpublikation und Online-Klatschzeitung gewesen.

Die meisten Leute wussten, wer ich war, aber das hielt sie nicht davon ab, mich neugierig anzuschauen. Diejenigen, die Lievoa kannten, kamen auf uns zu, um sie zu begrüßen und einen genaueren Blick auf mich zu werfen, was unseren Fortschritt durch die Mall erheblich verlangsamte.

„Hör zu", sagte Lievoa zu mir, als wir zur Schönheitsboutique kamen. „Du hast keine Hörner oder Hufe zum Polieren. Das wird langweilig für dich sein."

„Oh, das ist in Ordnung. Es macht mir nichts aus zu warten."

„Es wird mindestens eine Stunde dauern. Zu lang, um ohne Beschäftigung zu warten." Sie schaute sich um. „Ich kann dich auch nicht allein zum Stöbern in den Geschäften schicken."

„Ich kann auf mich selbst aufpassen", protestierte ich.

„Oh, daran zweifle ich nicht, aber Grevar würde mich auf seine Hörner spießen, wenn er erfährt, dass ich dich mitten in dem überfüllten Einkaufszentrum allein gelassen habe. Hier!" Sie zog mich zu einem hohen Bogen aus blassrosa Blumen, der den Eingang zu einem Geschäft mit einem leuchtenden Schild darüber markierte.

Ein KI-Rahmen, der wie eine festliche Version von Omni aussah, in schillernde, durchscheinende Stoffe gehüllt und mit Farbe und Blumen dekoriert, rollte heraus, um uns zu begrüßen.

„Willkommen im Dream Spa", sagte er mit einer melodischen, weiblichen Stimme.

„Hi", zog Lievoa mich an meiner Hand zu sich. „Eine Massage für die Dame, bitte?"

„Wäre es für Anregung oder Entspannung?", erkundigte sich der Rahmen.

„Entspannung. Wie lange dauert eine Ganzkörpermassage?"

„Eine Stunde."

„Perfekt." Lievoa wandte sich zu mir. „Du bekommst eine Massage, während ich meine Sachen machen lasse. Bis du fertig bist, bin ich hier, um dich abzuholen."

Sie hüpfte davon und ließ mich in der Obhut der KI.

Der Rahmen führte mich in einen Umkleideraum. Die Wände hier waren mit dem gleichen schimmernden rosa Material und Blumen bedeckt.

„Bitte ziehen Sie sich hier um." Der Pfeil auf dem Bildschirm zeigte auf den cremefarbenen Seidenmantel an der Wand. „Und lassen Sie Ihre Kleidung in diesem Raum."

Sobald die KI mich allein ließ und die Tür zum Umkleideraum sich schloss, zog ich mein Kleid und meine Schuhe aus. Ich fand nirgendwo Spa-Hausschuhe, wie zu erwarten war. In den Bademantel gewickelt, tappte ich barfuß aus dem Raum.

„Ich bin bereit", sagte ich zum Rahmen. „Was jetzt?"

„Ausgezeichnet!", rief die KI in einem aufgeregten Ton. „Folgen Sie mir bitte zur Maschine."

Sie brachte mich diesmal in einen größeren Raum.

Ein merkwürdiges Gerät aus goldfarbenem Metall und schwarzem Glas stand in der Mitte. In Form eines langen Zylinders erinnerte es mich entfernt an die Sonnenbänke auf der Erde. Nur dass dieser Zylinder, anders als eine Sonnenbank, vollständig geschlossen war, wie eine Kapsel.

„Ist das die Art, wie man auf Neron eine Massage bekommt?", fragte ich und fragte mich, wie genau das funktionierte.

„Ja. Es wurde für eine Stunde für Sie programmiert, aber Sie können die Einstellungen währenddessen anpassen. Die Maschine ist sehr intuitiv. Sie verwendet Ihre eigenen vergangenen Erfahrungen, um das beste maßgeschneiderte Programm für Sie zu entwerfen."

„Klingt spannend."

„Viel Vergnügen." Die KI rollte aus dem Raum, und die Schiebetür schloss sich hinter ihr.

Der Deckel der zylindrischen Maschine vor mir öffnete sich lautlos und enthüllte ein gepolstertes Inneres. Es wirkte wie ein gemütlicher Kokon, mit runden, goldgerahmten Öffnungen an scheinbar zufälligen Stellen an den Seiten der Kapsel und im Inneren des Deckels.

Ich streichelte die grau-samtgepolsterte Oberfläche und dachte plötzlich wieder an die Bauchmuskeln des Colonels.

Es würde ein langes Jahr werden, Seite an Seite mit einem Mann zu leben, der diese Wirkung auf mich hatte. Ihn zu verlassen war jedoch das Letzte, was ich jetzt tun wollte.

Meine körperliche Anziehung zu ihm war in keiner Weise kriminell oder verboten. Der Colonel war mein Ehemann, verdammt noch mal. Ganz Voran dachte bereits, dass wir so viel und so oft Sex hatten, wie wir wollten.

Das Problem war, er schien mich nicht mehr auf diese Weise zu wollen.

„Einmal war genug für mich", hatte er gesagt, als er über Shulas Ablehnung seines Heiratsantrags sprach.

Stolzer Mann, der er war, befürchtete ich, dass er auch meine anfängliche Ablehnung nie vergessen würde. Ich bereute mein Verhalten in jener ersten Nacht nicht. Das Timing war falsch gewesen, und wir kannten einander überhaupt nicht. Wenn der Colonel jetzt jedoch einen weiteren Schritt auf mich zu machen würde, würde ich ihn nicht zurückweisen.

Mittlerweile hatte ich ihn genug kennengelernt, um ihn als Person zu schätzen und zu respektieren. Er war ein starker und zuverlässiger Mann wie ein Fels, mit einer sanften Seite an ihm, die mein Inneres zum Schmelzen brachte. Ich wollte ihn. In jeder Hinsicht.

Hätte er mich heute Morgen in seinem Fitnessraum auch nur berührt, würde ich nicht hier stehen, allein und sexuell frustriert.

„Früher oder später wirst du wollen, dass ein Mann dich fickt. Dann wirst du mich darum anbetteln".

Seine Worte klangen jetzt prophetisch. Diesmal erschien selbst die Vorstellung des Bettelns nicht so erschreckend.

„Und es könnte nur ich sein."

Nun, ich wollte niemand anderen.

Ich seufzte tief. Die Geste ließ meine Brustwarzen gegen die glatte Seide des Mantels reiben. Funken des Verlangens flatterten von meiner Brust hinunter zu meinen Schenkeln. Die sanfte Liebkosung des Seidenmantels gegen meine Haut machte es nur schlimmer.

Ich riss den Bademantel herunter, kletterte dann in die Massagemaschine.

„Willkommen", floss eine beruhigende Stimme über mich, als der Deckel sich sanft senkte, sobald ich mich hingelegt hatte. „Bitte schließen Sie Ihre Augen und konzentrieren Sie sich auf die Vision Ihres Geistes."

Die Vision meines Geistes?

Was zum Teufel bedeutete das?

Ich tat jedoch, was mir gesagt wurde, und schloss die Augen. Bei gedämpftem Licht in der Kapsel konnte ich ohnehin kaum etwas sehen.

Ein kühler Metallstreifen drückte sich an meine Stirn und umkreiste meinen Kopf. Ich zuckte bei der Berührung.

„Hier gibt es nichts zu befürchten", beruhigte mich die Stimme, als im Hintergrund beruhigende Musik zu spielen begann. „Sie sind sicher und ruhig."

Ruhig? Da war ich mir nicht so sicher.

Ein feiner Nebel bedeckte meine Haut mit warmem, duftendem Öl, dann rollte eine Reihe weicher, gummiartiger Teile an meinem Körper auf und ab und massierte jeden Muskel unter meiner Haut.

„Das ist wirklich schön", murmelte ich.

„Bitte wählen Sie eine Einstellung."

Eine Diashow von Bildern lief durch meinen Kopf. Mein Schlafzimmer im Haus meiner Eltern, als ich klein war. Ein weißer Sandstrand, zu dem wir im Urlaub gefahren waren. Ein großer Felsen im Tal hinter dem alten Haus meiner Großmutter. Das luxuriöse, runde Bett, das einst dem Colonel gehört hatte, aber für die nächsten zehneinhalb Monate meins war.

„Dieses", flüsterte ich.

Das Bild war nicht mehr vor mir, sondern um mich herum. Die Maschine schien verschwunden zu sein, als ich auf dem Bett im Schlafzimmer des Colonels lag, der sternenklare Nachthimmel über dem blumigen Baldachin funkelte über mir.

Während die Dinger meinen Körper massierten und rieben, wanderten meine Gedanken wieder zum Colonel. Die Illusion, in seinem Haus zu sein, war so real, dass ich mich zu fragen begann, wo unter den Glaskuppeln er wohl sein würde, während ich nackt auf seinem Bett lag. Würde er unten die Nachrichten lesen? Oder an seinem Tablet arbeiten? Oder vielleicht wieder in seinem Trainingsraum trainieren? Heiß und verschwitzt in seiner kaum anständigen Shorts...

„Dürfen wir eine Änderung des Programms vorschlagen?", filterte die Stimme der Maschine durch.

Mein Geist schwebte noch immer irgendwo, sich zu konzentrieren war nicht leicht. „Okay."

„Ein Entspannungsmodus wurde angefordert. Unsere Sensoren zeigen jedoch an, dass der Anregungsmodus jetzt vorteilhafter für Sie wäre."

„Anregung?"

„Würden Sie für diese Sitzung einen Partner oder mehrere bevorzugen?"

„Einen *anregenden* Massagepartner, meinst du? Ich fürchte, ich verstehe nicht-"

„Sie müssen keine Fragen stimmlich beantworten", fuhr die Stimme fort, beruhigend und angenehm. „Lassen Sie Ihren Geist die Auswahl treffen."

Eine weitere Serie von Bildern schwebte wie eine Diashow durch meinen Kopf.

Das Gesicht des heißen Nachbarn meiner Großmutter, in den ich in der Highschool verknallt war. Ein paar meiner Ex-Freunde. Mehrere männliche Prominente von der Erde – zwei Filmschauspieler, ein männliches Model und einige olympische Athleten.

Dann füllte das Gesicht des Colonels meine geistige Vision. Der übliche grimmige Ausdruck in seinem hart gesetzten Mund. Die unheimlichen roten Augen unter seinen langen, dicken Wimpern.

Mein Herz setzte einen Schlag lang aus bei seinem Anblick. Ich glaubte, sogar wieder seinen berauschenden Duft riechen zu können, seinen großen, harten Körper, der nach einem energischen Training Hitze und Energie ausstrahlte.

Anders als die anderen Bilder verschwand seines nicht. Sein Gesicht bewegte sich nur ein wenig weiter weg und ließ seinen muskulösen Oberkörper ins Blickfeld rücken. Der Colonel kniete über mir und saß rittlings auf meinen Schenkeln, während ich in seinem Bett lag. Ich konnte sogar sein Gewicht spüren, das mich nach unten drückte.

Und er war nackt.

Vollständig.

„Oh nein...", entwich die Luft aus meiner Brust, als er sich näher lehnte.

„Jaaa", zischte er. Die Spitze seiner unmöglich langen Zunge fuhr an der Seite meines Halses entlang.

Eine Welle der Wärme kam über mich, überflutete mich mit Vergnügen und nahm mir den Atem. Die Gefühle, die ich unterdrückt hatte, drängten an die Oberfläche.

Seine großen Hände umfassten meine Brüste, warm und rau gegen meine Haut. Er rieb meine Brustwarzen mit seinen Daumen, dann quetschte er meine Brüste zusammen und vergrub sein Gesicht zwischen ihnen.

Etwas stieß zwischen meine Schenkel – sein Schwanz, erkannte ich, während ich mich unter ihm wand.

Er drehte den Kopf und saugte eine meiner Brustwarzen in seinen Mund, während die spitze Pfeilspitze seines Schwanzes in mich hineinglitt.

„Oh Gott...", stöhnte ich, und er grunzte zur Antwort, wechselte zu meiner anderen Brustwarze, saugte sie ein und wirbelte diese lange, geschickte Zunge darüber.

Die Spitze seines Schwanzes wirbelte knapp in meiner Öffnung, zog an meinem empfindlichsten Punkt, der sich heiß und geschwollen anfühlte.

„Bitte, bitte, fick mich", bettelte ich mit kläglichen, bedürftigen Lauten in meiner Kehle.

Mit einem Knurren drehte er mich auf meinen Bauch, dann riss er meine Hüften hoch und positionierte sich hinter mir. Ein unglaublich großer, heißer Schwanz drang in mich ein, dehnte mich um ihn herum.

„Oh ja...", wimmerte ich. „Ich brauche das so sehr."

Seine Hand in meinem Haar, sein anderer Arm um meine Hüften, um mich für ihn an Ort und Stelle zu halten, schob er mit einem Stoß seine gesamte Länge in mich.

Ich schrie vor Vergnügen auf, meine Knie zitterten vor Verlangen.

Er riss meinen Kopf zurück, der Stich von den Wurzeln meines Haares breitete sich mit Schauern durch den Rest meines Körpers aus.

Ich ballte meine Hände in die Laken und versuchte, nicht vom Bett zu fliegen, als er hart von hinten in mich hinein hämmerte. Jeder Stoß seines Schwanzes in mich kam mit einem Schlag seines Fleisches gegen meines, meine geschwollenen Brustwarzen schleifen über die Bettwäsche mit einer zusätzlichen verlockenden Empfindung.

„Ja, ja, bitte...", rezitierte ich, während die Spitze seines

Schwanzes unerbittlich zwischen meinen Beinen flackerte und mich höher und höher trieb.

Heiße Lust gipfelte in einer Welle. Dann krachte der Orgasmus hart und wütend in mich hinein. Vergnügen explodierte durch mich hindurch, ließ meine Glieder zittern.

„Oh Gott, ich kann es nicht ertragen...", vergrub ich mein Gesicht in der Bettwäsche, als Wellen der Ekstase durch mich rollten. Immer und immer wieder.

„Wir hoffen, dass Sie Ihre Erfahrung mit Dream Spa zufriedenstellend fanden", filterte eine Stimme von irgendwoher durch – aus einer anderen Dimension, schien es. „Alle Empfehlungen werden sehr geschätzt."

Die Empfindung des prächtigen Schwanzes in mir war verschwunden. Auf der Seite zusammengerollt lag ich in der Genusskapsel, die luxuriöse Polsterung saugte meinen Schweiß und die Überreste meiner Erregung auf.

Ich hatte gerade den besten Sex meines Lebens gehabt.

Und es war größtenteils in meinem Kopf gewesen.

„WAR ES GUT?", begrüßte mich Lievoa, als ich es endlich aus dem Spa schaffte, vollständig angezogen, aber auf zitternden Beinen.

Alles, was ich tun konnte, war nur zu nicken als Antwort.

Sie richtete mein Haar und zupfte meinen Rock zurecht.

„Du siehst aus, als wärst du gerade von einem wilden Tier überfallen worden", feixte sie.

Sie hatte keine Ahnung...

KAPITEL 14

GREVAR

Da die Jungs an diesem Wochenende nach Hause kamen, schien Daisy zunehmend nervöser zu werden.

Sie hatte das Zimmer der Zwillinge geputzt und dekoriert, wobei sie darauf bestand, die meiste Arbeit selbst zu machen und seine oder Omnis Hilfe ablehnte. Selbst als alles fertig und für die Jungs bereit war, verhielt sie sich weiterhin anders als zuvor.

Sie war zu den Mahlzeiten ungewöhnlich still und ging direkt nach dem Abendessen nach oben. Er wusste, dass sie spät aufblieb, da er sie bis über seine Schlafenszeit hinaus im Schlafzimmer herumgehen hörte. Dennoch blieb sie nicht mit ihm unten, als würde sie ihn absichtlich meiden.

Er vermisste ihre gemeinsame Zeit.

Er hatte versucht, Geduld aufzubringen und seit jenem einzigen katastrophalen Versuch am Anfang die Hände von ihr zu lassen. Stattdessen hatte er gelernt, seine neue Frau auf andere Weise zu genießen. Es gab so viel mehr im Zusammensein mit einer Frau als nur Sex, hatte er entdeckt.

Vor ihrem Besuch im Einkaufszentrum glaubte er, dass sie gute Fortschritte gemacht hatten. Er liebte es, nach einem langen Arbeitstag zu ihr nach Hause zu kommen. Ihre Gespräche waren länger geworden, ihre Streitigkeiten selten und weit auseinander. Sie hatte zugestimmt, für ein ganzes Jahr zu bleiben, und er hatte sogar begonnen zu hoffen, dass ihre Ehe eines Tages eine echte werden könnte.

Jetzt fühlte es sich an, als hätte es einen Rückschlag gegeben, aber er konnte nicht herausfinden, warum.

Daisy hatte davon gesprochen, dass sie ihre Familie vermisste. Er mochte es nicht, wenn sie allein das Haus verließ, aber vielleicht wurde sie einsam, wenn sie jeden Tag nach ihrem Elternkurs zu Hause blieb?

In dem Versuch, sie aufzuheitern, hatte er beschlossen, am ersten Abend, an dem die Jungen zu Hause waren, eine Dinnerparty in seinem Haus zu veranstalten. Es würde eine sehr kleine Veranstaltung sein, angenehm, ohne überwältigend zu sein.

Er hatte Lievoa eingeladen. Daisy schien sich gut mit ihr zu verstehen, was ihn freute. Er verstand den Gedankengang seiner Cousine nicht immer und stimmte mit einigen ihrer Handlungen nicht überein, aber Lievoa war Familie. Sie hatte ein gutes Herz, und er liebte sie.

Der Gouverneur und Shula hatten zugesagt, nach dem Abendessen auf ein Getränk zu kommen, kurz bevor die Jungs ins Bett gehen würden. Nach ihrer letzten Entbindung hatte Shula den üblichen Erholungsprozess zwischen den Schwangerschaften begonnen und verließ in diesen ersten Wochen das Haus nicht für lange Zeit.

Anstatt sich zu freuen, wirkte Daisy noch aufgeregter, als er ihr von ihren Gästen erzählte.

Zusätzlich zur Planung des Abendessens mit Omni für heute Abend, stand sie auch früh am Morgen auf, um alles für die

Desserts vorzubereiten, die sie machen wollte, wobei sie ihre Rezepte von der Erde verwendete.

Die beiden hatten die Jungen am Morgen zum Museum für Naturgeschichte von Neron gebracht. Zun und Olvar hatten an jeder interaktiven Ausstellung teilgenommen, die sie finden konnten. Sie rannten, kletterten und erkundeten. Aufgrund all dieser Aktivitäten konnten die Zwillinge auf dem Flugweg nach Hause kaum die Augen offenhalten.

Sobald die Jungen am Nachmittag zum Mittagsschlaf hingelegt wurden, flitzte Daisy zurück in die Küche. Trotz ihrer früheren Behauptungen schien das Backen sie heute nicht zu entspannen. Erstaunliche Düfte strömten aus der Küche, vermischt mit klapperndem Geschirr und gelegentlichem Fluchen. Anders als voranische Frauen hielt sie sich bei der Wahl ihrer Worte nicht zurück, wenn sie gereizt oder verärgert war.

„Verflucht!", kam es aus der Küche, als er auf der Couch im Wohnzimmer ein Video auf seinem Tablet ansah. „Die *Schokolade* ist keine *Schokolade*, wenn sie nicht schmilzt. Oder?"

Er hatte keine Ahnung, was das bedeutete, aber es störte ihn, dass sie aufgebracht klang. Er sah gerne dieses glückliche Lächeln auf ihrem Gesicht. Es erinnerte ihn an einen Sonnenaufgang mit seiner zunehmenden Helligkeit.

Ihr Kleid mochte zuerst seine Aufmerksamkeit auf ihr Bewerbungsfoto gelenkt haben. Aber es war ihr sonniges Lächeln, das ihn der fremden außerirdischen Frau auf dem Foto nahe fühlen ließ, bevor er überhaupt die Chance hatte, sie kennenzulernen. In dem Moment, als er Daisys Lächeln auf diesem Bild sah, wusste er, dass er sie in seinem Leben haben wollte.

„Colonel." Daisy kam ins Wohnzimmer, eine rot gepunktete Schürze über ihrem blau karierten Kleid gebunden – beides mit weißem Puder bestäubt und mit rosa, braunen und cremefarbenen Flecken beschmiert. „Wir werden heute ein

Dessert weniger haben. Die Mousse ist ein Desaster geworden."

Er legte sein Tablet beiseite. Ihr niedergeschlagener Gesichtsausdruck ließ ihn sie umarmen wollen, und der Klecks rosa Zuckerguss, den er gerade auf ihrer Nase entdeckt hatte, ließ ihn sie ablecken wollen...

Es gab viele Dinge, von denen er träumte, mit ihr zu tun. Die Anstrengung, gar nichts zu tun, war die qualvollste gewesen.

„Wie viele Arten von Dessert wird es heute Abend geben?", fragte er.

„Ich hatte fünf geplant, aber jetzt werden es nur vier sein." Sie plumpste neben ihm auf die Couch und wirbelte eine Wolke weißen Puders aus ihren Röcken auf. „Das verdammte Ding, von dem ich dachte, dass es der *Schokolade* von der Erde am nächsten kommen würde, ist zu einem Stein erstarrt, anstatt beim Erhitzen zu schmelzen."

„Gibt es normalerweise nicht nur ein Dessert nach dem Abendessen? Vier klingt nach drei mehr als wir brauchen", sagte er gleichmäßig. Nach ihren geröteten Wangen und zitternden Lippen zu urteilen, stand sie kurz vor einem Zusammenbruch.

„Du verstehst das nicht!", klang sie verzweifelt. „Ich wollte eine Vielfalt haben, damit die Jungen einen Geschmack von Essen von der Erde bekommen." Sie drehte sich, um ihm zugewandt zu sein, ihr gebeugtes Knie landete auf seinem Oberschenkel. „Keine Sorge, ich mache winzig-kleine Portionen. Die Jungen können jeweils bis zu drei davon haben und bleiben immer noch innerhalb der empfohlenen Zuckerdosis, gemäß den Anforderungen des Ministeriums."

„Wenn sie nur drei haben können und du vier Sorten gemacht hast, bedeutet das nicht, dass es immer noch eine zu viel gibt?"

Sie atmete schnell ein, bereit zu argumentieren, atmete dann langsam aus, als würde sie zusammen mit ihrem Argument zusammenfallen.

„Ich schätze, du hast recht..." Sie rieb sich das Kinn. „Sie werden immer noch eine gewisse Auswahl haben, auch ohne die dumme Mousse." Sie schaute ihn dann an, neigte ihren Kopf, ihr Ausdruck entspannter. „Wie konntest du so ruhig bleiben, als ich kurz davor war, auszurasten? Du, ausgerechnet?"

Er lachte: „Wir wissen beide, dass du mich auch mehr als einmal ruhig davon abgehalten hast, in die Luft zu gehen."

„Es ist gut, dass jetzt immer nur einer von uns durchdreht. Es gab in letzter Zeit viel weniger Schreien und Brüllen, findest du nicht?"

Sie lächelte jetzt, und er atmete erleichtert aus.

Die Atmosphäre in ihrem Haus hatte sich definitiv beruhigt. Am Anfang hatten sie während eines Streits gegenseitig ihre Flammen angefacht. Inzwischen hatte er jedoch gelernt, Daisys Stimmungen viel besser zu lesen und konnte den nahenden Sturm vorhersagen, bevor er geschah. Er schaffte es, ihre Temperamentsausbrüche zu kühlen, bevor sie eine Chance hatten, außer Kontrolle zu geraten. Er hatte bemerkt, dass sie auch eine ähnlich beruhigende Wirkung auf ihn hatte.

Ihr Blick fiel auf ihr Bein, das auf seinem ruhte, und sie rutschte schnell zurück, unterbrach ihren Kontakt. Ihre Wangen erröteten wieder, ihre leuchtende Farbe rivalisierte jetzt mit der ihrer Schürze.

„Jedenfalls..." Sie schob eine Locke ihres Haares unter das bunte Tuch, das sie trug, um ihre leuchtend orangefarbenen Haarsträhnen zurückzuhalten. „Vier ist genug, wie du gesagt hast. Ich sollte mich besser umziehen. Lievoa sollte jeden Moment hier sein."

Er beobachtete, wie sie die Treppe hinaufging, sein Blick verweilte auf ihren schnellen Füßen in offenen Sandalen, als sie rannte. Der Anblick ihrer Zehen schockierte ihn nicht mehr. Nichts an Daisy konnte ihn jemals abstoßen. Im Gegenteil, jede Kleinigkeit an ihrem Körper war äußerst ansprechend. Sein

Schwanz wurde schmerzhaft hart bei dem bloßen Gedanken daran, wie ihr Bein seins berührt hatte.

Er stöhnte leise und verlagerte sich auf der Couch, um in seiner Hose mehr Platz für seine wachsende Erektion zu schaffen, während er sich beruhigte.

Daisy war in letzter Zeit nicht ihr übliches, sprudelndes Selbst gewesen, stolperte über ihre Worte und errötete heftig. Wann immer er sie danach fragte, wirkte sie noch verlegener, leugnete, dass etwas nicht stimmte, und lief bei der erstbesten Gelegenheit vor ihm davon.

Hatte er etwas falsch gemacht?

Die einzige andere Beziehung, die er je mit einer Frau gehabt hatte, war mit Shula, und sie hatte im Schlafzimmer begonnen und geendet. Die meisten Interaktionen außerhalb des Schlafzimmers waren neu für ihn.

Mit Daisy ging er vorsichtig vor und lernte währenddessen. Er sorgte sich, dass sie den ganzen Weg zurück zur Erde laufen würde, wenn er einen weiteren Fehler machte. Und er wusste bereits, dass er sie verzweifelt vermissen würde, wenn das passieren würde.

So glücklich er auch gewesen war, als sie zugestimmt hatte, für das Jahr zu bleiben – ein Jahr war nicht genug. Er brauchte sie für das Leben. Und er hatte kaum mehr als zehn Monate übrig, um herauszufinden, wie er sie davon überzeugen konnte, dass er es wert war, ein Leben lang mit ihm zu verbringen.

„HABE ICH VERPASST, dass dein Vater in die Stadt gekommen ist?", fragte Lievoa beiläufig und steckte sich ein Stück gefülltes *Esculi* in den Mund. „Ich dachte, sein Besuch war für vor etwa zwei Wochen geplant."

„Opa kommt?", griff Olvar sofort ihre Worte auf.

Zun und Daisy starrten ihn ebenfalls an.

„Nein. Er hat es abgesagt."

Tatsächlich hatte Grevar es *für* ihn abgesagt. Vater hatte geplant, zu Besuch zu kommen, natürlich mit der Absicht, seine neue Schwiegertochter kennenzulernen. Grevar hatte keinen Zweifel daran, dass sein Vater Daisy in dem Moment lieben würde, in dem er sie traf. Wenn Grevar ihr dann erlauben würde, ihn zu verlassen, wie er es ihr versprochen hatte, müsste er sich zusätzlich zu allem anderen, womit er zu tun haben würde, einem äußerst unangenehmen Gespräch mit seinem Vater stellen.

Mehr Druck auf ihn, wenn er bereits unter viel Druck stand, was Daisy betraf – seine Schultern schmerzten unter der Belastung. Ganz zu schweigen von der Qual, die sein Schwanz ertragen hatte, seit sie eingezogen war. Mit ihr war er in einem Zustand ständiger Erregung, egal wie oft er sich nachts zum Kommen brachte.

„Hatte dein Vater vor, zu Besuch zu kommen?", neigte Daisy interessiert den Kopf.

„Es hat nicht geklappt", murmelte er schnell. „Er hatte andere Pläne."

„Oh, das ist zu schade." Sie blickte ihn mit diesen riesigen Augen an, von der Farbe der *Lilcae*-Blumen.

Er hatte einige in seinem Büro pflanzen lassen. Nicht weil er tagsüber eine weitere Erinnerung an Daisy brauchte – seine Gedanken waren sowieso ständig bei ihr – sondern weil *Lilcae* um ihn herum zu haben, ihn sie irgendwie ein bisschen weniger vermissen ließ. Und er vermisste sie bei der Arbeit – sehr. Er hatte sogar letzte Woche ihr Bewerbungsbild einrahmen lassen. Es stand jetzt auf seinem Schreibtisch im Büro.

Was zum Teufel sollte er tun, wenn sie zur Erde zurückkehrte?

Sie konnte nicht gehen. Das war die einzige Antwort auf diese Frage.

„Können wir dann zu Opas Haus gehen?", fragte Zun.

„Nein", biss Grevar ab und warf Lievoa einen wütenden Blick zu, verärgert, dass sie das Thema angesprochen hatte.

„Welche Zeit wäre besser für seinen Besuch?", begann Daisy zu planen. „Glaubst du, nächstes Wochenende würde für ihn funktionieren? Es wäre großartig für alle – die Kinder werden hier sein. Und es ist Weihnachten an diesem Wochenende, was ein großer Familienfeiertag auf der Erde ist. Nicht dass es auf Neron wichtig wäre, natürlich..." Ihre Stimme verebbte, als ein Schatten über ihr liebliches Gesicht huschte.

„Ein Feiertag?", hüpfte Zun auf seinem Stuhl.

„Lass uns eine Party machen!", schlug Olvar aufgeregt die Schulter seines Bruders.

„Habt ihr auf der Erde eine große Party, um *Weihnachten* zu feiern?", fragte Lievoa interessiert.

„Nun, meistens nur ein Familienessen." Daisy legte ein unberührtes, geräuchertes Fleischbrötchen ab, ein warmer Ausdruck leuchtete in ihren Augen. „Oft kommt die ganze Familie zusammen – Onkel, Tanten, Cousins, Großeltern. Es ist eine gute Zeit, um mit allen in Kontakt zu bleiben. Die Leute tauschen auch Geschenke aus, essen viele Desserts und... nun, haben generell eine gute Zeit."

„Oh, es ist wie der Tag des Sieges?", rief Olvar erfreut. „Stimmt's, Papa?"

„Richtig", antwortete er trocken. „Minus der Militärparade und der Ehrung der Gefallenen."

„Nun ja, aber abgesehen von der Parade sind sie ähnlich", argumentierte Lievoa. „Voraner versammeln sich in den Parks im Freien und haben Familienpicknicks, mit Desserts." Sie wandte sich an Daisy. „Der Tag des Sieges ist mitten im Sommer, das Wetter ist dann normalerweise schön und warm."

„Weihnachten ist im Winter, wenn viele Länder Schnee haben. Wie hier", erklärte Daisy.

„Ich liebe Schnee", erklärte Zun. „Besonders eine Festung zu bauen. Können wir das wieder machen?"

Olvar schnaubte ein Lachen. „Du mochtest das Festungsbauen nicht einmal."

„Doch, das tat ich!"

„Vermisst du deine Heimat sehr?", fragte Grevar Daisy und bemerkte ihren wehmütigen Ausdruck.

„Das tue ich", sagte sie und ließ sein Herz sinken. „Aber es ist nicht nur das. Ich vermisse auch die Weihnachtsfeiern, die wir hatten, als Oma noch lebte. Mit ihr war die ganze Weihnachtszeit eine riesige Feier. Wir beide fingen einen Monat vorher an zu dekorieren. Jeder Raum in ihrem Haus war mit Tannenzweigen und Ornamenten geschmückt. Im Wohnzimmer bauten wir eine ganze Weihnachtsstadt, mit Porzellanhäusern, die echte Lichter im Inneren hatten. Oh, und es gab eine Eisenbahn, mit einem Zug, der auf elektrischen Schienen fuhr. Er konnte sogar pfeifen."

Er beobachtete, wie ihr Gesicht aufleuchtete, während sie sprach. Lievoa stützte ihren Kopf auf ihre Hand und blickte ebenfalls zu Daisy, als sie sprach. Die Kinder waren ruhig geworden und hörten den Geschichten aus einer anderen Welt mit gespannter Aufmerksamkeit zu.

„Oma nahm mich jedes Jahr zum Weihnachtseinkauf mit", fuhr seine Frau fort. „In ihrer Stadt gab es jeden Dezember an den Wochenenden einen Markt im Freien. Selbst jetzt denke ich bei heißer Schokolade an diese Tage. Wir kauften handgemachte Geschenke für alle. Dann dekorierten wir Weihnachtsbäume. Wir hatten immer zwei, einen in ihrem Haus und einen in unserem. Wir hatten am Heiligabend ein Abendessen in unserem Haus. Dann übernachteten meine Schwester und ich bei Oma und öffneten am nächsten Morgen alle Geschenke. Ihre waren immer am lustigsten. Sie gab gerne Geschenke, die persönlich, aber auch einzigartig und sogar skurril waren. Und natürlich war es immer eine große Überraschung." Daisys Brust hob sich mit einem Atemzug. „Seit Oma gestorben ist, war Weihnachten nie mehr dasselbe. Immer noch schön, aber nicht dasselbe."

Sie blickte um den Tisch herum. Er und Lievoa blieben still. Selbst die Jungen schienen gedämpft.

„Jedenfalls..." Daisy räusperte sich, zuckte mit den Schultern, als würde sie die anhaltende Traurigkeit der Nostalgie für längst vergangene Zeiten abschütteln. „Zeit für den Nachtisch?" Sie schnappte sich ihre leeren Tabletts und eilte in die Küche.

Lievoa folgte ihr mit ihrem Blick.

„Mensch oder was auch immer, Daisy ist großartig", schloss sie.

„Ich mag sie auch", sagte Zun fest. „Daisy ist eine gute Freundin."

„Nun, sie ist mehr als eine Freundin, oder?", wandte sich Lievoa an den Jungen. „Sie ist deine -"

„Lievoa", unterbrach Grevar und legte eine Warnung in seine Stimme.

„Ich mag Daisy", erklärte Olvar. „Und sie bleibt für ein ganzes Jahr bei uns!"

„Ein Jahr?" Lievoa richtete einen starren Blick auf ihn. „Wovon reden deine Söhne, Cousin? Würdest du das erklären?"

Er zuckte innerlich zusammen. Er hätte die Möglichkeit vorhersehen sollen, dass seine Vereinbarung mit Daisy vielleicht nicht für immer ein Geheimnis bleiben würde. Vielleicht hätte er zumindest in Betracht ziehen sollen, seine engste Familie und Freunde einzuweihen. In seinem Innersten hatte er jedoch gedacht, er könnte es irgendwie beheben. Dass Daisy früher oder später bei ihm bleiben würde – für das Leben, nicht nur für ein Jahr.

„Was hast du getan?", runzelte Lievoa die Stirn und verschränkte die Arme vor der Brust.

„Ich arbeite daran", murmelte er.

„Ich hoffe, ihr mögt sie!", eilte Daisy mit einem Tablett mit

Desserts in jeder Hand herein und rettete ihn vor einer ausführlichen Erklärung. Obwohl, so wie er seine Cousine kannte, war die Erklärung nur verschoben, nicht abgesagt worden.

„Sagt mir, was ihr von jedem haltet." Daisy ging um den Tisch herum und servierte die seltsam aussehenden Stücke auf einzelnen Tellern vor jeder Person am Tisch. „Ihr bekommt nur drei", warnte sie die Jungen. „Aber ihr dürft wählen, welche ihr möchtet."

Lievoa lehnte sich über den Tisch zu ihm und zischte ihm ins Gesicht: „Ich mag sie mehr als viele voranische Frauen, die ich kenne. Es ist mir egal, was du getan hast, Grevar. Bring es in Ordnung!"

Er nahm einen langen Schluck aus seinem Glas und verschluckte sich fast an seinem Wein.

„Dessert?", ging Daisy an seine Seite mit ihrem Tablett. „Welches möchtest du?"

Sie stand so nah. Ihr süßer, blumiger Duft mischte sich mit dem Aroma seines Weins, berauschender als jeder Alkohol. Wärme strahlte von der Stelle aus, wo ihr nackter Arm seine Schulter berührte. Sie beugte sich vor und hielt ihm das Tablett hin, damit er seine Wahl treffen konnte. Alles, was er tun müsste, wäre, seinen Blick ein wenig zur Seite zu lenken, um einen verlockenden Blick auf ihre Brüste innerhalb ihres Ausschnitts zu erhaschen...

Sein Schwanz zuckte vor Schmerz, und sein Herz zog sich vor Sehnsucht zusammen. Würde diese Qual jemals ein Ende haben? Wie würde er überleben, wenn sie ginge?

„Colonel?", forderte sie ihn mit etwas heiserer Stimme auf.

„Dieses hier." Er zeigte auf etwas Braunes.

Er stopfte sich das ganze Stück in den Mund, sobald sie es auf seinen Teller gelegt hatte. Es stellte sich als köstlich heraus – süß, mit nur einem Hauch von Bitterkeit – obwohl er süße Speisen nicht besonders mochte.

„Dieses hier ist mein Favorit, glaube ich." Lievoa zeigte auf das runde Gebäck, das mit einer cremigen rosa Blume verziert war. „Obwohl es wirklich schwer zu sagen ist. Sie sind alle so gut."

„Ich mag dieses hier auch." Olvar schob das letzte der drei Stücke auf seinem Teller in seinen Mund.

„Ich auch." Zun aß alle drei gleichzeitig und biss abwechselnd in jedes. „Aber ich mag dieses hier am meisten." Er biss in das runde, braune Ding, dasselbe, was Grevar gerade gegessen hatte.

„Das ist ein Schokoladen-Cupcake", erklärte Daisy fröhlich. „Im Gegensatz zur Mousse habe ich ihn mit dem Schokoladenersatzpulver gemacht. Deshalb ist er ziemlich gut geworden. Miss Goodfellow, meine alte Chefin in der Bäckerei, pflegte zu sagen, dass meine Cupcakes die besten waren. Ihre Kunden fragten immer nach ihnen."

Lievoa klatschte in die Hände. „Daisy, du könntest auch hier einen Job in einer Bäckerei bekommen." Sie warf ihm einen bösen Blick zu.

Dachte sie, Daisy würde gehen, weil er sie nicht allein aus dem Haus lassen würde? Natürlich würde Lievoa ihn jetzt tausender Dinge beschuldigen. Aber würde Daisy helfen, sie zu behalten, wenn sie einen Job in Voran bekäme?

„Kaufen die Leute hier überhaupt Backwaren?", fragte Daisy. „Jeder hat eine KI, oder?"

„Das haben sie", nickte Lievoa. „Und eine KI ist großartig im Replizieren von Rezepten, aber nichts übertrifft den Geschmack von Essen, das von einer echten Person gemacht wurde. Bäckereien geben ihre Rezepte auch nicht an die Öffentlichkeit weiter. Also können manche Dinge nur dort und nirgendwo sonst gekauft werden. Dein Elternkurs ist jetzt vorbei, oder?", warf Lievoa ihm einen weiteren vorwurfsvollen Blick zu.

Seine Cousine schien jetzt wirklich hinter seinem Blut her zu sein, aber sie irrte sich. Er war nicht dagegen, dass Daisy einen Job außerhalb des Hauses hatte, solange er sicherstellen konnte, dass der Ort sicher war. Wenn ein Job dazu beitragen würde, Daisy in Voran zu halten, würde er alles tun, um es zu ermöglichen.

„Du könntest an einigen Vormittagen in der Woche in der Bäckerei arbeiten", führte Lievoa ihre Kampagne zur *„Befreiung von Daisy"* fort, „und am Wochenende bei den Kindern sein. Es gibt eine sehr gute Bäckerei in der Östlichen Mall. Der Besitzer, Scurad, ist ein wirklich netter Kerl. Ich kann mit ihm sprechen, wenn du möchtest. Ich bin sicher, er würde gerne etwas *Erd-Geschmack* zu seinen Backwaren hinzufügen." Sie kicherte und wackelte mit den Augenbrauen.

„Nein." Grevar schüttelte den Kopf, bevor Daisy die Chance hatte zu antworten. Die Vorstellung, dass sie Zeit in der Gesellschaft eines anderen Mannes verbringen würde, selbst wenn es auf rein beruflicher Ebene wäre, ließ das Fell auf seinem Rücken vor Zorn sträuben. „Die Östliche Mall ist auf der anderen Seite der Stadt", erklärte er, als beide Frauen ihn anstarrten. „Es ist zu weit."

Lievoa verengte misstrauisch die Augen.

„Oder du könntest deine eigene Bäckerei eröffnen", sagte sie zu Daisy, ohne ihren Blick von ihm abzuwenden. „Es wird dir etwas Freiheit und Unabhängigkeit geben, um das Leben in Voran voll zu genießen."

KAPITEL 15

DAISY

Als alle mit ihrem Dessert fertig waren, begaben sich der Colonel, Lievoa, die Kinder und ich in den großen Sitzbereich im Hauptraum.

Der Sonnenuntergang hatte einen leuchtenden Schleier aus Rot und Orange über den Himmel gezogen. Omni hielt die Beleuchtung im Raum gedämpft, was eine sanfte, gemütliche Atmosphäre schuf.

Ich warf einen Blick auf Omnis Bildschirm in der Nähe. „Zeit, ins Bett zu gehen, Jungs."

„Aber wir warten doch auf mehr Gäste!", protestierten beide wie aus einem Mund.

„Gouverneur von Voran, Ashir Kaeya Drustan, und Frau Gouverneurin", kündigte Omni in diesem Moment mit einem förmlichen Unterton in seiner Stimme an.

Mein Magen verkrampfte sich beim Klang von Shulas Namen, so wie es auch passiert war, als der Colonel mir zum ersten Mal gesagt hatte, dass sie und ihr Mann heute Abend nach dem Essen vorbeikommen würden.

Shula hatte deutlich gemacht, dass sie mich hasste. Sie hatte mir auch einige gute Gründe gegeben, sie ebenfalls nicht zu mögen. Der Colonel betrachtete sie und ihren Mann jedoch als seine lieben Freunde, und ich hatte keine andere Wahl, als höflich zu sein und ihre Anwesenheit zu ertragen. Hoffentlich würde sie nicht wieder versuchen, mich zu beleidigen, da diesmal alle in Hörweite sein würden.

Die Türen zur Parkplattform glitten auf, und das erste Paar von Voran trat ein.

Der Gouverneur trug einen limettenfarbenen Anzug, der seine zitronengelben Augen betonte. Seine Frau trug ein bodenlanges Kleid in schimmerndem Gold. Es war ebenso opulent wie das violett-grüne, das sie auf dem Ball getragen hatte. Nach der Geburt der Drillinge des Senators war sie nicht mehr schwanger, schlanker und wirkte irgendwie sogar größer.

„Onkel Ashir! Tante Shula!", die Zwillinge hüpften zu ihnen hinüber.

Anscheinend waren sie mehr als nur Freunde des Colonels. Die Kinder betrachteten den Gouverneur und seine Frau offensichtlich als ihre Familie.

„Ahh, da seid ihr ja, ihr kleinen Schlingel!", rief der Gouverneur und packte jeden der Jungen nacheinander, um sie zur Begrüßung in die Luft zu werfen.

„Hallo, hallo, meine Lieblinge", gurrte Shula und wuschelte durch das Fell auf ihren Köpfen. Sie beugte sich hinunter und gab jedem einen Kuss auf die Stirn. „Wie gefällt es euch, jetzt öfter zu Hause zu sein?"

„Es macht Spaß!", sagte Olvar, der sich aus ihren Armen wand, um mit seinem Bruder herumzuhüpfen, wobei ihre kleinen Hufe einen Stakkato-Rhythmus auf dem gefliesten Boden erzeugten.

„Papa und Daisy haben uns heute ins Museum gebracht",

verkündete Zun. „Und nächstes Wochenende gehen wir in den Zoo."

Shula ließ ihren Blick zu mir wandern. Für einen Moment gefror mir das Herz. Was wäre die angemessene Art und Weise, wie die Kinder mich ansprechen sollten, wenn ich tatsächlich ihre Stiefmutter und die Frau ihres Vaters wäre? Ich verfluchte mich innerlich dafür, dass ich das nicht früher überprüft hatte. Würde sie die Lüge durchschauen, die der Colonel und ich um sein Familienleben herum erschaffen hatten? Ich fühlte mich wie ein Betrüger.

Obwohl ich derzeit in einer Lüge lebte, war ich generell nicht daran gewöhnt zu lügen. Früher oder später neigten Lügen dazu, einen einzuholen, und ich war keine gute genug Schauspielerin, um eine erfundene Geschichte lange aufrechtzuerhalten, nicht einmal aus den besten Gründen. Mittlerweile hatte mich das ganze Vortäuschen wirklich erschöpft.

Der Colonel umarmte jeden seiner neuen Gäste kurz und bot ihnen dann ein Getränk an.

„Also, Frau Colonel", sprach mich der Gouverneur an, als die Drohnen die Getränke brachten und wir alle Platz nahmen. „Wie ergeht es Ihnen jetzt in Voran? Wir haben eine Weile nicht gesprochen. Suchen Sie immer noch nach Gemeinsamkeiten in unseren Kulturen?"

„Die Ähnlichkeiten helfen auf jeden Fall, aber auch das Lernen über die Unterschiede. Je mehr ich lerne, desto einfacher wird es." Ich lächelte.

„Ich vermute, Ihre lockere Art und Ihr offenes Wesen sind hier der Schlüssel." Er schwenkte sein Getränk im Glas und schlug sein rechtes Hufbein über sein linkes. „Wir alle wissen, dass Kyradus niemand ist, mit dem man einfach auskommt."

„Oh nein, er ist...", begann ich, den Colonel zu verteidigen, der neben mir auf dem Sofa saß. Als ich mich zu ihm umdrehte, sah ich, dass er lächelte und von den Worten des Gouverneurs überhaupt nicht beleidigt war. Als langjährige Freunde kannten sie sich offensichtlich gut. Ich musste ihn nicht verteidigen, aber ich sagte es trotzdem: „Er ist überhaupt nicht schwierig im Umgang, wenn man ihn erst einmal kennt. Jeder weiß, dass er mutig, loyal und stark ist, aber er ist auch freundlich, beschützend und fürsorglich."

Ich senkte meinen Blick, und der Colonel nahm meine Hand in seine. Ich drückte seine Finger und war dankbar für das Gefühl der Unterstützung, das ich durch diese Geste von ihm immer bekam.

Zun plumpste auf der anderen Seite von mir auf die Couch. Ich bemerkte, dass sich Olvar an Lievoas Beine lehnte, während er vor ihr auf dem Boden saß, seine Augenlider waren schwer. Wir alle hatten einen langen, arbeitsreichen Tag hinter uns. Trotz ihres Mittagsschlafs heute waren die Kinder müde geworden.

Ich warf dem Colonel einen Blick zu und wandte mich dann an den Rest des Raumes.

„Wenn es euch nichts ausmacht, bringe ich die Kinder nach oben. Es ist ihre Schlafenszeit."

Ich spürte Shulas Blick auf mir, als ich die Kinder versammelte. Ihre Aufmerksamkeit lastete wie ein Paar Ziegelsteine auf meinen Schultern.

Die Flucht in das Zimmer der Jungen ermöglichte es mir, ein wenig durchzuatmen. Die Routine des Zu-Bett-Bringens war mir nicht fremd, ich hatte sie während meines Kurses ausführlich studiert. Als Zun und Olvar sich nach der Aufregung des Tages beruhigt hatten, setzten sie sich nicht zur Wehr und ließen mich alle Schritte gemäß ihrem Zeitplan durchführen.

Nachdem ich sie in ihre Betten gesteckt und ihnen eine gute Nacht gewünscht hatte – was tatsächlich auch einer der Schritte in ihrer Routine war, obwohl ich ihnen auch ohne diesen Schritt eine gute Nacht gewünscht hätte – holte ich tief Luft und verließ ihr Schlafzimmer, um wieder nach unten zu gehen.

„Oh, komm schon, Shula!", drang Lievoas aufgeregte Stimme

von unten zu mir herauf, als ich die Treppe hinunterging. „Sogar *ich* weiß, dass dir das Programm egal ist."

„Ich habe es unterstützt", antwortete Shula angespannt.

„Zum Schein!", schnaubte Lievoa. „Weil du wusstest, dass es bei der Mehrheit der Bevölkerung beliebt war und es deinen Mann gut aussehen ließ. Aber du hast nichts getan, um die Frauen von der Erde hier willkommen zu heißen. Daisy hat kaum Informationen über das Leben in Voran bekommen. Es ist, als hättest du sie zum Scheitern verurteilt. Und Grevar hier würde seine Frau nicht einmal aus dem Haus lassen, weil er Angst hat, sie könnte in der Öffentlichkeit belästigt werden."

„Ich bin nicht-", begann der Colonel.

Aber Lievoa war in Fahrt, sie wandte sich ihm zu, bevor er die Chance hatte, seinen Satz zu beenden: „Weißt du, was Shula wirklich über die menschlichen Frauen denkt, die hierherkommen sollen, um unsere Männer zu heiraten? Weißt du, wie sie Daisy genannt hat?"

„Lievoa!", warnte Shulas Stimme.

Ich eilte die Treppe hinunter und versuchte, was auch immer dort passieren würde, zu stoppen.

„Eine Sexpuppe!", rief Lievoa und zeigte in dem Moment auf mich, als ich den Raum betrat.

Ich erstarrte an Ort und Stelle.

Shula sog scharf die Luft ein.

Ihr Mann blinzelte und wanderte mit seinem Blick von mir zu ihr und wieder zurück.

Der Colonel erhob sich von seinem Sitz – bedrohlich langsam.

„Du vergisst dich, Lievoa", knurrte er.

„Nicht ich!", sprang seine furchtlose Cousine ebenfalls von ihrem Stuhl auf und stellte sich ihm Angesicht zu Angesicht gegenüber. Nun, *Gesicht zu Brust* wäre wohl passender, da sie so viel kleiner war als er. „Das ist richtig. Laut Shula ist Sex das

Einzige, wofür eine menschliche Ehefrau für ihren voranischen Ehemann gut ist."

„Oh Gott." Ich bedeckte meine Augen mit meiner Hand.

So gerne ich Shula für ihre Worte zur Rechenschaft ziehen würde, ich wollte den Colonel nie darin verwickeln. Das war eine Sache zwischen Shula und mir, und ich glaubte, ich hatte es damals auf dem Ball bereits gut geregelt. Lievoa schien damals auch mit meiner Reaktion zufrieden gewesen zu sein. Ich vermutete, dass die paar Gläser Wein, die sie heute Abend getrunken hatte, sie besonders rachsüchtig und kämpferisch gemacht haben könnten.

Oder hatte etwas anderes sie so aufgebracht?

„Stimmt das?", donnerte die Stimme des Colonels und veranlasste mich, schnell die Augen zu öffnen.

Er überragte Shula. Der erschreckende Ausdruck, den ich schon lange nicht mehr gesehen hatte, verzerrte seine gutaussehenden Gesichtszüge.

„Grevar...", quietschte Shula.

„Kyradus!", sprang nun auch der Gouverneur auf die Hufe. „Das ist meine Frau, mit der du sprichst!"

„Sie hat *meine* Frau beleidigt", knirschte der Colonel zwischen seinen Zähnen. „Und ich verlange eine sofortige Entschuldigung."

Die Atmosphäre im Raum wurde dick vor Spannung, die ich nicht ertragen konnte.

„Colonel...", machte ich einen Schritt in seine Richtung.

Plötzlich hob Shula ihre Hand, um Ruhe zu gebieten.

„Ich entschuldige mich", sagte sie laut und deutlich und erhob sich langsam von ihrem Stuhl. „Ich habe aus Sorge um einen engen Freund einige vorschnelle Schlüsse geäußert, und ich bedaure das zutiefst."

Ich hatte noch nie eine Entschuldigung gesehen, die auf so würdevolle Weise überbracht wurde. Shula war nicht als Frau Gouverneurin geboren worden, aber sie war mit Sicherheit gut in diese Position hineingewachsen. Sie trug sie mit Leichtigkeit und Stil.

So gut sie auch gemacht war, ihre Entschuldigung warf jedoch wahrscheinlich mehr Fragen auf, als sie beantwortet hatte.

Das Stirnrunzeln des Colonels vertiefte sich. „Wovon sprichst du genau?"

„Ich bereue und nehme die Worte zurück, die ich an diesem Tag zu deiner Frau gesagt habe. Indem ich sie beleidigt habe, habe ich dich beleidigt. Bitte nimm meine Entschuldigung an."

„Bei Daisy solltest du dich entschuldigen", bemerkte Lievoa grimmig.

„Daisy", drehte sich Shula zu mir um. „Darf ich dich um eine Minute deiner Zeit bitten? Unter vier Augen?"

Oh je. Das Letzte, was ich wollte, war ein Einzelgespräch mit Shula. Hatte sie noch mehr Beleidigungen für mich parat, wenn niemand außer mir in der Nähe war?

Der Colonel trat an meine Seite und nahm meine Hand in seine.

„Sag es hier, in meiner Gegenwart." Er senkte seine Hörner in ihre Richtung.

Sie blickte auf unsere verschränkten Hände und starrte dann wieder zu mir.

„Bitte", fügte sie nachdrücklich hinzu.

Ich glaubte, Aufrichtigkeit in ihrer Stimme zu hören. Was konnte es schaden, ihr zuzuhören? Ich könnte einfach gehen, wenn mir nicht gefiel, was sie zu sagen hatte. Hier, im Haus des Colonels, fühlte ich mich auf jeden Fall mehr zu Hause als im Gouverneurspalast.

„In Ordnung. Wir können im Sitzbereich neben der Küche sprechen." Ich streichelte beruhigend über den Handrücken des Colonels. „Ich bin gleich wieder da", versprach ich.

„MÖCHTEST DU DICH SETZEN?", bot ich unbeholfen einen der gemütlichen Sessel im kleinen Sitzbereich an.

„MÖCHTEST DU DICH SETZEN?", bot ich unbeholfen einen der gemütlichen Sessel im kleinen Sitzbereich an.

Shula schüttelte als Antwort den Kopf, das leuchtende Licht des Raumes funkelte entlang der goldenen Wirbel, die auf ihre Hörner gemalt waren. Sie nahm einen Schluck Wein aus dem hohen Glas in ihrer Hand und blieb stehen.

Umgeben von den langen Pflanzgefäßen mit hohen Spalieren aus Ranken und Blumen, war dies nicht einmal ein separater Raum, sondern nur ein Bereich zwischen der Küche des Colonels und der geschlossenen Frühstücksterrasse.

Die Pflanzgefäße hier hatten aufwendige Wasserfallmerkmale. Das beruhigende Geräusch des plätschernden Wassers dämpfte unsere Stimmen. Die Entfernung dieses Bereichs vom Hauptraum und von allen anderen sorgte auch dafür, dass unser Gespräch privat blieb – wie Shula es verlangt hatte. Ich hoffte nur, dass ich es nicht bereuen würde, ihr in diesem Punkt entgegengekommen zu sein.

„Ich nehme deine Entschuldigung an", sagte ich zögernd. „Falls es darum geht, worüber du reden wolltest."

Sie senkte ihr Weinglas und fixierte mich mit ihrem Blick.

„Glaub es oder nicht, ich meine es ernst. Es tut mir leid, dass ich an diesem Tag so mit dir gesprochen habe."

„Okay."

„Es stimmt. Ich hatte meine Vorbehalte gegenüber dem Programm. Ich habe Ashir sogar gedrängt, damit nicht fortzufahren, trotz der allgemein positiven Reaktion der Öffentlichkeit darauf."

„Wann hat dein ‚Widerstand' dagegen begonnen?", verschränkte ich die Arme vor der Brust. „Lass mich raten. Als mein Ehemann als erster Mann ausgewählt wurde, der eine menschliche Frau bekommen sollte?"

Sie warf mir einen scharfen Blick zu.

Ich atmete lang aus und ließ mich in einen der Sessel sinken, unbekümmert, ob ich gegen irgendwelche Protokolle verstieß, indem ich mich in ihrer Gegenwart hinsetzte, während sie stand.

„Du hast ihn vor Jahren abgewiesen", sagte ich. „Du hast einen anderen Mann geheiratet, aber du wolltest, dass der Colonel Single bleibt. Warum? Damit er für dich da wäre, falls du jemals deine Meinung änderst?"

"Ich bin nicht...", hob sie ihre Hand und schüttelte den Kopf. „Ich habe nie darüber nachgedacht, *meine Meinung zu ändern*, Daisy. Ich bereue meine Entscheidung nicht, Ashir zu heiraten."

„Warum dann? Warum hasst du die Vorstellung, dass der Colonel und ich zusammen sind?"

„Ich *hasse* es nicht." Sie wischte eine voluminöse Locke ihres Fells beiseite, die ihr über die Stirn gefallen war.

Schnaufend ließ sie sich abrupt in den Sessel neben meinem fallen, diesmal nicht so würdevoll.

„Um ganz ehrlich zu sein", sagte sie, „könnte ich einige persönliche, egoistische Gründe gehabt haben, mich dem zu widersetzen. Grevar und ich haben eine Vorgeschichte. Wir waren Liebhaber...", sie blickte zu mir hinüber. „Das hat er dir erzählt, oder?"

Ich nickte grimmig.

„Das endete, als ich Ashirs Heiratsantrag statt Grevars annahm. Jedoch blieb ich auch nach meiner Heirat als Grevars Freundin die wichtigste Frau in seinem Leben. Die Vorstellung, in dieser Rolle von jemand anderem ersetzt zu werden, war anfangs schwer zu akzeptieren."

„Also, das ist einfach...", ich atmete tief ein, momentan sprachlos.

„Ich weiß. Ich sagte, es war egoistisch." Sie winkte ab. „Siehst du, als Freundin liegt mir vielleicht sogar mehr an ihm als damals, als wir ein Paar waren. Und als ich dich zum ersten Mal sah... glaubte ich nicht, dass du ihm annähernd so viel bedeutest."

Ich wollte protestieren, aber sie stoppte mich mit einer weiteren Handbewegung.

„Du tauchtest auf dem Ball auf, gekleidet in der neuesten

Mode, die Grevar bezahlt hatte, trugst seinen geschätzten Familienschmuck und zeigtest kein Verständnis dafür, was du bekommen hast, und keine Wertschätzung für all das. Zumindest sah ich keine. Was ich sah, war ein kleiner menschlicher Goldgräber, der Lügen verbreitete-"

„Okay, weißt du was, das reicht!", sprang ich von meinem Stuhl auf. „Du hast ein Recht auf deine Meinung, aber ich habe keine Lust, mir noch mehr Beleidigungen anzuhören. Und ich muss das auch nicht. Hier bist du in *meinem* Haus-"

„Genau." Sie lächelte unerwartet und legte ihre Hand beruhigend auf meinen Arm. „Dies ist dein Haus, deine Familie und dein Ehemann. Ich habe jetzt keine Zweifel mehr daran. Du kümmerst dich um seine Kinder, und ich glaube, ihr beide seid wirklich verliebt. Er verdient nichts Geringeres."

Ich blinzelte sie an und plumpste zurück in meinen Sessel.

„Und das hast du alles in den wenigen Minuten gesehen, seit du hier bist?"

Sie hob eine gepflegte Augenbraue.

„Ich brauche nicht viel länger als das, ich kenne Grevar gut genug, um den Unterschied an ihm in Sekunden zu erkennen. Er gibt nicht leicht Zuneigung. Bei ihm muss sie verdient werden, und das hast du offensichtlich getan. Und du... ich sehe, dass du wirklich versuchst, ihn glücklich zu machen, was lobenswert ist. Das gibt mir ein besseres Gefühl bei der ganzen Sache."

„Nun, danke." Ich zuckte unbeholfen mit der Schulter, unsicher, ob ich mich über das Lob, das ich nicht von ihr erbeten hatte, freuen oder ärgern sollte.

Shula fuhr unterdessen fort: „Ich weiß, du betrachtest mich nicht als Freundin-"

„Dieser Titel muss auch verdient werden", schnappte ich.

„Richtig." Sie senkte nachdenklich den Kopf. „Und das zu verdienen, braucht Zeit. In der Zwischenzeit würde ich dich bitten, mich nicht aus deinem Familienleben auszuschließen."

Ich beobachtete ihr Gesicht auf jegliche Falschheit hin, aber ihr Ausdruck wirkte aufrichtig.

„Daisy, ich weiß, dass du die Macht und wahrscheinlich auch den Wunsch hast, mir dein Zuhause zu verschließen, nach der Art und Weise, wie ich dich behandelt habe. Ich bitte dich, das nicht zu tun."

„Warum?"

„Nun, ich habe keine mütterlichen Gefühle für die Kinder, die ich zur Welt gebracht habe. Babys werden ihren Geburtsmüttern sofort weggenommen, um eine Bindung zu ihren Vätern aufzubauen. Aber ich hänge an Grevars Jungs. Sie sind die Kinder eines meiner engsten Freunde und wie Neffen für mich. Ich mag sie und genieße es, sie aufwachsen zu sehen. Ich würde gerne Teil ihres Lebens bleiben."

Ich faltete die Hände in meinem Schoß und dachte daran zurück, wie die Jungs Shula begrüßt hatten, als sie heute Abend angekommen war. Sie hatten auf jeden Fall eine Beziehung zu ihr, und ich würde ihnen das ungern vorenthalten.

„Okay, gut, lassen wir die Dinge dann so, wie sie sind", sagte ich. „Du hast etwas gesagt, was du nicht hättest sagen sollen, du hast dich dafür entschuldigt, und ich habe es akzeptiert. Jetzt ist alles gut. Solange du mich und meine Familie mit Respekt behandelst, kannst du die Familienfreundin bleiben, die du bist. Abgemacht?"

Ich streckte ihr meine Hand hin.

„Abgemacht?", starrte sie verwirrt darauf.

„Ja, lass uns darauf einschlagen." Ich nahm ihre Hand in meine und schüttelte sie kurz. „Das bedeutet, dass unsere mündliche Vereinbarung jetzt besiegelt ist."

„Interessant." Sie drückte meine Hand zur Antwort. „Dann ist es abgemacht."

„Und wenn wir schon dabei sind", fügte ich hinzu und ließ ihre Hand los. „Eine Art Willkommensprogramm für die menschlichen Frauen, die nach Voran kommen, einzurichten, ist eine großartige Idee. Der Umzug auf einen anderen Planeten kann anfangs überwältigend sein."

Sie nickte langsam mit einem nachdenklichen Ausdruck auf ihrem Gesicht.

„Ich glaube, das Verbindungskomitee hatte einige Vorschläge dazu. Es könnte ein guter Zeitpunkt sein, sie zu prüfen." Sie begegnete meinem Blick direkt. „Ich verspreche nicht, perfekt zu sein, Daisy, aber ich werde mein Bestes geben, mich mehr anzustrengen."

KAPITEL 16

GREVAR

Als die Gäste an diesem Abend endlich gegangen waren, wollte Daisy noch eine Weile auf der großen überdachten Terrasse neben dem Speisesaal sitzen.

Ihm wurde klar, dass die Party für sie alles andere als entspannend gewesen war. Nachdem sie und Shula von ihrem privaten Gespräch zurückgekehrt waren, hatte sich die Atmosphäre zum Glück verbessert. Die Unterhaltung war viel leichter geflossen. Er hatte Daisy sogar ein paar Mal lachen hören.

Er wusste, dass sie müde sein musste, besonders nachdem sie an diesem Morgen so früh aufgewacht war.

„Bist du sicher, dass du nicht gleich ins Bett gehen willst?", fragte er, als er bemerkte, wie sie versuchte, ein Gähnen zu unterdrücken.

„Bald." Sie nickte und setzte sich in einen Sessel aus *Rollu*-Ranken, getrocknet und zur Form einer Liege geflochten. „Ich möchte nur ein paar Minuten die Sterne beobachten." Sie blickte zu ihm auf, als er in der Nähe stand. „Setz dich zu mir, bitte." Sie klopfte auf das Sitzkissen der Liege neben ihr.

„Kennst du die Namen von irgendwelchen Sternbildern da oben?", fragte sie und zeigte auf den Nachthimmel, als er sich gesetzt hatte.

„Alle wichtigen." Er nickte. „Wir benutzen sie zur Navigation, wenn nichts anderes verfügbar ist. Das gehört zur Ausbildung. Der *Springende Staidus* ist das größte. Siehst du diese drei hellen Sterne dort drüben?" Er zeigte darauf, und sie lehnte ihren Kopf näher zu ihm, um in diese Richtung auf den dunklen Winterhimmel hinter dem Glas zu schauen.

Ihr Haar kitzelte sein Ohr. Der süße, blumige Duft ihres Parfüms streichelte seine Nasenlöcher, der Hauch des warmen Duftes ihrer Haut schoss direkt in seinen Schritt. Er verschob seine Beine und unterdrückte ein Stöhnen.

„Ja!", rief sie aufgeregt. „Ich sehe sie."

„Wenn du nun dieser Reihe kleinerer Sterne nach links folgst, gibt es eine kürzere Reihe darunter, die die beiden aussehen lässt wie die Vorderpfoten eines großen Tieres, in die Luft gehoben."

„Wow, ein Tier, wirklich?", kicherte sie leise. „Alles, was ich sehe, sind einfach zwei Sternenreihen."

„Ich auch", gestand er mit einem Lachen. „Wer auch immer sich diese Namen ausgedacht hat, muss eine verrückte Fantasie gehabt haben."

„Und hatte wahrscheinlich noch ein paar Drinks intus!", lachte sie auch und lehnte sich leider von ihm weg.

Er hatte seine Erektion gezähmt, aber jetzt war es sein Herz, das schmerzte. Wenn er es nicht ertragen konnte, dass sie sich nur ein paar Handbreit von ihm entfernte, wie könnte er möglicherweise den Abstand zwischen zwei Planeten überleben, der drohte, sie nächstes Jahr zu trennen?

„Wie benutzt man die Sternbilder zur Navigation?", fragte Daisy.

Er schüttelte die düsteren Gedanken vorerst ab.

„Die Ausrichtung dieser drei Sterne verläuft von Ost nach West", erklärte er. „Der hellste Stern an diesem Ende zeigt immer nach Osten. Wenn der Himmel so klar ist wie heute Nacht, ist es leicht, sich zu orientieren. Auf Neron zumindest. Die Sternbilder anderer Planeten sind natürlich völlig anders."

„Warst du schon auf anderen Planeten?"

„Ich war auf zweien. Aldrai und Tragul."

„Beide während des Krieges?"

„Nach Aldrai als Teil einer friedlichen Delegation. Nach Tragul sowohl während Kampfeinsätzen als auch für Treffen mit Ravil-Offiziellen. Das Land Ravie auf Tragul ist unser Verbündeter im Krieg mit den *Fescods*."

„Ist der Krieg jetzt nicht vorbei?"

„Die Invasion der *Fescods* auf Neron ist vorbei, aber sie weigern sich, friedlich mit anderen Nationen auf Tragul zusammenzuleben. Sie haben Ravie überfallen und kämpfen seit zwei Jahrzehnten gegen den Widerstand der Ravils. Wenn man die aggressive Natur der *Fescods* berücksichtigt, werden sie noch lange Zeit Probleme verursachen."

„Selbst die Niederlage gegen die Voraner hat sie nicht aufgehalten?"

„Nichts wird das wirklich, fürchte ich. Es ist unmöglich, mit *Fescods* zu kommunizieren. Sie haben keine gesprochene Sprache, sondern kommunizieren miteinander durch gemeinsame Gehirnwellen. Sie werden von einer Entität geführt, die Zentraler Geist genannt wird und all ihr Denken für sie übernimmt. Sie benutzt die einzelnen *Fescods* als Soldaten – eine gut koordinierte, rücksichtslose Armee. Es ist auch extrem schwer, einen *Fescod* zu töten. Ihre Haut reflektiert alle Energiestrahlen, einschließlich Laser. Ihre Körper stoßen Kugeln aus Projektilwaffen aus. Bisher waren Klingen die wirkungsvollsten Waffen gegen sie."

„Klingt erschreckend." Ein Schauder durchlief Daisys

Körper. „Die Kreaturen, die du in diesem Video in Stücke gerissen hast, waren *Fescods*, oder?" Ihre Lippe kräuselte sich vor Ekel. Er nahm es ihr nicht übel, *Fescods* waren ziemlich hässlich. Ihr Verhalten machte sie noch abstoßender.

„Ja. Das Video wurde auf Tragul aufgenommen."

„Bist du dort abgestürzt? Dein Fluggerät sah aus, als wäre es in einen Unfall verwickelt gewesen."

„Es wurde abgeschossen. Ich schaffte es, gerade gut genug zu landen, um zu überleben."

„Oh, nein...", sie drückte ihre Hände an ihre Brust, ihre grau-blauen Augen rundeten sich vor Schock. „Ich hatte keine Ahnung."

„Es stellte sich heraus, dass die Einheit der *Fescods*, die mich angriff, die Haupttransportanlage der *Yirzi* bewachte. *Yirzi* sind ein Nomadenvolk auf Tragul. Sie haben kein Land zu verteidigen und schlagen sich auf die Seite dessen, der mehr bezahlt. Sie hatten die *Fescods* mit Transport für ihre Invasion auf Neron versorgt. Meine Entdeckung half dabei, die Ressourcen der *Fescods* auf Neron abzuschneiden. Was letztendlich zu ihrer Niederlage auf unserem Planeten führte."

„Und so hast du auch deine Beförderung verdient?"

„Richtig." Zusätzlich zu den Jahren tadellosen Dienstes hatte diese Operation ihn an die Spitze der Anwärter für den Posten des Colonels der voranischen Armee gebracht.

Sie saß ein paar Momente still da und kaute nervös auf ihrer vollen Unterlippe. Auch er blieb still und bewunderte einfach ihr Profil, das vom Mondlicht hervorgehoben wurde.

„Du bist wirklich stolz auf dieses Video", sagte sie, und Verständnis durchflutete ihr liebliches Gesicht, als sie sich ihm zuwandte.

„Es war der Höhepunkt meiner militärischen Karriere", stimmte er zu. „Oder zumindest des Schlachtfeld-Teils davon."

„Deshalb hast du es mir geschickt. Du wolltest etwas so Wichtiges für dich mit mir teilen."

„Nun, man hat mir auch gesagt, dass ich gut darin aussehe. Ich wollte wohl einen guten Eindruck auf dich machen", gab er mit einem Lächeln zu.

„Oh." Sie rieb sich die Stirn. „Natürlich. Du siehst... ähm, wild aus in diesem Video."

„Ich wollte, dass du mich magst." Er wollte das immer noch. Mehr als je zuvor.

„Aber ich mag dich doch, Colonel."

Normalerweise verspürte er einen Anflug von Stolz, wenn Leute ihn mit seinem Rang ansprachen. Nicht jedoch, wenn Daisy es tat. Seinen Rang von ihren Lippen zu hören, ließ ihn die Distanz, die sie zwischen ihnen hielt, noch deutlicher spüren.

Sie senkte ihren Blick in ihren Schoß, ihre Wangen nahmen die vertraute rosa Färbung an. Das passierte, wenn sie wütend war, hatte er gelernt, oder unbehaglich. Warum sollte Daisy sich in seiner Nähe immer noch unwohl fühlen?

„Ich bin wirklich froh, dass wir es geschafft haben, trotz allem Freunde zu werden", sagte sie.

Freunde...

Das war nicht das, worauf er gehofft hatte.

„Wir sind doch Freunde, Colonel, oder?", schaute sie ihn mit einer neuen Intensität in ihren klaren Augen an.

„Ja", stöhnte er fast. „Wir sind Freunde."

Das war ein gefährlicher Weg. Er wollte sie definitiv nicht nur als Freundin. Aber was, wenn sie sich in seiner Gesellschaft nur als Freundin wohlfühlte?

„Ich gehe jetzt besser." Sie erhob sich schnell. „Gute Nacht."

Und jetzt lief sie wieder vor ihm weg. Schon wieder.

Er stand ebenfalls auf und lauschte dem Klang ihrer leichten Füße, die sie die Treppe hinaufführten. Alles in ihm drängte ihn, ihr nachzugehen. Sie zu packen, ihren Körper an seinen zu pressen, sie zu beanspruchen. Aber er hatte bereits versucht, das in der Nacht zu tun, als sie zum ersten Mal hier angekommen war, und sie hätte ihn fast sofort verlassen.

Er konnte es nicht noch einmal riskieren. Nicht jetzt, wo Daisy zu verlieren wie das Herausreißen seines Herzens wäre. Es musste einen besseren Weg geben.

„Omni", rief er seiner KI zu, die immer irgendwo in der Nähe war. „Holst du mir mein Tablet, bitte?"

Er hatte die Bewunderung seines ganzen Landes verdient. Aber die Liebe und Zuneigung dieser einen Frau zu gewinnen, erwies sich als die schwierigste Operation seines Lebens.

Vielleicht hatte er sie die ganze Zeit falsch angegangen. Was wäre, wenn er es als militärische Schlacht betrachtete, mit einem gut entwickelten Plan und einer Strategie? Um Daisy als seine Frau zu erobern, musste er genau wissen, womit er arbeitete und wogegen er kämpfte. Er musste mehr darüber erfahren, woher sie kam.

Als eine von Omnis Drohnen ihm sein Tablet reichte, suchte er nach Informationen über Menschen und ihren Planeten Erde. Er öffnete ein paar Bilder und Artikel über Weihnachten, das Fest, von dem Daisy heute Abend mit so viel Freude und Sehnsucht gesprochen hatte.

Vielleicht könnte er die Feier für sie in Voran verwirklichen? Selbst wenn es ihm nicht ihr Herz gewinnen würde, wäre es Belohnung genug, ihre Augen wieder vor Freude funkeln zu sehen.

Er blätterte durch die Fotos und Illustrationen von Weihnachtsfeiern verschiedener Erdnationen. Es gab so viele Traditionen. Baumschmücken schien jedoch ein gemeinsames Thema zu sein. Ebenso wie Familientreffen und Geschenke.

Die meisten Nationen behaupteten, ein magischer älterer Herr würde ihre Häuser besuchen. Unter vielen Namen bekannt, galt er als freundlich und brachte Geschenke für gehorsame Kinder.

Die ungehorsamen würden in einigen Kulturen vom

Krampus besucht. Abgesehen von seinem länglichen Gesicht sah dieses Wesen bemerkenswert aus wie... ein voranischer Mann.

Hörner. Hufe. Dichtes Fell. In einigen Illustrationen hatte der Krampus sogar die voranische Zunge heraushängend – dunkelrot und lang. Und die roten Augen waren... genau wie seine eigenen.

Den Geschichten zufolge war Krampus keine nette Figur. Er stahl und folterte Kinder. Und er wurde als hässlich und erschreckend bezeichnet.

Grevars Atem wurde hastig und flach, als ein schreckliches Gefühl unter dem Fell auf seinem Rücken entlang kroch. Daisy war damit aufgewachsen, dass genau sein Abbild benutzt wurde, um Kinder zu erschrecken. Für sie musste er wie ein wiedergeborenes Monster aussehen. Tatsächlich erinnerte er sich, dass sie ihn einmal Krampus genannt hatte.

Schauer breiteten sich in seiner Brust aus. Daisys Zurückweichen vor seiner Berührung ergab plötzlich viel mehr Sinn.

Er lud schnell Bilder prominenter menschlicher Männer, filterte sie dann nach Alter und Beruf. Ähnlich wie auf Neron nahm er an, dass beliebte Schauspieler und Models die Verkörperung männlicher Schönheit auf der Erde sein würden.

Während er durch die Bilder von menschlichen Männern scrollte, wurde er sich der enormen Unterschiede zwischen ihnen und ihm immer bewusster. Da waren keine Hörner, keine Schwänze oder Hufe. Kein Fell. Generell schien jede Art von Körperbehaarung auf der Erde inakzeptabel zu sein, da selbst die Brust der Männer auf vielen Bildern völlig haarlos und glatt war.

Alle von ihnen hätten natürlich Zehen und würden sich nicht daran stören, dass Daisy welche hat.

Nicht, dass ihn menschliche Zehen selbst störten, im Gegensatz zu ihren Neckereien.

Daisy wusste das. Sie war in seiner Nähe so weit entspannt,

dass sie in Riemchensandalen oder sogar barfuß im Haus herumlief. Er hatte reichlich Gelegenheit, ihre Zehen zu sehen, und er betrachtete sie nicht mehr als auch nur annähernd gruselig. Er fand ihre Zehen niedlich, und er mochte es, wie sie sie in verschiedenen Rosa- oder Rottönen bemalte, passend zu ihren Fingernägeln.

Seine größte Sorge war jetzt, wie sie *ihn* sah. Er war immer selbstsicher bezüglich seines Aussehens gewesen. Er wusste, dass voranische Frauen ihn gutaussehend fanden. Für Daisy jedoch musste er die ganze Zeit ein abscheuliches Monster gewesen sein.

Tief im Inneren hatte er gehofft, dass sie vor Ablauf des Jahres in jeder Hinsicht seine Frau werden würde. Jetzt fürchtete er, Daisy würde ihn niemals berühren lassen.

Was waren dann seine Optionen? Entweder würde sie seine Welt nächstes Jahr für immer verlassen. Oder er könnte versuchen, sie zu überreden, als die Freundin zu bleiben, die sie sagte zu sein, ohne Hoffnung, dass sie jemals mehr als Freunde werden würden.

Beide Optionen würden sein Herz gleichermaßen brechen.

KAPITEL 17

DAISY

„Hab dich!" Ich schnappte mir einen laufenden kleinen Jungen und wirbelte ihn herum.

Olvar strampelte mit seinen Hufen in der Luft, zappelte und kicherte in meinen Armen. Sein Bruder wurde nur einen Moment später von seinem Vater gefangen.

„Wir haben gewonnen!", heulte der Colonel triumphierend und warf Zun in die Luft. Der Junge lachte und kreischte vor Vergnügen.

„Nochmal! Nochmal! Jagt uns nochmal!", hüpften die Kinder um uns herum, sobald wir sie auf dem Gras des überdachten Parks abgesetzt hatten, wo wir zum Familienpicknick gekommen waren.

Dies war ihr zweites Wochenende zu Hause, und es war geschäftig, anstrengend und einfach wunderbar gewesen.

„Jetzt ist Mittagszeit." Ich schüttelte den Kopf. „Wir gehen nachmittags in den Zoo, erinnert ihr euch?"

Die Anforderungen des Ministeriums waren ziemlich

streng. Ich musste einen Tagesablauf entwerfen und einhalten und dabei die Richtlinien befolgen, die ich während des Elternkurses gelernt hatte. Jede ernsthafte Abweichung von den Regeln könnte dazu führen, dass das Ministerium dem Colonel das Recht entzog, die Jungen an den Wochenenden nach Hause zu holen, also sorgte ich dafür, dass ich sie gewissenhaft befolgte.

Der Zeitplan ließ etwas Flexibilität zu, und diese Zeit nutzte ich für ungeplanten Spaß mit den Jungs. Jedes Kind brauchte ab und zu die Möglichkeit, ohne Regeln oder Vorschriften herumzuspringen und zu schreien. Und genau das haben wir heute im Park gemacht. Wobei wildes Herumrennen im Zeitplan für das Ministerium immer noch als körperliche Aktivität abgehakt werden konnte.

„Ich will einen Cupcake!", sprang Olvar in Richtung der Decke, die ich neben unserem Picknickkorb auf dem Gras ausgebreitet hatte.

„Ich habe drei Mini-Cupcakes für jeden von euch. Alles, was ihr tun müsst, ist, zuerst Omnis Essen aufzuessen."

Ich entfernte die Deckel von den Tabletts mit Essen, reichte jedem der Jungen eines und gab auch dem Colonel eines. Die Jungen begannen sofort, sich ohne zu diskutieren das Essen in den Mund zu stopfen.

Jeder Punkt in ihrem Tagesablauf kam letztendlich den Kindern zugute, was es für mich einfacher machte, hinter dem voranischen System zu stehen. In gewisser Weise machte es auch mein Leben einfacher, da die Ernährung, Bildung, körperlichen Aktivitäten und Ruhezeiten der Zwillinge geregelt waren. Da sie seit ihrer Geburt dem gleichen Zeitplan folgten, hatten sich die Jungs auch daran gewöhnt, zu einer bestimmten Zeit ins Bett zu gehen und ihre Mahlzeiten in festgelegten Intervallen einzunehmen.

Das Herumtollen musste ihnen Appetit gemacht haben. Sie beendeten ihr Essen in wenigen Minuten.

„Wollt ihr noch mehr?", holte ich das zusätzliche Tablett heraus, das ich für sie eingepackt hatte, nur für den Fall.

„Nein." Sie schüttelten ihre Köpfe. „Cupcakes!"

Mit einem Mini-Cupcake in jeder ihrer kleinen Hände hüpften sie davon, unfähig, zu lange still zu sitzen.

„Oh, die Energie, die diese beiden haben!", lachte ich und beobachtete, wie sie auf dem Gras herumhüpften und sich rollten.

„Ich wette, dass sie im Flugzeug auf dem Heimweg einschlafen werden." Der Colonel streckte seine langen Beine neben mir aus und balancierte sein Essenstablett auf seinen muskulösen Oberschenkeln.

„Sie sind so verdammt süß, diese zwei." Ich holte auch mein eigenes Essen heraus. „Es ist gut, dass das Ministerium mich in Schach hält. Ansonsten würde ich sie schrecklich verwöhnen."

„Ich bin sicher, sie würden dich auf die eine oder andere Weise ausnutzen", kicherte er. „Wenn sie dich mit flehenden Augen ansehen, ist es so schwer, nein zu sagen."

Meiner Meinung nach war der Colonel ziemlich streng mit seinen Söhnen. Allerdings war die bedingungslose Liebe zwischen dem Vater und seinen Söhnen offensichtlich.

Ich deutete mit dem Kinn auf das Essen in seinem Schoß.

„Du solltest besser alles aufessen. Ich bin sicher, sie werden uns noch ein paar Meilen rennen lassen, bevor der Tag vorbei ist." Ich streckte meine Beine vor mir aus und stöhnte. „Ich bin mir nicht sicher, ob meine Füße noch viel mehr aushalten können. Ich hätte meine Laufschuhe tragen sollen. Diese haben kein gutes Fußbett."

Der Colonel stellte sein leeres Tablett beiseite, und ich reichte ihm eine Flasche Wasser.

„Ist es schwer, auf Füßen zu laufen?", fragte er und nahm einen Schluck.

Ich zuckte mit den Schultern.

„Nicht schwerer als auf Hufen zu laufen, stelle ich mir vor."

„Hufe werden vom Laufen nicht wund."

„Glück für dich." Ich beendete mein Essen und räumte den Behälter weg.

„Darf ich?" Plötzlich griff er nach meinem Fuß.

Ich schaffte es nur, einen kurzen überraschten Laut von mir zu geben, als er mein Bein um den Knöchel packte und dann meinen Fuß in seinen Schoß legte.

„Was machst du da?"

„Massage hilft, Muskelschmerzen zu lindern." Er zog meinen Ballerina aus, dann drückte er meinen Fuß in seiner großen Hand. „Funktioniert das auch bei Füßen?"

„Ohh", ich lehnte mich zurück und stützte mich mit meinen Händen ab, als er fachmännisch meine Sohle und Ferse rieb. „Das tut es auf jeden Fall."

Wer würde eine kostenlose Fußmassage ablehnen? Ich vergaß völlig, mich wegen meiner Zehen vor einem Voraner zu schämen.

„Das sind sehr eigenartige Anhängsel." Er zog sanft an jedem Zeh und massierte sie nacheinander. „So niedlich und winzig."

Ich hob amüsiert eine Augenbraue.

„Jetzt findest du sie niedlich? Nicht abstoßend?"

„Kein Teil von dir könnte mich jemals abstoßen", sagte er selbstsicher, was mein Herz aussetzen ließ.

Dieser Mann. Wie sollte ich für den Rest unseres gemeinsamen Jahres cool bleiben, wenn er mein Herz so wärmte und meinen Körper so unmöglich heiß machte?

Was würde ich tun, wenn das Jahr vorbei wäre?

Mit einem langen Atemzug schob ich die beunruhigenden Gedanken beiseite. Dies war ein erstaunlicher Morgen gewesen, und es versprach ein noch besserer Tag zu werden. Humor hatte mir geholfen, durch viele peinliche Momente im Leben im Allgemeinen und mit dem Colonel im Besonderen zu kommen.

„Du magst meine Zehen?", neckte ich ihn und wackelte mit den Augenbrauen. „Hier, ich habe noch einen Satz für dich." Ich legte meinen zweiten Fuß in seinen Schoß und freute mich, ihn lachen zu sehen, als er meinen anderen Schuh auszog.

„Zehn Mal mehr Spaß!"

FÜR DEN NACHMITTAG hatte der Colonel einen Ausflug in den Zoo geplant.

Die Zwillinge hüpften vor Aufregung in Erwartung, und ich tat es irgendwie auch. Ich war noch nicht im voranischen Zoo gewesen. Abgesehen von einigen kleinen Vögeln und den hübschen fliegenden Insekten in den Blumengirlanden in dem Einkaufszentrum hatte ich keine einheimischen Tiere gesehen.

Der Zoo bestand aus einer Gruppe großer Glashalbkugeln, die durch gewölbte Durchgänge miteinander verbunden waren.

Eine Führungsdrohne begleitete uns auf unserer Tour. Sie flog neben uns her und erzählte uns mit monotoner, androgyner Stimme Fakten über den Zoo und jedes der Tiere, die er beherbergte.

Nach etwa zwei Stunden des Durchstöberns der geräumigen Gehege hatte ich so viele außerirdische Tiere gesehen, dass ich das Gefühl hatte, mein Gehirn würde durch die Überladung mit neuen Bildern und Informationen explodieren.

„Bilgro Uchoit", summte die Drohne und schwebte vor dem umzäunten Gehege von einem Tier, das mich stark an einen aufgeblasenen Reifen erinnerte, der aufrecht gestellt war. „Aus dem Gaxeon-Wald von Neron."

Zwei Augäpfel, die auf zwei dünnen Antennen hingen, ragten aus der Mitte des „Reifens" heraus. Er rollte vorwärts, angetrieben von Hunderten kleiner schwarzer Füße – dort, wo bei einem Reifen die Lauffläche sitzt.

„Die Augäpfel des Bilgro Uchoit sind in Flüssigkeit innerhalb seiner versiegelten Augenlider aufgehängt. Wenn sich das Tier bewegt, *dreht sich sein Körper. Die Augäpfel bleiben jedoch stationär und schweben in der klaren Augenlidkapsel."*

„Dieses ist wahrscheinlich das bizarrste von allen." Ich starrte die schwarzen, aufgeblasenen „Reifen" an, die in ihrem Gehege die grasigen Hügel hinauf- und hinunterfuhren.

„Das hast du über das letzte auch gesagt", erinnerte Olvar.

Zun fand es aus irgendeinem Grund außergewöhnlich lustig, warf seinen Kopf zurück und lachte übertrieben laut.

„Das letzte war auch super seltsam", stimmte ich zu und erinnerte mich an die flauschige orangefarbene Spirale auf sechs Beinen. Es hatte sich wie eine freigesetzte Feder ausgedehnt, um mit seinem Mund, der sich am höheren Ende der Feder befand, Blätter von den Baumästen zu fressen. „Um ehrlich zu sein, bin ich jetzt verwirrt, welches das bizarrste ist."

„Nun, hier steht", der Colonel zeigte auf ein holografisches Display vor dem Gehege, „dass *Bilgro Uchoit* Nahrung aufnimmt, indem er Nährstoffe aus dem Schmutz mit seinen Füßen absorbiert, während er sich bewegt. Würde das sie zu halb Pflanze, halb Tier machen?"

„Bin mir nicht sicher", kicherte ich. „Aber das macht sie definitiv zu den bizarrsten Wesen in *meinem* Buch."

Als Snack kauften wir einige Früchte, die wie eine lange, saftige Schnur aussahen, die zu einer mehrfarbigen Spirale aufgerollt war.

„Bereit, nach Hause zu gehen?", fragte der Colonel, als wir um die letzte Glaskuppel kreisten.

Die Jungen verhielten sich jetzt viel ruhiger, offensichtlich wurden sie nach dem langen Tag voller Spaß müde.

„Die neue, zeitlich begrenzte Ausstellung liegt gleich voraus", informierte uns die Führungsdrohne. „Wenn Sie den nördlichen Ausgang zum Parkplatz nehmen, können Sie sie auf Ihrem Weg nach draußen sehen."

„Können wir, bitte?", Olvar wurde munter.

„Ich bin müde", beklagte sich Zun.

„Was meinst du?", wandte sich der Colonel an mich.

Ich zuckte mit den Schultern. „Nun, da es auf dem Weg liegt, warum nicht? Wir müssen sowieso zur Parkgarage."

Der Colonel hob Zun auf seine Schultern, und der Junge griff mit beiden Händen nach den Hörnern seines Vaters, wie nach den Lenkstangen eines Fahrrads.

„Dann lasst uns gehen."

Die Drohne führte uns durch einen weiteren Gang unter einem gewölbten Glasdach. Eine große Menschenmenge versammelte sich in der nächsten Glaskuppel.

„Was ist da?", hüpfte Olvar um mich herum und versuchte, zwischen den Leuten hindurchzusehen.

„Etwas Großes", antwortete Zun. Da er auf den Schultern seines Vaters saß, hatte er den besten Aussichtspunkt. „Es bewegt sich."

Mit dem harten Ausdruck von Autorität, der für immer in sein Gesicht gemeißelt war, bewegte sich der Colonel mit Leichtigkeit durch die Menge und ließ sie für uns auseinandergehen. Ich folgte seiner Spur und hielt Olvar fest an der Hand. Der Junge mochte es nicht besonders, so geführt zu werden, „wie ein Baby", wie er es nannte. Bei so vielen Menschen wäre es jedoch unmöglich schwer, ein fünfjähriges Kind zu finden, wenn es weglaufen würde.

Das „etwas Großes" entpuppte sich als der „Weltraumklumpen", wie einer von denen, die ich gesehen hatte, wie sie den Colonel in dem Video angriffen, das er mir geschickt hatte.

Ein *Fescod*.

Dieser hier schien in Person sogar noch größer zu sein als im Video. Seine formlose Masse ragte über die Menge. Dünne Auswüchse mit Augäpfeln und Greifzangen erschienen und verschwanden zufällig aus seinem Körper.

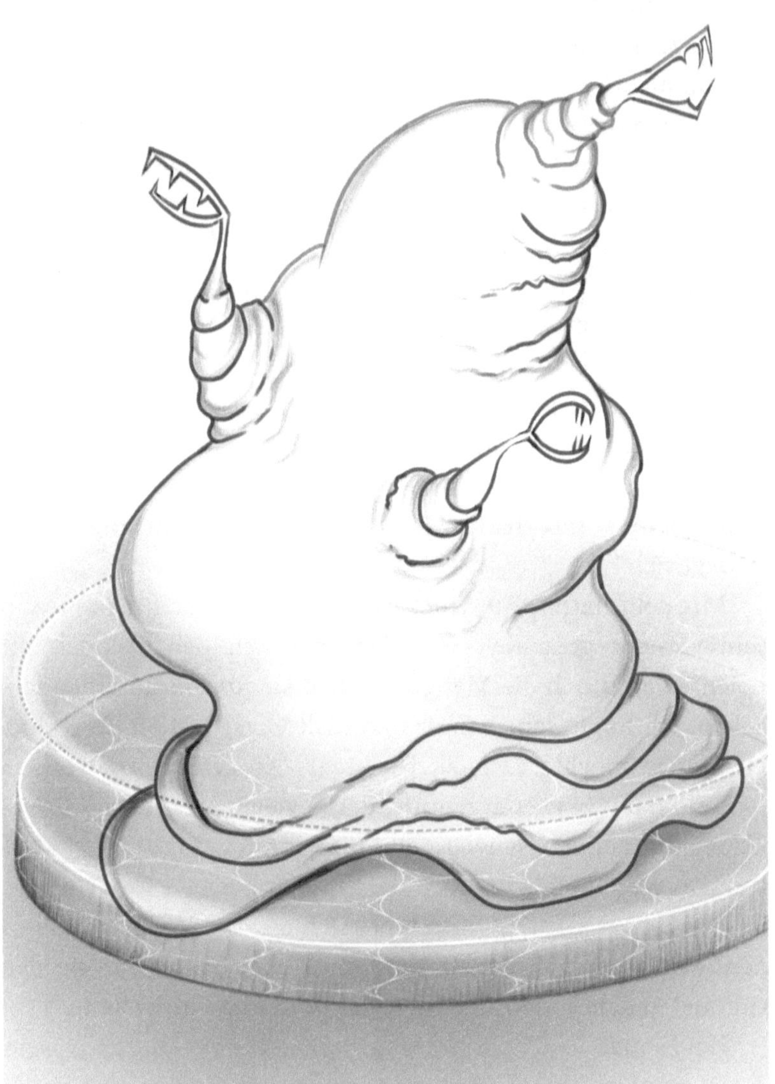

Angst lief in Gänsehaut über meine Arme, als ich daran dachte, dass der Colonel sich mehreren von ihnen stellen musste, ganz allein.

Die Kreatur befand sich auf einer niedrigen Plattform, umgeben von einer leuchtenden Metallbarriere mit scharfen

Spitzen. Er schien aufgeregt zu sein und stürzte sich mit Gewalt auf die Barriere. Jedes Mal, wenn das Leuchten seine betongraue Haut berührte, sprühte es Funken und hinterließ schwarze Brandflecken auf seinem Körper. Die Spitzen hinterließen blasse Wülste an seinen Seiten.

Er schrie nicht, brüllte nicht und heulte nicht, obwohl ich mir sicher war, dass die Barriere ihm Schmerzen verursachte. Die völlige Stille des *Fescod* war unheimlich und beunruhigend, besonders im Kontrast zum lebhaften Lärm der Menge. Die Voraner gingen gleichgültig vorbei und hielten inne, um einen Blick auf eines der Wesen zu werfen, die ihren Planeten überfallen und verloren hatten.

Alle Schlachten dieses Krieges wurden weit weg von der Stadt Voran ausgetragen, wie ich erfahren hatte. Für die meisten Menschen unter der Kuppel war der *Fescod* jetzt nicht viel mehr als eine kuriose Kreatur, sehr ähnlich wie der Rest der Ausstellungen im Zoo.

„Was ist das?", fragte Olvar und versuchte, näher an die Barriere heranzutreten. Ich hielt seine Hand fester und zog ihn zurück zu mir.

„Es ist ein *Fescod*, die Spezies, gegen die dein Vater im Krieg gekämpft hat. Richtig?" Ich blickte zurück zum Colonel, um eine Bestätigung zu erhalten.

Er starrte den *Fescod* an, sein Ausdruck düster. Ich war besorgt, dass das Wiedersehen mit seinem Feind in Person etwas in dem Kriegshelden auslösen könnte.

„Sollen wir gehen?", fragte ich leise und berührte seinen Arm.

„Ja." Er wandte sich ab und ging zum Ausgang.

„Sie sollten ihn nicht hier haben", sagte er, als wir einen der schmalen Gänge in Richtung Parkgarage entlanggingen.

„Weil er ein empfindendes Wesen ist, das wie ein Tier im Zoo ausgestellt wird?", fragte ich.

„Nein", sagte er scharf. „Weil es für die Öffentlichkeit nicht sicher ist."

„Oh."

„Die Intelligenz der *Fescods* liegt in ihrem gemeinsamen Geist. Einmal vom Signal abgeschnitten, sind sie nicht in der Lage, Probleme zu verarbeiten oder Lösungen zu finden. Die Debatte darüber, ob sie überhaupt selbstbewusst sind, ist noch im Gange. Das muss es der Zooverwaltung ermöglicht haben, diese Ausstellung überhaupt zu organisieren."

„Also sind sie ohne ihren ‚Geist' nicht intelligent genug, um anzugreifen?", fragte ich und eilte neben ihm den Gang hinunter.

„Oh, sie greifen bei jeder Gelegenheit an. Ein einzelner *Fescod* ist nicht viel mehr als ein hirnloser Roboter, der ohne den Geist nicht in der Lage ist zu planen oder zu organisieren. Seine angeborene Aggression macht ihn jedoch immer noch sehr gefährlich. Die Barriere, die sie haben, ist nicht angemessen, um einen wütenden *Fescod* einzusperren. Er wird von ihr gereizt. Es ist nur eine Frage der Zeit, bis er wütend genug wird, um durchzubrechen. Ich muss mit Drustan darüber sprechen. Als Gouverneur wäre er in der Lage, dem ein Ende zu setzen."

Plötzlich kam ein Geräusch von hinten. Schreie der Panik und das donnernde Geräusch von Hufen stürmten in unsere Richtung.

„Was ist los?", drehte ich mich um, um zurückzublicken.

„Komm." Der Colonel packte mich prompt an meinem Arm und zog mich zum Ende des Ganges, das noch ziemlich weit entfernt war. „Schneller." Er begann zu joggen und zwang mich, Schritt zu halten, während Olvar neben mir lief.

Die Menge um uns herum wurde dichter und blockierte fast den schmalen Durchgang.

„*Fescod*! *Fescod* ist entkommen!", schrien die Voraner und stürmten den Gang entlang zum Ausgang, wobei sie uns mit sich zogen.

„Oh nein!" Genau das, worüber der Colonel besorgt gewesen

war. Und es war sogar schneller passiert, als er vorhergesagt hatte.

„Beweg dich weiter, Daisy!", rief der Colonel.

Ich konzentrierte mich darauf, seine geschnitzten Hörner nicht aus den Augen zu verlieren, als die Menge sich zwischen uns ergoss und mich von ihm trennte. Im Chaos bemerkte ich nicht einmal, wann Olvars Hand aus meiner gerutscht war.

„Olvar!", schrie ich entsetzt, als ich bemerkte, dass er weg war. Ich schaute durch die Masse von panischen Menschen und suchte nach dem kleinen Jungen. „Komm zurück! Wo bist du?"

„Daisy." Der Colonel bahnte sich seinen Weg zu mir. Er legte einen Arm um mich und trug mich halb zum Ausgang und schließlich aus dem Tunnel heraus auf die Parkplattform. Dann drückte er mich an die Wand um die Ecke, weg von den vorbei-eilenden Voranern.

„Olvar!" Ich kämpfte gegen seinen Griff und war verzweifelt darauf aus, zurück in den Glastunnel zu rennen. „Er ist dort drinnen. Olvar!"

Reiner Horror blitzte durch den Ausdruck des Colonels, dann kehrte sein ruhiger Fokus zurück.

„Hier." Er nahm Zun von seinen Schultern und übergab ihn mir. „Nimm Zun zum Flugzeug. Ihr beide geht hinein und verriegelt die Türen. Bleibt dort, bis ich zurückkomme. Steigt nicht aus, egal was passiert. Verstanden?"

Ich nickte mehrmals schnell und hielt Zun fest an mich gedrückt. „Oh Gott, bitte finde ihn."

„Das werde ich." Er eilte davon und ging zurück in den Tunnel gegen die stürmende Menge.

„Komm, Kleiner", murmelte ich zu Zun.

Ich hielt ihn an meine Brust gedrückt und rannte, wobei ich mich so lange wie möglich nahe an der Wand hielt. Ich weigerte mich, Zun abzusetzen, auch wenn er mit jeder Minute schwerer in meinen Armen zu werden schien. Ich wich den Menschen aus, die um uns herumdrängelten, und wandte mich zur Mitte der Parkplattform, wo unser Flugzeug stand.

„So, hier sind wir." Ich öffnete die Türen, sobald ich das Flugzeug erreichte. „Komm genau hierher, Schätzchen." Ich setzte Zun auf seinen Sitz und schnallte ihn an.

„Wo ist Papa?", die Stimme des Jungen war so leise, dass mir die Augen vor Tränen schwollen und die Innenseite meiner Nase zu prickeln begann.

„Er wird gleich zurück sein, Liebling. Er muss nur-"

Etwas Enormes schlug von der Seite auf mich ein. Die Luft wurde aus meiner Brust gepresst. Jeder einzelne Knochen in meinem Körper schien zu krachen und zu zittern, als ich auf den Boden stürzte.

„Zun! Verriegle die Türen, Kleiner!", schrie ich.

Eine riesige, formlose, graue Masse bewegte sich über mich und versperrte mir die Sicht auf den Jungen... und die Welt um mich herum.

GREVAR

„Olvar!"

Er schob Menschen aus dem Weg und bewegte sich gegen den Strom der panischen Menge. Einige Sicherheitsleute des Zoos schlossen sich ihm an und versuchten, zurück zur *Fescod*-Ausstellung zu gelangen.

Sie hätten die ganze Zeit dort sein sollen. Bitterkeit schürte seinen Zorn über das Versagen der Leitung, dies vorauszusehen. Wenn sie nur jemanden konsultiert hätten, der tatsächlich im Krieg gegen diese Dinger gekämpft hatte. Wenn nur jemand *ihn* gefragt hätte, bevor er entschied, dass es eine gute Idee wäre, einen vor Aggression siedenden *Fescod* der friedlichen Wochenendmenge zu präsentieren.

„Olvar! Wo bist du?"

„Papa!", kam die Stimme eines Kindes von vorne.

Olvar!

Er verstärkte seine Anstrengungen und bewegte sich schneller, während er gegen die Menschenlawine ankämpfte. Als er sich ganz bis zur Wand durchquetschte, sah er seinen Sohn weiter vorne. An einen Stützbogen gekauert, hockte Olvar tief am Boden an der Wand. Es war ein Wunder, dass er einem zermalmenden Schlag von einem der vielen vorbeieilenden Hufe entkommen war.

Grevar konnte ihn noch nicht erreichen. Die Menge schien mit jeder Minute dichter zu werden.

„Ist das deiner?", fragte ein Mann in hellbunter Zivilkleidung und nahm Olvar vom Boden auf.

„Ja!"

„Papa!", rief der Junge und streckte sich über den sich bewegenden Wald von Hörnern nach ihm aus.

„Komm her, du." Er schnappte seinen Sohn von dem Fremden.

„Beeile dich", sagte der Mann dringend. „Bring ihn hier raus. Das Monster dort hinten hat jeden niedergetrampelt, der versucht hat, es aufzuhalten."

Fescods waren nicht leicht zu stoppen. Ohne Hälse zum Brechen oder Köpfe zum Zerschlagen, mit dicker Haut und all ihren Anhängseln oft komplett in ihren Körpern verborgen, waren sie nahezu unbesiegbar. Jemand, der ihnen noch nie in einer Schlacht begegnet war, würde nicht wissen, was zu tun ist.

Zumindest hatte das Zoo-Sicherheitspersonal die richtigen Waffen dabei, als sie vorbeieilten. Sie sollten in der Lage sein, das Blutbad zu stoppen.

Seine Priorität war es, seine Familie so schnell wie möglich in Sicherheit zu bringen.

Er trug seinen Sohn unter seinem Arm und eilte zurück zur Parkplattform.

Wieder aus dem Tunnel heraus, ging er direkt in Richtung ihres Flugzeugs. Zuerst musste er seine Familie aus der Gefahrenzone bringen, dann müsste er sehen, was gegen den wütenden, freilaufenden *Fescod* unternommen werden konnte.

Er hielt in seinen Spuren inne, als er sah, wie der amorphe Körper des *Fescod* plötzlich aus einem anderen Gang herausrollte und auf die Parkplattform gelangte.

Dann setzte sein Herz fast aus, als die Kreatur mit voller Geschwindigkeit in Daisy rammte und sie von den Füßen warf. Bevor der *Fescod* die Chance hatte, Zun nachzugehen, der ihn entsetzt anstarrte, angeschnallt auf seinem Sitz im Flugzeug, schrie Daisy und lenkte die Aufmerksamkeit der Kreatur zurück auf sich selbst. Zun schlug auf den Knopf und ließ die Tür herunter.

Mit langen Auswüchsen, die mit scharfen Greifzangen bestückt waren, rollte der *Fescod* zu Daisy.

Seine Frau schrie erneut und ließ sein Blut vor Entsetzen gerinnen.

Grevar setzte Olvar ab und öffnete per Fernbedienung die Flugzeugtür auf der entgegengesetzten Seite des *Fescod*.

„Zum Flugzeug." Er schubste seinen Sohn sanft in diese Richtung. „Verriegle die Türen hinter dir."

Der Junge nickte mit einem ernsten Blick auf seinem kleinen Gesicht. Das Training der Akademie musste eingesetzt haben, denn sein Sohn sprintete mit voller Geschwindigkeit zum Flugzeug, sprang dann hinein und drückte den Türverriegelungsknopf – alles ohne ein Wort der Angst oder des Protests.

Im selben Moment stürmte Grevar auf den *Fescod* zu.

Die alte, vertraute Wut loderte hoch. Nur diesmal schien sie millionenfach stärker, da sie von Angst angefacht wurde. Angst um seine Frau. Das Entsetzen über jeden Schaden, der ihr zugefügt werden könnte, blendete ihn, als er mit voller

Geschwindigkeit seine Hörner in die fleischige Seite des *Fescod* rammte.

Zur Seite und weg von Daisy gestoßen, wechselte der Außerirdische seine Aufmerksamkeit und seine Greifzangen zu Grevar.

Dunkles Blut strömte aus den zwei Stichwunden, die Grevars Hörner hinterlassen hatten.

Da seine Krallen gefeilt worden waren, um besser zum friedlichen Leben in Voran zu passen, konnte Grevar die dicke Haut des *Fescod* mit seinen Händen nicht durchdringen. Seine Finger rutschten ab und fanden keinen Halt an der ausgebeulten Masse.

Die Greifzangen des *Fescod* gruben sich in Grevars Arme und Schultern und zerrissen seine Kleidung und sein Fleisch darunter.

Er knurrte vor Qual und stieß mit aller Kraft gegen seinen Feind. Sie rollten zusammen auf dem Boden. Er kratzte an der Haut des *Fescod*, seine Hände glitschig vom Blut der Kreatur, steckte einen Finger in die Wunde, die seine Hörner hinterlassen hatten, und fügte schnell einen weiteren Finger hinzu.

Die massive Masse des *Fescod* zitterte vor Schmerz, als Grevar seine Finger tiefer versenkte. Die Greifzangen zerrissen wild seinen Armeemantel, sein Fell und sein Fleisch, aber Grevar ließ nicht los.

Er zerrte an den Rändern der Wunde und riss das Fleisch des *Fescod* auf. Er zitterte unter seinen Fingern, als er mit beiden Händen hineingriff. Als er den Cluster der schlagenden Herzen des *Fescod* im Inneren fühlte, wickelte er seine Finger darum und riss sie alle mit einem harten Ruck heraus.

Der zuckende Körper des *Fescod* sackte zusammen und breitete sich zu einem formlosen Haufen zerrissenen Fleisches auf dem Boden aus. Er kollabierte darauf, schnappte nach Luft, seine Hände zitterten vor Anstrengung und Stress.

„Grevar…", kroch Daisy zu ihm herüber und kletterte über

den grausigen Haufen, der einst der *Fescod* gewesen war. „Bitte, bitte sag mir, dass es dir gut geht."

Sie berührte sein Gesicht. Angst und Sorge schwebten in ihren *lilcae*-farbenen Augen.

War ihr überhaupt bewusst, dass sie ihn gerade bei seinem Vornamen genannt hatte? Zum ersten Mal überhaupt?

Er legte seinen Arm um ihre Schultern und zog sie an seine Seite.

Seine Jungs waren in Sicherheit, und seine Frau lag in seinen Armen.

„Mir geht's gut, Liebling", lächelte er sie an. „Besser als je zuvor."

KAPITEL 18

DAISY

Grevars Verletzungen wurden direkt dort im Zoo behandelt. Meine eigenen Blessuren nach der Tortur mit dem *Fescod* waren wie durch ein Wunder nur ein Schock und ein paar blaue Flecken. Glücklicherweise blieben beide Kinder völlig unverletzt. Nachdem wir beide unsere Aussagen bei den Sicherheitskräften gemacht hatten, durften wir nach Hause gehen.

Vom Flugzeug aus rief Grevar Gouverneur Drustan an und sagte ihm in unmissverständlichen Worten genau, was er davon hielt, ihre Kriegsfeinde an öffentlichen Orten auszustellen.

Ich gab den Kindern Abendessen aus dem Essenspaket, das uns die Zoo-Mitarbeiter mitgegeben hatten. Die Jungen, völlig aufgeregt, nachdem sie gesehen hatten, wie ihr Vater „dem bösen Kerl eine verpasst hatte", brauchten eine Weile, um sich im Flugzeug zu beruhigen. Völlig erschöpft schafften sie es nach unserer Ankunft zu Hause jedoch nur bis ins Wohnzimmer, wo sie übereinander auf der Couch einschliefen.

Mit seinem Arm über meinen Schultern half ich Grevar die Treppe hinauf in sein Schlafzimmer und dann ins Badezimmer.

Er ließ mich los und setzte sich auf den Rand der Badewanne, während ich Omni anwies, diese zu füllen.

„Ich muss für dich wie der leibhaftige Krampus aussehen", lachte er. „Abscheulich und mit Blut bedeckt."

„Nein." Ich schüttelte den Kopf und half ihm, seinen blutgetränkten Armeemantel auszuziehen. „Wenn ich dich ansehe, sehe ich keinen Krampus, Grevar. Ich sehe einen Mann, der selbstlos seine Familie verteidigt hat. Der mich gerettet hat. Und ich bewundere diesen Mann zutiefst."

Nachdem ich sein blutverschmiertes Hemd abgestreift hatte, ließ ich meine Finger über die Wunden an seinen Schultern schweben. Sie waren alle behandelt worden. Die Schnitte und Risse in seiner Haut waren mit einer schützenden Heilfolie bedeckt. Das Fell um die Wunden herum blieb jedoch mit getrocknetem Blut verkrustet.

„Daisy", seufzte er plötzlich, umschlang meine Taille mit seinen Armen und drückte sein Gesicht an meinen Bauch.

Ich stand schweigend da und fuhr mit meinen Fingern durch das gestutzte Fell an seinem Hinterkopf, versuchte mir vorzustellen, was er durchmachen musste. Er hatte jahrelang gegen den Feind gekämpft, der seine Heimatwelt überfallen hatte, nur um ihn noch einmal im Herzen seiner Stadt bekämpfen zu müssen, während der Friedenszeiten.

Unerwartet glitt seine Hand von meiner Taille hinunter zu meinem Hintern und umfasste meine Pobacke. Mit einem leisen Stöhnen zog er mich näher.

„Grevar", sagte ich leise und strich beruhigend über das Fell auf seinen Schulterblättern. „Die Wanne ist jetzt voll. Du musst dich heute Abend ausruhen."

Es war schwer, nicht seinem Drängen nachzugeben, jetzt wo er mich endlich mit Leidenschaft hielt. Er war ständig in meinen Gedanken gewesen. Selbst ohne die ausgefeilte Technologie des Dream Spa sah ich ihn jede Nacht in meinen Träumen. Ich wollte ihn, unbedingt.

Aber ich würde seinen Zustand auf keinen Fall ausnutzen. Ich wünschte mir, dass dies mehr wäre als ein schneller Fick nach einem stressigen Tag. Wenn wir Sex hätten, wollte ich, dass auch sein Verstand und sein Herz dabei waren, nicht nur sein Körper.

Dieser Mann bedeutete mir zu viel, um der Fehler zu werden, den er am Morgen bereuen würde.

„Ich muss die Kinder ins Bett bringen", sagte ich und lehnte mich sanft zurück. Ich riss meine Hände von ihm los und trat zum Ausgang.

Er hielt mich nicht zurück und hielt mich nicht auf. Bevor ich ging, sah ich über meine Schulter zu ihm.

Blutig und zerschlagen, und glorreich unbesiegt, saß er am Rand der Wanne und verfolgte jeden meiner Schritte mit diesen wunderbaren roten Augen.

„Danke, Grevar", sagte ich sanft, aber deutlich. „Danke, dass du mein Leben gerettet hast und für alles, was du für mich getan hast." Aber ich würde das nicht dabei belassen. „Schlaf gut. Wir werden morgen früh über alles reden."

Grevar war mir so nahe gekommen, ich fühlte, dass ich mit ihm über alles reden konnte. Was auch immer ihn von mir ferngehalten hatte, darüber konnten wir auch reden. Wir würden damit umgehen, so wie wir auch mit anderen Dingen umgegangen waren. Ich war überzeugt, dass wir gemeinsam alles lösen könnten.

Als ich zurück nach unten ging, um unsere Kinder ins Bett zu bringen, wurde mir klar, dass Shula recht hatte. Dies war mein Zuhause, meine Familie und mein Ehemann. Grevar und ich hatten in seinem Haus ein Zuhause geschaffen. Wir zogen *unsere* Kinder auf. Und wir teilten eine liebevolle, fürsorgliche Beziehung miteinander, ob wir nun Sex hatten oder...*noch* nicht.

Ich hatte alles, wovon ich je geträumt hatte, und noch mehr.

Meine Reise nach Voran war letztendlich kein Fehlschlag gewesen, sondern der größte Erfolg meines Lebens.

GREVAR

„Gib mir das Tablet, Omni", befahl er der KI.

Er hatte alles Blut und den Dreck von seinem Körper gewaschen, blieb aber in der Wanne und ließ das warme Wasser seine schmerzenden Muskeln beruhigen.

Daisy würde Voran nächstes Jahr auf keinen Fall verlassen, hatte er beschlossen.

Sie mochte es hier, da war er sich sicher. Sie liebte seine Kinder so sehr, dass sie bereit war, für sie zu sterben, das hatte sie heute bewiesen. Die Jungs vergötterten sie ebenfalls. Sie hatte ihm ihre Freundschaft, Dankbarkeit und Bewunderung gestanden. Aber er wollte alles von ihr. Auch ihr Herz und ihren Körper. Er würde alles tun, damit sie in ihm mehr als nur einen Freund sah, sondern auch ihren Ehemann und Liebhaber.

Weihnachten, das Fest, von dem sie gesprochen hatte, war morgen, und er hatte eine Überraschung für sie. Denn so machten sich Menschen gegenseitig Geschenke – sie hielten sie geheim bis zu dem Moment, in dem sie sie einander gaben.

Er war sich nicht sicher, warum Erdlinge es genau so machten, aber wenn Daisy sich mehr freuen würde, weil er ihre Geschenke geheim gehalten hatte, dann sollte es so sein. In der vergangenen Woche hatte er nach Geschenken für Daisy gesucht und sie gekauft, und er musste zugeben, es hatte Spaß gemacht zu erraten, was ihr gefallen könnte. Omni hatte all die schönen Dinge versteckt, die Grevar bisher für sie gefunden hatte.

Er schaltete das Tablet ein und prüfte die Lieferung des

riesigen *Maikai*-Baums, den er bestellt hatte. Er sollte früh am Morgen ankommen.

Lievoa würde zum Frühstück vorbeikommen, und sein Vater und seine Brüder würden später am Nachmittag eintreffen.

Daisy würde ihr allererstes Weihnachten auf Neron feiern. Und er war entschlossen, dass es nicht ihr letztes in seinem Haus sein würde. Alle ihre Weihnachtsfeste sollten mit ihm und seinen Jungs gefeiert werden, denn sie waren jetzt eine Familie. Shula hatte ihm die Zwillinge geschenkt, aber Daisy hatte sie alle zu einer viel glücklicheren Familie gemacht. Ihre Welt würde ohne sie nie wieder vollständig sein.

Sie musste bleiben.

Nichts von dem, was er geplant und organisiert hatte, schien jedoch ausreichend. Etwas anderes war nötig, etwas Größeres. Etwas, das ihm helfen würde, sie mit Sicherheit in Voran zu halten.

Lievoa hatte ihm eine Idee gegeben.

Auf seinem Tablet rief er die Informationen über das Einkaufszentrum auf. Dieser Ort war größer, mit besserer Sicherheit als die Östliche Mall, die seine Cousine vorgeschlagen hatte. Es war auch näher an ihrem Haus und direkt auf seinem Weg zur Arbeit.

Die meisten Geschäfte waren jetzt geschlossen, aber die Mall-KI würde verfügbar sein, um seine Fragen zu beantworten.

Er klickte auf den Kontaktbutton für Immobilienvermietungsanfragen.

Daisy hatte ihre eigene Bäckerei haben wollen. Er würde ihr helfen, anzufangen. Mit ihrem Talent und ihrer Ausdauer zweifelte er nicht daran, dass sie daraus einen Erfolg machen würde. Sie würde nach Ablauf des Jahres bleiben, und er hätte alle Zeit, die er brauchte, um sie zu überzeugen, dass er würdig war, ihr Ehemann in jeder Hinsicht zu sein. Dann würde er den Rest seines Lebens damit verbringen, sie glücklich zu machen.

Er vereinbarte Besichtigungstermine für drei der verfügbaren Immobilien im Einkaufszentrum, für übermorgen. Nach der Arbeit würde er Daisy mitnehmen, um sie alle anzusehen und auszuwählen, welche ihr am besten gefiel.

Er fühlte sich besser mit der Situation, jetzt wo er einen Plan hatte, und wollte gerade das Tablet ausschalten, als eine Nachricht von der Mall-KI aufpoppte.

„Möchten Sie die Sonderangebote sehen oder Folgetermine bei den zuvor besuchten Unternehmen buchen?"

Eine Liste von Geschäften und Dienstleistungen scrollte vorbei. Nach dem Datum zu urteilen, waren dies die Orte, die Daisy während ihres Einkaufsbummels mit Lievoa besucht hatte.

Außer dem Dream Spa. Das musste noch von früher dort sein, als er die Einrichtung ein paar Mal besucht hatte. Lange bevor Daisy in sein Leben trat, ging er an Abenden ins Spa, wenn es sich zu Hause besonders einsam anfühlte und er sich nach mehr Intimität sehnte, als seine eigene Hand bieten konnte. Diese luziden Träume waren unterhaltsam gewesen. Aber am Ende des Tages kehrte er immer wieder allein in sein leeres Haus zurück.

Bei genauerer Betrachtung verwirrte ihn das Datum des letzten Besuchs. Es war dasselbe Datum wie Daisys Einkaufsbummel. Er rief die Abrechnung seines Kreditkontos auf. Tatsächlich gab es an diesem Tag eine entsprechende Belastung dafür.

Das Blut in seinen Adern erhitzte sich bei der Erkenntnis, dass es seine Frau war, die an diesem Tag das Spa besucht hatte. Warum hatte sie das getan? Wenn sie ihn, den atmenden, lebenden – und in letzter Zeit ständig erregten – Ehemann zu Hause hatte?

„Eines Tages wirst du von einem Mann gefickt werden wollen. Und das könnte nur ich sein", hatte er ihr vor langer Zeit gesagt.

Die Tatsache, dass sie zu diesem Ort gegangen war, anstatt zu ihm zu kommen, brannte sich wie Säure durch seinen Stolz und seine Würde. Verabscheute sie ihn so sehr, dass sie eine Maschine seiner Berührung vorzog?

Nach allem, was sie gemeinsam durchgemacht hatten.

Nach dem, was sie ihm gerade heute Abend gesagt hatte.

Ob sie ein Bett teilten oder nicht, Daisy gehörte zu ihm. Sie gehörte ihm, mit Körper und Seele, sie brauchte nur ein wenig mehr Zeit, um das zu erkennen, und er war bereit, ihr diese Zeit zu geben.

Wenn sie während dieser Zeit jedoch von einem anderen Mann träumen würde, wären all seine Bemühungen verloren. Dann würde sie gehen...

Er dachte an das Leben, das sie bereits gemeinsam hier in *ihrem* Zuhause aufgebaut hatten. Wie wohl sie sich miteinander fühlten. Er konnte sich dieses Haus nicht ohne sie vorstellen.

„Sie könnte einfach eine Massage bekommen haben, um ihre Muskeln zu entspannen", sagte er sich und versuchte, gegen das Gift der Eifersucht anzukämpfen, das seine Adern durchflutete.

Dann dachte er an die Veränderung in ihrem Verhalten in letzter Zeit. Wie seltsam schreckhaft sie geworden war. Von Natur aus gesprächig, verstummte sie plötzlich. Wann immer sie sich berührten, auch versehentlich, zog sie sich schnell zurück.

Wenn es einen anderen Mann gäbe...

Er stöhnte und setzte sich in der Wanne auf. Das Wasser schwappte über, genau wie sein Zorn, der in ihm überkochte. Am meisten schmerzte, dass sie dies hinter seinem Rücken getan hatte. Während all seine Gedanken um sie kreisten, hatte sie von jemand anderem geträumt.

„Ich möchte die Aufnahmen des letzten Besuchs sehen, der meinem

Kreditkonto belastet wurde", tippte er die Nachricht an die Dream Spa KI.

Obwohl er wusste, dass es nur noch mehr schmerzen würde, konnte er nicht aufhören. Er musste jetzt alles wissen. Die ganze verdammte Wahrheit, egal ob sie dabei war, ihn zu zerstören.

„Aufgrund unserer Datenschutzrichtlinien müssen wir Ihre ID bestätigen, bitte", kam eine Antwort.

„Es ist mein verdammtes Konto!", knurrte er, kletterte aus der Wanne und hinterließ überall Wasserpfützen. „Und meine eigene Frau!"

Wütend stapfte er ins Schlafzimmer, holte das Kreditarmband und seinen Ausweis und scannte beides für die KI ein.

„Einen Moment, bitte."

Das Tablet in der Hand haltend, durchschritt er den Raum und tropfte Wasser auf den Teppich. Er wartete darauf, dass das Video geladen wurde, und war darauf gefasst, dass sein Herz jeden Moment in eine Million kleine Stücke zerbrechen würde.

Als er auf *Abspielen* drückte, wappnete er sich für das Bild eines dieser menschlichen Männer von der Erde mit ihren glatt rasierten Brüsten. Sie würden *seine* Frau in ihren haarlosen Armen halten.

Stattdessen erschien sein eigenes finster blickendes Gesicht auf dem Bildschirm, was ihn zuerst denken ließ, er würde irgendwie sein Spiegelbild betrachten.

Das Bild zoomte dann heraus und zeigte seinen nackten Oberkörper.

„Oh nein...", erreichte ihn Daisys Stimme und bestätigte, dass er jetzt ihre nicht mehr geheime Fantasie ansah.

Mit dem Tablet in seinen betäubten Fingern ließ er sich geschockt aufs Bett fallen.

Daisy, seine süße kleine Blume, hatte davon fantasiert, von jemandem hart genommen zu werden, der ihm verdammt ähnlich sah.

Es *war* er, inklusive seiner „wilden" roten Augen.

Er schaute noch einen Moment zu, um seinem Gehirn Zeit zu geben, das Gesehene zu verarbeiten. Sein Schwanz jedoch verstand zuerst, was geschah, und wurde stahlhart.

Sollte er das überhaupt ansehen? Und erst recht dabei hart werden, beim Video der nackten Daisy, die jetzt von hinten genommen wurde. Tief in seinem Inneren flüsterte eine kleine Stimme verspätet, dass er nicht in ihre privaten Fantasien eindringen sollte.

„Das ist mein verdammtes Gesicht, genau da!", fauchte er seine innere Stimme an und zeigte auf das Bild auf dem Bildschirm. „Ich bin *bereits* involviert. Mehr als ich verdammt noch mal wusste!"

Er hätte es wissen müssen. Wie konnte er nur so blind sein? So ahnungslos? So lange? Er hatte all ihre Signale falsch gelesen.

„Es ist auch meine Fantasie."

Und es war Zeit, die Fantasie zur Realität werden zu lassen.

Er stoppte das Video.

„Gibt es noch etwas, womit wir Ihnen helfen können?" fragte die KI.

„Nein", knirschte er durch die Zähne, „aber *ich* kann es."

KAPITEL 19

GREVAR

Er fand sie vor dem Spiegel in seinem alten Schlafzimmer, wo sie ihr fantastisches, oranges Haar bürstete. Sie trug dieses Mal ein viel zurückhaltenderes Nachthemd, etwas, das tatsächlich den größten Teil ihres Körpers verbarg.

Aber nicht mehr lange.

Er stürzte direkt von der Tür aus auf sie zu, verzweifelt danach, sie zu halten. Keine Zweifel trübten mehr seinen Verstand.

Ihre großen Augen wurden noch größer beim Anblick seines splitternackten Körpers, das Badewasser tropfte noch von seinem Fell.

„Bitte, sag nicht nein." Endlich nahm er sie in seine Arme.

Ihre Brust hob sich mit einem tiefen Atemzug. Sie hob ihre Arme und schlang sie um seinen Nacken.

„Ja", hauchte sie aus. „Grevar. Schatz. Eine Million Mal *ja*."

Endlich.

Es fühlte sich an, als wäre ein riesiger Felsbrocken, der all seine Hoffnungen und Pläne für die Zukunft niedergedrückt hatte, weggerollt und ließ ihn wieder frei atmen.

Er vergrub sein Gesicht in ihrem Nacken und atmete ihren Duft ein, ihre Wärme und ihre Süße.

„Grevar?" Sie streichelte seinen Rücken. „Wie fühlst du dich, Liebling? Bist du sicher, dass das ist, was du willst? Jetzt sofort?"

„Ich bin mir schon lange sicher, was *ich* will." Er ließ seine Hände unter ihr Nachthemd gleiten und drückte ihren runden Hintern. „Jetzt, wo ich genau weiß, was *du* willst, kann mich nichts mehr zurückhalten."

„Was will *ich* denn?" Sie lehnte sich zurück, fing seinen Blick ein, ein neckender Funke blitzte in ihren Augen auf.

„Mich", knurrte er und hob sie auf die Kommode. Ihre Beine fielen auseinander und machten Platz für ihn, näher zu kommen. „Du willst *mich*."

Die volle Bedeutung seiner eigenen Worte rollte mit Überraschung und Vergnügen durch seine Brust. Er konnte immer noch nicht glauben, dass seine Daisy nicht angewidert, sondern erregt war beim Anblick von ihm.

Sie stöhnte, als wollte sie es wieder bestätigen, und er ließ seine Hand an ihrem Oberschenkel hochgleiten. Mit seinem Daumen tauchte er zwischen ihre Beine und fand sie bereits warm und feucht. Sein Herz schwoll vor Stolz und Freude, während eine weitere Welle der Lust in seinen Schritt schoss.

„Sag mir", keuchte er und schob ihr Hemd bis zur Taille hoch. „Hast du gerade an mich gedacht?"

„Immer", murmelte sie, ihre Wangen nahmen diesen zarten rosa Farbton an, den sie oft hatten, wenn sie wütend war, oder verlegen, oder... erregt, wie sich herausstellte. „Ich *kann* nicht aufhören, an dich zu denken. Ich habe es versucht, aber... All diese unanständigen Gedanken..."

„Gut." Er glitt mit seiner Hand an ihrem Körper hoch und umfasste ihre Brust – voll und warm in seinem Griff.

„Oh, ich will dich, Grevar", stöhnte sie, als er sanft an ihrer Brustwarze zupfte. Sie schlang ihre Beine um seine Mitte und presste sich an ihn, rieb ihren Schoß an seiner Erektion.

Lust blendete ihn. Sein Verstand schwamm vor Verlangen nach ihr.

„Dieses Mal wird es schnell gehen", warnte er und positionierte sich zwischen ihren Schenkeln. „Du machst mich wahnsinnig. Ich fühle mich, als würde ich jeden Moment explodieren." Alles in ihm stand in Flammen, bereit zu explodieren – sein Verstand, sein Herz, sein Schwanz. „Aber ich will in dir kommen."

Er umfasste ihren Hintern und zog sie auf der Kommode nach vorne, spießte sie auf seinen Schwanz auf.

„Du *bist* riesig!", keuchte sie und biss sich auf die Unterlippe.

„Ist es genau so, wie du es dir vorgestellt hast?", fragte er und gab ihr einen Moment, sich anzupassen, bevor er noch ein bisschen tiefer stieß.

„Oh nein, besser." Sie atmete schwer. „So viel besser. Bitte, hör nicht auf."

Er konnte nicht aufhören, selbst wenn er es versucht hätte.

Bis zu den Eiern in ihrer feuchten Wärme vergraben zu sein, fühlte sich unglaublich an, der Orgasmus neckte ihn bereits. Er stieß mit seinen Hüften zu und ließ sein Verlangen nach ihr die Kontrolle übernehmen. Es breitete sich wie warmer Sonnenschein durch seinen ganzen Körper aus und wurde mit jedem leidenschaftlichen Stoß heißer.

„Ja", wimmerte sie und vergrub ihre Finger im dichten Fell seiner Schultern. „Oh Gott, ja..."

Er packte ihren Hintern und stieß härter zu.

Ihr Körper spannte sich an. Ihre Beine verkrampften sich und hielten ihn in einer Klemme fest, während sie ihren Rücken durchbog. Er ließ seine Hand hochgleiten und fand ihre Brust unter ihrem Nachthemd. Er umfasste sie und drückte leicht ihre harte Brustwarze, wodurch sie die Kontrolle verlor.

Mit scharfen Atemzügen kam sie, ihre Muskeln zogen sich zusammen und lösten die Explosion seines eigenen Höhepunkts aus. Die Lust durchflutete ihn, erschütterte seinen Körper und sprengte seinen Verstand.

Er presste sie mit einem Arm an seine Brust, brüllte und schlug mit der Hand in den Spiegel hinter ihr.

Die Kommode wackelte. Der Spiegel zersprang und ließ Splitter auf den Boden regnen.

„Oh nein! Nicht schon wieder." Daisy sah über ihre Schulter zurück. „Beendest du Sex immer damit, dass du Dinge zerbrichst?"

„Beenden? Liebling, das ist erst der Anfang."

DAISY

Ich klammerte mich an seine Schultern, als er mich zum Bett trug.

„Jetzt kann ich mir Zeit lassen." Er legte mich aufs Bett. „Ich will dich ganz sehen." Er griff den Saum meines weißen Baumwollnachthemdes und zog es mir über den Kopf.

Dann setzte er sich zurück auf die Fersen und glitt mit seinem glühenden Blick an meinem Körper hinab.

„Also?", entfuhr mir ein nervöses Kichern, da er mich nur anstarrte, ohne ein Wort zu sagen. „Was denkst du?"

„Du bist atemberaubend schön." Er spreizte seine Hand auf meinem Bauch und ließ sie hinauf ins Tal zwischen meinen Brüsten gleiten. „Deine Haut leuchtet im Mondlicht."

Ich wusste nicht, dass mein Colonel so poetisch sein konnte. Ich war mir nicht sicher, was das Leuchten betraf, aber meine Haut kribbelte vor Wärme und meine Brust erhitzte sich vor

Freude über seine Aufmerksamkeit und die Bewunderung in seinen Augen.

„Findest du mich seltsam? Anders als das, was du gewohnt bist?", fragte ich.

„*Besonders*, meine Daisy-Blume, nicht seltsam." Er schüttelte den Kopf. „Du bist nicht wie irgendjemand, den ich je gesehen habe. Du lässt mich auch fühlen wie kein anderer. Du bist *du* – schön, freundlich und einzigartig. Und ich möchte dich um nichts in der Welt anders haben."

Er war auch für mich einzigartig. So jemanden gibt es kein zweites Mal. Und das hatte sehr wenig mit seinem außerirdischen Aussehen zu tun.

Jetzt, wo ich ihn endlich hatte, wollte ich jeden Zentimeter seines wunderbaren Körpers erkunden. Ich fuhr mit meinen Händen über seine Bauchmuskeln – gemeißelter Granit, bedeckt von kurzem, samtigen Fell. Es war deutlich dicker und länger über seinen Brustmuskeln.

Ein Streifen längeren Fells verlief auch von seinem Bauchnabel hinunter zu seiner prächtigen Erektion, die hart und stark wieder hochragte. Ich starrte sie einen Moment lang an und fragte mich, wie sie überhaupt in mich hineingepasst hatte. Die Empfindung, unmöglich weit gedehnt zu sein, kribbelte noch zwischen meinen Beinen, zusammen mit einem erneuten Ansturm von Verlangen.

Er beugte sich tiefer, streifte sanft mit seinen Lippen über meine Haut, direkt unter meinem Ohr.

„Küss mich, Grevar", flüsterte ich und ballte meine Hände im Fell an seinem Hinterkopf.

Mit einem Stöhnen nahm er meinen Mund in Besitz und presste seine Brust gegen meine. Sein Fell kitzelte meine erregten Brustwarzen. Die Spitze seiner Zunge glitt über meine Lippen, und ich begegnete ihr mit meiner eigenen. Ich wölbte meinen Rücken durch und sehnte mich danach, jeden Zentimeter meines Körpers an seinen zu pressen.

Seine Hände schienen überall gleichzeitig zu sein. Sie massierten meine Brüste, drückten meinen Hintern, glitten mit wachsender Dringlichkeit über meine Haut.

Seine lange Zunge umschlang meine, und ich stöhnte in seinen Mund. Er brach den Kuss ab und lehnte sich zurück, um mein Gesicht zu sehen.

„Hör nicht auf", flehte ich. „Ich will deine Zunge... überall spüren."

Er gab mir ein schiefes Grinsen. „Ich würde dich auch gerne überall schmecken."

Er rutschte an meinem Körper hinab und umkreiste die Spitze meiner Brust mit dem spitzen Ende seiner Zunge. Mit einem Aufblitzen von Hitze in seinen flammenden Augen verengte er den Kreis und drückte meine Brustwarze in der Schlinge seiner nassen, heißen Zunge.

„Wow...", ich wälzte mich unter ihm, auf der Welle der Lust reitend, die über mich hinwegrollte. „Das ist einfach... wow."

„Gefällt dir das?", fragte er selbstgefällig, bevor er zur anderen Brust wechselte und mit ihr spielte, indem er die Brustwarze drückte, zog und mit seiner Zunge anstupste.

„Oh, Gott, ja...", keuchte ich. Von dem Moment an, als ich seine Zunge zum ersten Mal gesehen hatte, war ich von ihrem Potenzial fasziniert gewesen. „Ich hatte keine Ahnung, dass du sie so einsetzen kannst." Seine Zunge erwies sich als perfektes Werkzeug, um Lust zu bereiten, und er beherrschte sie mit Geschick und Selbstsicherheit, was mich vor Verlangen verrückt machte.

„Warte nur ab...", murmelte er und rutschte weiter nach unten.

Die Hände auf meinen Knien, öffnete er meine Beine und tauchte dann zwischen meine Schenkel.

Ich keuchte laut auf, als seine Zunge in mich eindrang. Die Spitze umkreiste die Wände meiner Öffnung und neckte den Punkt in mir, der meine Knie vor intensiver Lust zittern ließ.

Er lehnte sich näher und rieb die empfindliche Stelle zwischen meinen Falten mit der dickeren Basis seiner Zunge.

Ich stöhnte und wand mich vor dem doppelten Vergnügen. Er packte meine Hüften und hielt mich fest für den Ansturm der Ekstase.

Wellen der Wonne rollten durch meinen Körper und bauten sich auf. Der schmerzhafte Druck wurde unerträglich. Ich griff nach seinen Hörnern, hob meine Hüften und gab mich vollständig seinem Mund und seiner Zunge hin. Er bewegte sie schneller, rieb härter, ich explodierte vor Lust und kam heftig.

Keuchend ließ ich die Schwellungen meines Orgasmus durch mich rollen, während er seine wunderbare Zunge in mir wirbelte und wieder und wieder jeden letzten Schauder der Lust genoss.

Ich ließ seine Hörner los und ließ meine Arme zur Seite fallen. Ich starrte hinauf in den sternenklaren Himmel über uns durch die Spitze der blühenden Girlanden des Baldachins und fühlte mich, als würde ich schweben, vom Gipfel der Leidenschaft herabsteigend.

„Das war einfach...", flüsterte ich, meine Adern füllten sich mit träger Wärme, die mich unfähig machte, einen Muskel zu bewegen. „Wirklich unglaublich."

Ich hatte keine Lust, mich zu bewegen. Ich hätte für immer so bleiben können, ausgebreitet auf dem Bett wie ein Seestern, mit Grevars Gesicht zwischen meinen Beinen.

Er kicherte und bewegte sich an meinem Körper hoch. Die Spitze seiner Zunge schnellte heraus und leckte meine Säfte von seinen glänzenden Lippen.

Ich nahm sein Gesicht zwischen meine Hände.

„Ich verliebe mich in dich, Grevar", gestand ich und entblößte ihm mein Herz. „Hoffnungslos schnell."

Sein Ausdruck wurde ernst, seine Augen flackerten zwischen meinen hin und her.

„Daisy. Ich bin bereits dort."

Der Atem stockte mir in der Kehle. Er gab mir keine Chance zu antworten und beanspruchte erneut meinen Mund mit seinem.

Er küsste mich mit zärtlicher Leidenschaft, als ob er in seinen Kuss all die Dinge legte, die er nicht in Worte fassen konnte. Er hielt mich in seinen Armen und ließ seinen Schwanz meine Seiten streicheln, wobei die spitze Schwanzspitze an meinen Hüften und Rippen auf und ab strich.

Das Verlangen nach ihm schwelte stets knapp unter meiner Haut, und die Orgasmen, die er mir geschenkt hatte, hatten wenig dazu beigetragen, es zu löschen. Mit seinen Küssen und Liebkosungen flammte es höher, nahm langsam wieder überhand.

Offensichtlich konnte ich nicht genug von diesem Mann bekommen, jetzt, wo ich ihn endlich in mein Bett gebracht hatte.

Ein Stöhnen entfuhr meiner Kehle. Meine Beine fielen wieder auseinander, wie von selbst, und umrahmten ihn. Seine gespannte Erektion drückte zwischen meine Beine und schickte einen Schauer der Vorfreude durch mich.

„Du bist noch nicht fertig mit mir?", kicherte er und erriet mein unstillbares Verlangen nach ihm.

„Ich glaube, ich werde nie mit dir fertig sein", murmelte ich. „Ich wollte dich so lange."

„Ich wünsche mir nichts anderes, als den Rest meines Lebens in dir vergraben zu verbringen." Mit einem letzten Knabbern an meiner Unterlippe bewegte er sich tiefer, fuhr mit seiner Zunge meinen Hals hinunter.

Er saugte die Spitze einer meiner Brüste in seinen Mund und neckte die Brustwarze mit seinen Zähnen.

Das nachorgasmische, träge Glühen war verschwunden. Brennend heiße Lust erfüllte mich.

„Mehr...", keuchte ich. „Ich brauche mehr..."

Er erhob sich über mich und hob eine Augenbraue.

„Ich weiß, was du brauchst." Ein gefährlicher Funke erwärmte seinen Blick.

Er packte meine Hüften und drehte mich um.

Ich gab einen überraschten Laut von mir, als er meinen Hintern hochzog und meine Hüften über seinen Schoß positionierte. Mit gespreizten Händen auf meinem Hintern fuhr er auf und ab, rieb meine Pobacken.

„So glatt und weich", murmelte er unter seinem Atem. Seine Daumen drückten gegen mein Steißbein. „Ohne Schwanz, der etwas verbergen könnte."

Er senkte seinen Kopf. Seine Zunge fuhr entlang meiner Haut, hinunter zu meinem Schlitz. Dann spürte ich den Biss seiner Zähne auf einer meiner Pobacken.

Ich zitterte von Kopf bis Fuß vor Erwartung, als die Spitze seines Schwanzes zwischen meine Beine glitt.

„Grevar...", wimmerte ich und bewegte meine Hüften näher zu ihm. „Bitte..."

Er knurrte als Antwort und erhob sich auf seine Knie. Die Spitze seiner steinharten Erektion drückte gegen meine Öffnung, als er sich hinter mir positionierte.

„Ist es das, wie du es willst?", seine Stimme tief und leise, schob er mich gegen sich und glitt mit einem Stoß in mich hinein.

Ein Stöhnen vibrierte in meiner Kehle. Der schmerzhafte Druck, so unmöglich eng um für seinen massiven Umfang gedehnt zu sein, ließ das Bedürfnis durch meinen Unterleib schießen. „Ja!"

Er griff eine Handvoll meines Haares und zog meinen Kopf zurück. Ich wimmerte vor dem stechenden Schmerz und dem prickelnden Vergnügen. Mein Körper leuchtete vor Erregung auf, jeder Nerv in meiner Haut summte vor Aufregung.

„Meine. Kleine. Daisy-Blume. Mag. Es. Hart. Genommen. Zu werden", rammte er in mich hinein und betonte jedes Wort mit einem Stoß. „Hart und Grob."

Stöhnend wie eine Besessene griff ich nach einem der Baldachinpfosten und stemmte mich gegen seine wütenden Stöße. Er packte eine meiner schwingenden Brüste in seine große Hand und drückte die Spitze zwischen seinen Fingern.

Ich schrie auf, als die Ladung intensiver Lust wie ein Blitz durch mich schoss. Der Orgasmus traf mich plötzlich mit einem Mal.

Meine Schreie ertranken in dem ohrenbetäubenden Brüllen aus seiner Brust, als er seinen Höhepunkt in mich pumpte, ohne sein Tempo zu verlangsamen.

Auf einen Arm gestützt, hielt er mich fest mit dem anderen und krümmte seinen Körper über meinen, während der Orgasmus durch uns beide rollte.

Sein Arm zitterte, und er rollte zur Seite und nahm mich mit. Eingewickelt in seinen großen Körper, seine Arme um mich, das weiche Fell seiner Brust wärmte meinen Rücken, kuschelte ich mich an ihn. Seine Brust hob und senkte sich schnell, meine auch, während wir beide nach Luft schnappten.

„War es so, wie du es dir vorgestellt hast?", fragte er keuchend. „Damals im Dream Spa?"

Ich versteifte mich. „Woher weißt du davon?"

Er küsste mein Haar und streichelte sanft meinen Arm. „Ich habe darum gebeten, das Video zu sehen."

Blut schoss in mein Gesicht, obwohl wir längst über den Punkt hinaus waren, an dem ich beschämt sein könnte. Was er gerade mit mir getan hatte, war millionenfach intensiver und intimer als mein Traum im Spa.

Trotzdem murmelte ich: „Das war irgendwie privat..."

„Das hätte es nicht sein sollen. Du hättest sofort zu mir kommen sollen. Ich bin dein Ehemann, es ist meine Pflicht, dir Vergnügen zu bereiten, wie auch immer du es wünschst."

„Siehst du genau da?", ich drehte mich in seinen Armen, um ihm ins Gesicht zu sehen. „Wenn du von Anfang an ein bisschen weniger von Pflicht und ein bisschen mehr von deinen wahren

Gefühlen für mich gesprochen hättest, könnte all das anders sein."

„Nun, wenn du mich jemals nach meinen Gefühlen gefragt hättest, anstatt mich zu beschuldigen, mich dir aufzuzwingen–"

„Oh, jetzt ist alles meine Schuld?" Ich richtete mich auf meinem Arm über ihm auf, während mein Temperament heiß wurde.

„Daisy?", fragte er in einem sanfteren Ton. „Würdest du wollen, dass dies anders ist?"

Seine Frage ließ mich innehalten. Jetzt, wo ich neben dem nackten Grevar im Bett lag, liebte ich alles an diesem Moment genauso, wie es war.

„Nein. Natürlich nicht."

Sein strenger Ausdruck schmolz zu einem Lächeln.

„Komm her." Er zog mich an seine Brust. „All das *ist* deine Schuld, Schatz. Von dem Moment an, als du hier aufgetaucht bist, wurde mein Leben auf den Kopf gestellt." Er küsste mein Gesicht. „Und ich würde es um nichts in der Welt anders haben wollen."

Mein Ärger verflog, bevor er überhaupt richtig entstehen konnte.

„Du *bist* mein Traummann, Grevar." Ich entspannte mich auf seiner breiten Brust. „Mit dir zusammen zu sein ist viel besser als jeder Traum. Und das Beste daran ist, dass du bleibst."

KAPITEL 20

DAISY

Ein Sonnenstrahl bahnte sich seinen Weg durch das Blumengirlanden-Dach. Er fiel auf mein Gesicht, wärmte meine Haut und brachte mich zum Lächeln. Das passierte jeden Morgen, wenn der Himmel klar war, aber heute war etwas anders.

Ich rollte mich auf den Rücken und dehnte mich durch den neuen Schmerz in meinem Körper. Ich war heute Morgen so wunderbar wund, nachdem ich letzte Nacht von Grevar so offensichtlich in Besitz genommen und gründlich geliebt worden war. Mein Lächeln wurde breiter. Röte stieg in meine Wangen, als die Erinnerungen meine Gedanken überfluteten.

Ich tastete das Bett nach ihm ab. Als ich ihn nicht an meiner Seite fand, öffnete ich die Augen.

Es war bereits später Vormittag. Ich hatte verschlafen. Ich sprang aus dem Bett und zuckte dann bei einem Ziehen der Muskelschmerzen zusammen. Heute würde ich mich offenbar etwas langsamer als normal bewegen müssen. Der Gedanke brachte mich wieder zum Lächeln.

Grevar und die Jungs mussten schon auf sein. Beide Kinder schienen nach den Ereignissen im Zoo gestern völlig erschöpft. Die vollen Auswirkungen dessen, was sie gesehen hatten, blieben abzuwarten. Allerdings wäre es nicht überraschend, wenn sie nach alldem Schlafprobleme hätten.

Besorgt um die Kinder und begierig, ihren Vater zu sehen, zog ich ein Kleid aus dem Schrank an, bürstete mein Haar und schlüpfte in ein Paar bequeme Schuhe mit flachen Sohlen.

„Omni, wo ist der Colonel?", fragte ich und warf einen letzten Blick auf mein Spiegelbild.

Der Bildschirm der KI erwachte zum Leben.

„Der Colonel ist unten im Hauptraum, Madame Kyradus."

Der Klang von Grevars Namen, wenn er verwendet wurde, um mich anzusprechen, hatte vor einiger Zeit aufgehört, mich zu stören. Jetzt erfüllte er meine Brust mit Freude. Ich entschied, dass ich seinen Namen behalten würde, wenn auch nur als weiteres Zeichen dafür, dass er und ich zusammengehörten.

„Und die Jungs?", fragte ich und ging zur Tür.

„Sie sind auch unten. Ebenso wie Madame Lievoa Kyradus."

„Lievoa ist hier?"

„Ja."

Sie muss von dem Vorfall im Zoo gehört haben und gekommen sein, um nach ihrem Cousin und ihren Neffen zu sehen. Dann werden wir zusammen als Familie brunchen.

Mit diesem Gedanken öffnete ich die Schlafzimmertür und... keuchte.

Ein riesiger Baum ragte vom Boden des Hauptraums bis zum höchsten Punkt der größten Glaskuppel empor. Ich hatte noch nie etwas Vergleichbares gesehen.

Seine limonengrünen Nadeln waren so lang wie mein Unterarm und so dick wie mein Finger. Alle möglichen Arten von Dingen baumelten daran, von bunt gefärbten Spielzeugen über vergoldete Teetassen bis hin zu Blumengirlanden und eingepackten Geschenken aller Größen.

Mehrere Drohnen flogen darum herum und platzierten weitere hübsche Gegenstände auf seinen ausladenden Ästen.

„Frohe Weihnachten!", schallte es von unten, als ich die Treppe hinunterging und den Baum bewunderte.

Grevar stand am Fuß des Baumes im Hauptraum. Die Zwillinge hüpften energisch um ihn herum und klatschten in die Hände. Lievoa lächelte mir vom Sofa aus zu und winkte.

„Ist er nicht fantastisch?", deutete sie auf den Baum. „Ich liebe ihn!"

„Ich auch." Ich eilte die Treppe hinab. „Das ist einfach..."

„Es wird sein wie zwei Siegestage in einem Jahr!", rief Olvar und warf die Arme in die Luft.

„Einer ist warm! Und einer ist mit einem großen, hübschen Baum!", fügte sein Bruder begeistert hinzu.

Mit den Händen in den Taschen verlagerte Grevar sein Gewicht von Huf zu Huf.

„Also, gefällt es dir?", fragte er, als ich näherkam.

„Ob es mir gefällt?" Ich bekam einen Kloß im Hals, als ich an die Mühe dachte, die er sich gemacht hatte, um Weihnachten für mich in Voran zu ermöglichen. Meine Brust wurde von Dankbarkeit durchflutet, und mein Gesicht errötete vor Freude.

„Du wirst schon wieder rot", sagte er zögernd. „Das kann bei dir so vieles bedeuten."

„Ich liebe es!" Ich sprang in seine Arme und umarmte seinen Hals. „Vielen, vielen Dank." Ich küsste sein Gesicht.

Er lachte und wirbelte mich in seinen Armen durch den Raum.

„Das Beste kommt noch." Er setzte mich ab. „Das wird ein großartiger Tag. Ich verspreche es."

Ich blickte zu dem gigantischen Baum hoch.

„Oh. Warte einen Moment!" Ich flitzte die Treppe wieder

hinauf. Ich schnappte mir die kleine Handtasche von meinem Nachttisch und rannte wieder hinunter.

„Hier." Ich nahm Omas Ornament heraus und hängte es an den höchsten Ast, den ich erreichen konnte. Ich trat zurück und bewunderte, wie das rot-goldene Ornament von der Erde hübsch zwischen den limonengrünen Nadeln des Baumes von Neron glitzerte. „Es gehört hierher."

Grevar umarmte mich von hinten.

„Und du gehörst genau hierher, Daisy." Er küsste meine Schläfe. „In meine Arme."

„Zu uns!", sprangen die Jungs herum und stupsten mich mit ihren niedlichen, kleinen Hörnern an. „Auch zu uns!"

Dies war jetzt mein Zuhause.

Besser, als ich es mir je hätte erträumen können.

EPILOG

DAISY

ZWEI JAHRE SPÄTER

„Zeit aufzustehen." Grevars pelziger, muskulöser Arm umschlang mich.

„Schon?" Ich streckte mich, rollte mich auf den Rücken, während er meine Wange anschmiegte und sich dann aufs Bett setzte.

„Mhm. Wir fahren direkt nach dem Frühstück los." Seine Hand lag ausgebreitet auf meinem gerundeten Bauch, als er fragte, wie er es täglich seit den letzten fünf Monaten tat: „Wie fühlst du dich?"

Ich öffnete meine Augen, begegnete seinem Blick und lächelte.

„Nun, gut, denke ich. Ich habe mich heute noch nicht übergeben."

„Und wie geht es meinem kleinen Mädchen?" Seine Stimme wurde sanfter, als er sanft meinen Bauch tätschelte.

Das Baby in meinem Bauch hatte keinen Tropfen voranisches Blut. Sie war durch künstliche Befruchtung entstanden, mit menschlichem Sperma, das Grevar und ich von der Erde bestellt hatten, nachdem wir zusammen einen anonymen Spender ausgewählt hatten.

Dennoch verhielt sich Grevar vom Moment an, als wir ihren Herzschlag auf dem Monitor in der Arztpraxis gehört hatten, wie jeder werdende Vater – vielleicht sogar ein bisschen verrückter als die meisten.

Er hatte ihre Bilder aus dem Mutterleib einrahmen lassen. Er sang Schlaflieder für meinen Bauch. Und er strich Tage auf dem Papierkalender durch, den er eigens zu diesem Zweck bestellt hatte, und wartete ungeduldig auf den Geburtstermin.

„Sie ist ruhig." Ich rieb die Seite meines Bauches, wo sie mich oft trat, wenn sie wach war. „Wahrscheinlich schläft sie noch, da ja niemand *sie* da drin aufweckt." Ich schwang eines meiner Beine in seine Richtung und stupste ihn spielerisch mit meinem Fuß an der Schulter an.

Er fing ihn mit seiner Hand auf.

„Wir müssen uns beeilen", sagte er. „Du würdest es wirklich bereuen, wenn du meine Überraschung verpasst."

Irgendwie hatte er erfahren, dass Menschen Geschenke bis zu einem besonderen Tag geheim halten, und er versäumte es nie, mich mit Vorfreude zu quälen.

„Kannst du mir nicht einfach sagen, was es ist, und mich aus meiner Misere erlösen?", bettelte ich.

„Es wäre dann keine Überraschung mehr, wenn ich es dir sage, oder?"

„Bitte?" Ich klimperte mit den Wimpern.

„Nö."

„Du bist unmöglich." Ich schwang mein anderes Bein nach ihm, und er fing meinen Fuß ab, bevor er seinen Arm berührte.

Ein Funke Hitze blitzte in seinen Augen auf, als er beide meine Füße an seinen Schultern hielt und mir gegenüberstand.

„Nun, wenn du darauf bestehst, im Bett zu bleiben..." Er rieb sein Kinn an der Seite meiner Fußsohle.

Ich kicherte über das Kitzeln seines Bartes und versuchte, meinen Fuß aus seinem Griff zu befreien, aber er hielt ihn fest.

„Wir können die Überraschung auslassen." Er biss sanft auf meine Zehe, was einen Schwall einer ganz anderen Art von Vorfreude durch mich jagte.

„Verlockend..." Den ganzen Tag mit meinem Ehemann im Bett zu verbringen, schien immer eine gute Idee zu sein. „Aber es ist Weihnachten–"

„Genau. Aufstehen!" Er sprang aus dem Bett, hob mich hoch und setzte mich in einer fließenden Bewegung auf den Boden. „Wir haben ein paar Stunden, bevor wir die Kinder abholen müssen."

Weihnachten fiel dieses Jahr nicht auf ein Wochenende. Grevar hatte mit der Akademie vereinbart, die Jungen nach ihrem Morgenunterricht abzuholen und sie morgen Nachmittag zurück zur Schule zu bringen.

„Oh Mann, eine Weihnachtsüberraschung", sagte ich und ging ins Badezimmer, um mich fertig zu machen. „Ich kann es kaum erwarten!"

„Du wirst mir immer noch nicht sagen, wohin wir fahren?", fragte ich und blickte zu Grevar, während die Stadtlandschaft von Voran unter unserem Flugzeug vorbeizog.

„Nein." Er schüttelte den Kopf.

„Es muss etwas wirklich Besonderes sein." Ich strich den seidigen Stoff des wunderschönen, elfenbeinfarbenen Kleides über meine Knie. Es war Teil der Überraschung gewesen. Grevar hat es mir heute Morgen präsentiert, zusammen mit einem Paar goldener, kristallbesetzter Sandalen zum Tragen.

„Du wirst schon sehen." Er trug seine Ausgehuniform, seine Hörner waren auf Hochglanz poliert.

Das Flugzeug begann zu sinken und hielt vor einer großen Gruppe von Glaskuppeln an. Die leuchtenden Blumen der Rankengirlanden und das Schimmern flatternder bunter Vögel und Insekten im Inneren ließen die Kuppeln erscheinen, als würden sie mit Farbausbrüchen funkeln.

„Was ist das für ein Ort?" Ich hatte angenommen, er würde mich in ein schönes Restaurant zum Brunch oder so etwas mitnehmen. Dieser Veranstaltungsort sah viel größer aus als alle Restaurants, in denen ich in Voran gewesen war.

„Komm." Er stieg aus dem Flugzeug und half mir beim Aussteigen. Sein Gesicht wurde ernst, was auch meine Stimmung dämpfte.

Die Türen von den Parkplattformen glitten auf, und wir traten unter eine riesige Glaskuppel, die mit Musik, Blumen und Menschen – so vielen Menschen – gefüllt war, die in den schönsten, formellen Kleidern gekleidet waren.

Sie alle drehten sich zu uns um, als wir hineingingen, und hoben ihre Getränkegläser zum Gruß.

Als ich jeden einzelnen im Blick hatte, wurde mir klar, dass ich die meisten, wenn nicht alle von ihnen persönlich kannte.

Da waren die Frauen, die ich in meinem Elternkurs kennengelernt hatte und die inzwischen zu sehr guten Freundinnen geworden waren. Die Mitarbeiter meiner Bäckerei, Earth Girl's Desserts, winkten mir aus der Menge zu. Alcus Hecear und einige weitere Mitglieder des Verbindungskomitees waren ebenfalls hier. Ebenso Gouverneur Drustan und seine Frau.

Shula schenkte mir ein freundliches Lächeln, als sich unsere Blicke kreuzten. Sie und ich waren nie enge Freundinnen geworden, aber wir hegten gegenseitigen Respekt füreinander und kamen gut genug miteinander aus, um der Menschen willen, die wir in unserem Leben schätzten.

Letztes Weihnachten hatte Grevar mir mitgeteilt, dass er offiziell „Daisy" zu den Namen unserer beiden Jungen hinzugefügt hatte.

„Damit jeder weiß, dass sie zwei Mütter haben", hatte er gesagt. „Eine, die ihnen das Leben geschenkt hat, und eine, die zu ihrer engsten Familie wurde."

Natürlich hatte ich bei seinen Worten geweint. Die Tatsache, dass es ihm nichts ausmachte, dass seine zukünftigen mächtigen Krieger das Wort „Daisy" in ihren Namen trugen, war einfach unglaublich liebenswert.

„Sind all diese Leute hier für uns?", fragte ich Grevar, während ich allen im Raum zulächelte und zuwinkte.

Er hatte keine Gelegenheit zu antworten.

„Daisy!", hörte ich eine sehr vertraute weibliche Stimme. „Mein Baby."

„Mama?" Meine Knie wurden weich und Tränen schossen mir in die Augen, als meine eigene Mutter aus der Menge herausstürmte, um mich zu begrüßen. „Du bist hier? Wie?"

„Grevar hat uns nach Neron gebracht." Sie drückte mich fest und küsste mein Gesicht mindestens ein Dutzend Mal.

Unter ihrer Aufmerksamkeit gelang es mir, einen Blick auf Grevar zu werfen.

„Das hast du getan?"

Er gab mir ein breites Lächeln und sah ziemlich selbstzufrieden und stolz auf sich aus.

„Er ist so ein charmanter junger Mann, Daisy. Du hast so viel Glück."

„Wann seid ihr angekommen?", fragte ich Mama und umarmte sie.

Das alles fühlte sich wie ein Traum an.

„Oh, erst vor ein paar Tagen. Wir waren in einem sehr schönen Hotel und haben diesen Ort ein bisschen kennengelernt. Grevar wollte, dass es eine Überraschung für dich ist."

„Nun, ich *bin* überrascht", murmelte ich verblüfft. „So sehr, dass ich dich bitten würde, mich zu kneifen. Außer dass ich nicht aufwachen möchte, wenn es wirklich ein Traum ist." Ich umarmte sie fester. „Ich habe dich vermisst, Mama."

„Wir haben dich auch alle so vermisst. Wie fühlst du dich, Schätzchen?" Sie tätschelte meinen Bauch. „Ich kann es kaum erwarten, meine neue Enkelin kennenzulernen."

„Bleibt ihr dann bis zu ihrer Geburt hier?"

„Natürlich bleiben wir. Oh, Papa ist auch hier, und Lily mit Max und ihren Kindern. Wir sind alle hier", plauderte sie. „Das war so eine tolle Gelegenheit, auf einen anderen Planeten zu fliegen, um dich zu besuchen. Wir wollten alle kommen. Lily hat beschlossen, während des Fluges wach zu bleiben. Sie meinte, sie hätte viel Arbeit erledigt. Max auch. Der Rest von uns hat geschlafen. Schau!" Sie tätschelte ihre Wangen mit einem leisen Kichern. „Ich bin fünf Monate älter, ohne zusätzliche Falten zu zeigen."

Mein Kopf drehte sich von ihrem Geplapper. Papa sagte immer, ich hätte das von ihr, aber ich glaube nicht, dass ich jemals mit ihrer Sprechgeschwindigkeit konkurrieren könnte.

„Wo sind sie alle?", drehte ich mich um und suchte nach den anderen Mitgliedern meiner Familie.

„Lily und Max sind dort drüben, an der Bar." Meine Schwester und ihr Mann hatten uns bereits entdeckt und bahnten sich ihren Weg durch die Menge zu uns. „Und Papa?" Mama drehte sich auch um und suchte mit ihrem Blick. „Das letzte Mal, als ich ihn sah, spielte er mit Olvar und Zun. Bezaubernde kleine Jungen. Sie ließen ihn den Punktestand halten, während sie rangen..."

„Oh, dann werden wir ihn nicht so bald sehen, wenn die Zwillinge ihn für sich beansprucht haben." Grevar lachte.

„Und die Jungs sind auch hier?" Ich drehte mich zu ihm. „Es ist dir gelungen, sie früher aus der Schule zu holen, ohne mir etwas zu sagen?"

Er grinste noch breiter. „Es war alles eine Überraschung, erinnerst du dich?"

„Richtig." Die Menge an Planung, die er hineingesteckt hatte, war erstaunlich. Grevar nahm alles, was er tat, sehr ernst. Er musste dies wie eine komplexe militärische Operation angegangen sein.

Sein Vater, der pensionierte General Rufut Kyradus, bahnte sich seinen Weg durch die Menge zu uns. „Sohn. Tochter."

Ich lächelte breit, als ich ihn entdeckte, und hatte nichts dagegen, als er meine Ohren packte und einen schnellen Kuss auf mein Gesicht platzierte, bevor er dasselbe bei seinem Sohn tat.

„Herzlichen Glückwunsch, Kinder", sagte er mit ernster Miene, obwohl sein fester Mund ein wenig zitterte.

„Danke, aber... Glückwunsch wofür?" Ich wanderte mit meinem Blick von ihm zu Grevar.

„Frohe Weihnachten." Nachdem er in seiner Tasche gekramt hatte, holte Grevar eine kleine Lederschachtel heraus.

Mein Herz setzte einen Schlag aus, als er sich auf ein Knie niederließ.

„Daisy Grevar Kyradus", sagte er und klappte den Deckel auf, um einen roségoldenen Ring mit einem sonnengelben Stein darin zu zeigen. „Du bist die Liebe meines Lebens. Wirst du weiterhin meine Frau sein?"

Ich lächelte so breit, dass mein Mund schmerzte, obwohl mir gleichzeitig Tränen in die Augen schossen. So viele Emotionen durchfluteten mich auf einmal. Liebe. Freude. Glück.

„Ja." Ich nickte und wischte mir mit dem Handrücken die Tränen ab. „Eine Million Mal *ja*."

Alle jubelten und klatschten.

Grevar streifte mir den Ring über den Finger, stand auf und nahm mich in seine Arme.

„Ich liebe dich." Er gab mir einen zärtlichen Kuss und drückte mich an seine Brust.

„Ich liebe dich auch." Ich lächelte weiter und schmolz in seiner Umarmung dahin. „Du bist mein Traummann, Grevar. Du lässt alle meine Träume wahr werden. Sogar die, von denen ich nicht wusste, dass ich sie hatte."

MEHR IN EIN ALIEN FÜR JEDEN FEIERTAG

Verheiratet mit dem Krampus

Mein kleiner Riese

Mein Geburtstagsausflug

Neues Jahr, neuer Planet

Mailorder-Mama

Mein Halloween

Was macht einen Alien zum Vater?

MEHR VON MARINA SIMCOE

Liebkosung der Schlange

Die Eroberung der Schlange

BLEIBEN SIE IN KONTAKT

Wenn dir meine Arbeit gefällt, überlege bitte, meinem Patreon für mehr Illustrationen und signierte Bücher beizutreten
PATREON

Facebook Leser-Gruppe: Marina's Reading Cave

facebook.com/MarinaSimcoeAuthor
instagram.com/marinasimcoeauthor
goodreads.com/MarinaSimcoe
bsky.app/profile/marinasimcoe.bsky.social